A FILHA *de* AUSCHWITZ

LILY GRAHAM

A FILHA *de* AUSCHWITZ

2ª reimpressão

TRADUÇÃO: **Elisa Nazarian**

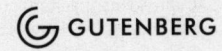 GUTENBERG

Título original: *The Child of Auschwitz*

EDITORA RESPONSÁVEL
Flavia Lago

REVISÃO
Bia Nunes de Sousa

CAPA
Diogo Droschi

DIAGRAMAÇÃO
Waldênia Alvarenga

Dados Internacionais de Catalogação na Publicação (CIP)
Câmara Brasileira do Livro, SP, Brasil

Graham, Lily
   A filha de Auschwitz / Lily Graham ; tradução Elisa Nazarian.
-- 1. ed.; 2. reimp. -- São Paulo : Gutenberg, 2024.

   Título original: *The Child of Auschwitz*

   ISBN 978-65-86553-48-2

   1. Ficção inglesa 2. Holocausto judeu (1939-1945) - Ficção
3. Segunda Guerra Mundial I. Título.

21-55563   CDD-823

Índices para catálogo sistemático:
1. Ficção : Literatura inglesa   823

Maria Alice Ferreira - Bibliotecária - CRB-8/7964

A **GUTENBERG** É UMA EDITORA DO **GRUPO AUTÊNTICA** Ⓒ

São Paulo
Av. Paulista, 2.073, Conjunto Nacional
Horsa I . Salas 404-406 . Bela Vista
01311-940 . São Paulo . SP
Tel.: (55 11) 3034 4468

Belo Horizonte
Rua Carlos Turner, 420
Silveira . 31140-520
Belo Horizonte . MG
Tel.: (55 31) 3465 4500

www.editoragutenberg.com.br
SAC: atendimentoleitor@grupoautentica.com.br

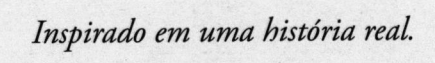

Inspirado em uma história real.

Nasci em um mundo que proibiu minha existência.

Caso alguma das autoridades tivesse tido conhecimento de que eu existia, esse simples fato teria sido o suficiente para acabar com minha vida antes mesmo de ela ter começado.

Ainda assim, cheguei aqui. Pequena, quase à míngua, mas determinada a ficar viva, em uma das noites mais frias em um dos lugares mais tenebrosos da história da humanidade. Sem saber, nem entender, que minha luta estava apenas começando.

As mulheres que me ajudaram inclinaram suas cabeças raspadas e choraram as lágrimas que eu não consegui, amontoadas com seus corpos fracos para me oferecer proteção.

Mal soltei um som, meus pulmões pouco desenvolvidos não me permitiram chorar. Isso dificultou minha vida, foi um preço que paguei ao longo dos anos, mas foi o motivo de eu ter sobrevivido.

Veja, crianças nasceram em Auschwitz.

E eu fui uma delas.

❖ PRAGA, HOJE ❖

Era novembro, e o frio era um hóspede indesejável. Os joelhos de Naděje estalaram quando ela se levantou para pôr mais lenha no aquecedor. Lá fora, o nevoeiro tinha aumentado, e a luz da rua transformava o horizonte em uma bruma âmbar, algodoada. Era uma noite amortecida e recolhida, feita para reflexões e infindáveis xícaras de café. A cama era um conforto a que ela se negaria até ter *aquilo* terminado.

Olhou para a pilha de cartas à sua frente, e com seus dedos envelhecidos sentiu as marcas profundas onde a pena de sua mãe derramara rios de azul.

Adiara aquilo por tempo demais. Esperou o momento certo para contar uma história que havia começado muito antes de ela nascer. Pelas palavras certas. Pela hora certa.

Mas a vida não espera até estarmos prontos. Na maioria das vezes, ela nos joga nas profundezas e exige que nademos. Preparados ou não.

Houve uma batida de leve na porta, e Kamila, sua neta, apontou a cabeça escura por trás da porta, suspirando ao vê-la à escrivaninha. Seus olhos disseram milhares de palavras, e a boca logo acompanhou, como geralmente acontecia:

– Você vai se acabar, *Babička*, ficando acordada assim, você sabe o que o médico disse.

Nadĕje analisou a moça por sobre os óculos, seus olhos azuis penetrantes, como faziam quando ela estava em pé em um tablado, pedindo aos alunos que refletissem sobre as coisas de uma maneira diferente.

– O que os médicos de fato sabem sobre o espírito humano, *dítĕ*? Eles só confiam no que podem colocar em um vidro, ou explicar em branco e preto. Mas eu vi o que as pessoas podem fazer, o que elas podem conquistar quando sobrevivem. É apenas uma questão de vontade.

Kamila não era tola de discutir filosofia com a avó. Então, em vez disso, tentou uma simples e irrefutável verdade:

– Mas todos nós precisamos dormir, *Babička*, até você.

Os lábios de Nadĕje curvaram-se numa confirmação, e ela escolheu uma velha mentira como se fosse um velho par de chinelos, confortável e familiar.

– Só mais dez minutos. – Depois, levantou os olhos, com um olhar esperançoso. – E talvez mais uma xícara de café?

Kamila soltou um som que era um misto de divertimento e resignação.

– Tudo bem, mas depois é hora de dormir – disse, com firmeza, pressionando os lábios na têmpora da avó, antes de ir até a cafeteira do outro lado da sala.

Nadĕje concordou com a cabeça, mas as duas sabiam que isso não ia acontecer. Ela ficaria ali até terminar, não importava o quanto fosse demorar. Colocou os óculos novamente e virou uma nova folha de papel. Então, tocou na fotografia em sua moldura dourada, sempre na sua escrivaninha, de uma mulher jovem e magra, cabelo escuro muito curto e com um bebê nos braços.

Tinha uma última história a contar.

A história delas.

E começava com o inferno sobre a terra.

❖ UM ❖

Auschwitz, dezembro de 1942

— Ficou maluca, *Kritzelei*? — sibilou Sofie em seu ouvido, os olhos arregalados de medo, o entrecruzado de cicatrizes em sua cabeça recém-raspada violáceo contra a brancura do crânio. — Quer que eles atirem na gente? Vá andando.

Eva Adami caminhava aos tropeços sob um temporal, em seus tamancos desemparceirados e grandes demais, quase perdendo um deles na lama espessa e implacável revirada por milhares de pés antes dela. Ainda estava escuro, talvez passasse um pouco das quatro da manhã, embora a intensa luz dos holofotes fizesse parecer muito mais tarde. Ela se curvou enquanto caminhava, tentando se manter aquecida. Tarefa fútil e ingrata. O aguaceiro parecia se inclinar maldosamente para escorrer por dentro da sua gola. Ela detestava a *Appell*. A dupla chamada diária, onde se esperava que se arrastassem lá para fora e esperassem, não importando o clima, não importando se estivessem vestidas ou não, enquanto eram contadas e recontadas horas e horas a fio. A desobediência poderia custar sua vida. Mas, naquele lugar, quase tudo poderia custar sua vida.

Ela se virou para olhar a amiga, uma expressão esquisita em seu rosto magro, os olhos cor de avelã parecendo ainda maiores por causa do cabelo escuro raspado.

– Só estamos aqui há uma semana. Foi o que Helga acabou de dizer.

Houve um leve suspiro, seguido por um xingamento em voz baixa.

Uma semana. *Ali*.

Uma semana em que tinham sido desprovidas de sua humanidade. Em que foram arrebanhadas feito gado e enfiadas dentro de um trem sujo cheirando a morte e a degradação, mal dando para respirar com a pressão entre os corpos. E então chegar a um profundo caos, barulho e gritos, manuseio grosseiro, depois separadas em grupos e conduzidas a um grande saguão onde foram despidas e enfileiradas nuas, em frente aos olhares maliciosos dos guardas da SS, as cabeças raspadas por mãos rudes. Em seguida, atropelaram-se para se vestir, escolhendo em um sortimento de itens incompatíveis e usados, e foram postas para fora.

Eva não sabia que ainda podia ficar chocada depois de tudo que havia passado até então, mas de algum modo as palavras de Helga provocaram isso.

– Uma semana no inferno – murmurou Vanda, ecoando seus pensamentos. Seu cabelo ruivo, a pele clara e as sardas contradiziam sua origem tcheco-húngara. – A sensação é de uma eternidade.

Estivera com elas no trem. Viajaram em pé por dois dias. Havia um balde para comida e um para os dejetos de cinquenta mulheres.

– Você pensa que é preciso mais do que uma semana para acabar com uma vida? – sussurrou Helga, parecendo incrédula. Estava na faixa dos 50 anos, mas parecia muito mais velha. Seu cabelo escuro e grisalho tinha começado a crescer em mechas murchas, e seus olhos tinham aquele olhar vidrado que algumas outras pessoas tinham, como se fosse um fantasma ambulante.

Estava ali há vários meses a mais do que elas, e o tempo começava a cobrar seu preço, especialmente em sua paciência para com as recém-chegadas, como Eva.

– Depois de tudo, você ainda não sabe que uma vida pode sofrer uma reviravolta dessas? – perguntou, batendo a palma da mão em seu pulso magro, levando todas elas a se encolher com o som parecido com o de uma bala. Ela sacudiu a cabeça, depois se recusou a olhar de volta para elas.

Eva realmente sabia. Melhor do que algumas.

Mesmo assim, não conseguia deixar de pensar que, apenas uma semana antes, não fazia ideia até mesmo de que existisse tal lugar – destinado unicamente ao *extermínio*. Um lugar que fazia Terezín, o campo de concentração e gueto judaico fora de Praga, a que tinha chamado de lar no último ano, parecer um sonho.

– Não, o inferno teria sido melhor – murmurou Vanda, quando Helga voltou a seguir em frente e elas a acompanharam, seus lábios se retorcendo num sorriso irônico, ao olhar de volta para elas.

Todas se viraram e a fitaram, intrigadas, quando um dos pastores-alemães começou a mostrar os dentes e a rosnar, o pelo eriçando-se, pronto para estraçalhá-las e deixar na lama uma trilha sangrenta dos seus restos.

Vanda olhou de volta para o cachorro, sem nem ao menos se encolher.

– Pelo menos, estaríamos quentes.

Eva resfolegou. Era surpreendente o que uma pessoa achava engraçado, agora.

Na "refeição" do meio-dia, elas ficaram em fila, esperando sua respectiva porção de sopa. Eva usou a mão como xícara para o líquido aguado, não conseguindo nem perto da quantidade que lhe era devida, porque por mais que tentasse, sem uma caneca, o precioso líquido ainda caía no chão. A comida tinha um cheiro e um gosto peculiares. Algumas se recusaram a comer, assim que chegaram, e até ela, que conhecia bem demais a fome, tendo vindo de Terezín, tinha achado difícil ingeri-la no começo, mas agora todas engoliam aquilo com desespero. Corria um rumor de que os guardas acrescentavam algo para mantê-las calmas e parar a menstruação. No primeiro caso, não funcionou, e o tempo diria quanto ao segundo. Ela desconfiava que, de qualquer modo, as rações de fome acabariam dando um jeito nisso, embora não fosse algo garantido, pois algumas pobres mulheres ainda menstruavam, apesar de tudo.

O gosto da sopa era realmente horroroso, mas ela teria dado qualquer coisa para conseguir mais. Em sua mente não havia espaço para o medo do dano que uma comida estragada poderia fazer em seu corpo a longo prazo; agora só conseguia se preocupar em sobreviver mais um dia, e isso significava tentar conseguir mais, de algum modo.

À noite, por volta das sete horas, depois de terminado o dia de trabalho e elas terem "tempo livre" – que passavam em seus barracões –, recebiam uma fatia de trezentos gramas de pão preto e uma colherada de geleia ou margarina, cuja metade deveria ser guardada para o café da manhã. Poucas conseguiam esperar e começavam o dia com um substituto granuloso de café, que não tinha muito gosto, até finalmente receberem a sopa.

– A primeira coisa que vamos fazer – Eva disse a Sofie depois de terminarem de comer, observando uma das mulheres, que estava ali havia mais tempo, adiantar-se para receber uma porção maior, com a ajuda por uma caneca de metal amassada que tinha nas mãos – é conseguir nossas próprias canecas, ou talvez até tigelas.

As que tinham tais luxos conseguiam uma porção maior, além de pedaços maiores de vegetais. Um utensílio tão simples, mas que ali poderia fazer a diferença entre a vida ou a morte.

Sofie olhou, depois sacudiu a cabeça, rindo sem querer. O som foi doce e inesperado, como um trinado em uma manhã sombria de inverno.

– Uma tigela? Aqui? *Kritzelei*, sempre almejando as estrelas. E como você sugere que façamos isso?

Os lábios de Eva contraíram-se em resposta, seus olhos cor de avelã acesos. Em Terezín, onde as duas se conheceram, Sofie havia lhe dado o apelido de *Kritzelei*. Significava "ociosidade", porque Eva tinha tendência a devanear e ver o mundo da maneira que gostaria que fosse. Tinha sido artista e ilustradora, com um futuro promissor, antes que os nazistas tivessem decidido outra coisa.

Em Terezín, no entanto, Eva havia se tornado uma artista em outras coisas, pela necessidade. Como "escoar", redistribuir pertences que haviam sido tirados deles na *Schleuse*, área aonde os prisioneiros eram levados no campo e espoliados de suas coisas. Escoar não era de fato roubar, era mais como devolver, só que com lucro.

— Ainda não sei — ela respondeu, observando uma mulher, tão magra que parecia feita de palitos de fósforos, passar flutuando. — Mas temos que tentar. Não podemos acabar como *elas*.

— Nós as chamamos de *muselmann* — Helga cochichara, logo depois de se apresentar, na primeira noite que passaram no barracão gelado, onde mais de uma centena de mulheres dormia, oito em cada um dos três níveis dos beliches duros, de madeira, que se estendiam pelo cômodo, parecendo gaiolas.

Elza olhou para onde o dedo vermelho e retorcido de Helga apontava, uma mulher com aspecto de uma casca vazia, cuja alma parecia ter se despedido havia um tempo.

— *Muselmann*?

— Como homens ajoelhados rezando. Completamente reco- lhidas em si mesmas. São as que simplesmente desistiram.

Eva pestanejou, tentado assimilar aquilo, em meio a tudo mais que havia acontecido naquele dia. Seria aquele seu futuro? Seria o de Sofie?

— Você consegue culpá-las? — perguntou Vanda, quando uma jovem, que também estivera com elas no trem, desatou a chorar.

De repente, uma *Kapo*, uma prisioneira antiga, encarregada do barracão delas, adiantou-se e estapeou o rosto da menina que chorava, mandando-a ficar quieta ou chamaria um guarda para calá-la em definitivo.

– Ela não é cruel como as outras – disse Helga, referindo-se às outras *Kapos*, algumas delas tão ruins quanto os guardas, imitando seu sadismo para cair nas suas graças; algumas pareciam ter conservado um lampejo de humanidade.

Enquanto Eva e Sofie olhavam fixo, Helga explicou:

– A menina que está chorando acabou de descobrir o que aconteceu com a mãe – cochichou. – É melhor ela aprender a se adaptar e não fazer um escarcéu, ou logo será a próxima.

Eva sentiu um calafrio correr pela espinha, que não tinha nada a ver com o frio no barracão gelado.

– Para onde eles levaram a mãe dela? – perguntou.

A idosa estava curvada como um velho corvo. Seu cabelo preto, sujo, que estava se tornando grisalho, recomeçara a crescer, liso e murcho em sua cabeça, como penas comidas por traças. Ela olhou para Eva como se a resposta fosse óbvia, depois indicou o lado de fora, ainda que elas não pudessem de fato ver pelas pequenas frestas.

– Para a chaminé.

Eva ficou sem fala, agarrando-se a Sofie, enquanto tomava consciência.

– Eles as queimaram?

Sofie fechou os olhos num horror mudo.

Helga assentiu com uma expressão compassiva. Seus olhos grandes e escuros, bordejados com rugas finas e arroxeadas não tinham vida, mesmo quando disse:

– Vamos morrer aqui. Quanto antes aceitarmos, melhor.

Então virou-se e deitou de frente para o outro lado da parede no beliche, aparentemente cansada de falar e explicar o inevitável para as recém-chegadas.

Eva engoliu em seco, ouvindo o som dos soluços abafados da menina, seu coração golpeando dolorosamente dentro do peito. Trocou com Sofie e Vanda um olhar silencioso de horror.

Ao cair da noite, elas receberam uma fatia de pão preto de pouco mais de sete centímetros, e só lhes restou tentar dormir. Eva encaixou o corpo ao lado do de Sofie. O beliche era duro, com um cobertor fino e sujo que todas procuravam compartilhar. Apesar do contato entre os corpos, ainda estava gelado. Seus pés estavam nus, já que não conseguira encontrar meias curtas ou compridas depois de ter sido deixada nua para o que simulava um chuveiro, onde haviam simplesmente borrifado água sobre a pele suja e colocado roupas ainda mais sujas sobre o corpo molhado e frio. Levaria algum tempo até que elas começassem a temer chuveiros, mas por enquanto eram abençoadamente ignorantes. Por enquanto, processar *isso* era o suficiente. Ela vestia um conjunto maltrapilho, consistindo em um velho redingote, um uniforme de mangas compridas, enorme, além de uma jaqueta masculina fina, listada, além de tamancos desemparceirados, que a alertaram para manter nos pés até enquanto dormia, para evitar roubo.

Eva virou-se, seus olhos contemplando o estrado de madeira sobre sua cabeça, fazendo as outras resmungarem, pois cada uma delas também teria que virar. As palavras sombrias de Helga reverberavam dentro de seu crânio como uma marreta.

— Nós vamos viver — cochichou para Sofie, pegando a mão da amiga na noite escura. — Sobreviveremos a isto, como fizemos em Terezín.

— Como? — murmurou Sofie.

Sua amiga de fala franca, dura, virou seus olhos escuros e temerosos para ela. Sob eles, havia olheiras fundas. No trem o sono fora escasso, e ela desconfiava que também haveria pouco descanso nos dias à frente.

— Tem uma mulher aqui que disse que eles mataram todo mundo em sua aldeia, todos foram levados e fuzilados no primeiro dia. Quase todas aqui perderam pais ou companheiros ou filhos.

Eva olhou para ela no escuro, tentando assimilar aquilo.

— Isso mesmo — disse Helga entre dentes, sentando-se com uma careta, depois se virando de frente para lhes desferir um olhar enfezado por mantê-la acordada. Seus olhos estavam vidrados, quase febris em sua raiva súbita. Algumas das outras mulheres gemeram com o incômodo. Helga ignorou-as, enquanto repreendia Eva:

— Você se acha especial? Que você, entre todas as outras aqui, merece viver?

— Não, não acho. — Eva sacudiu a cabeça.

— Mas de algum modo você pensa que sairá daqui viva? — sibilou Helga, erguendo uma sobrancelha fina.

— Calem a boca! — gritou a *Kapo*, surgindo, de repente, do seu quarto no final do barracão. — Ou mando atirarem em vocês aqui e agora!

Elas se aquietaram rapidamente.

Eva tornou a se deitar, encarando a madeira acima da cabeça, e depois cochichou para Sofie:

— Nós viveremos e vou reencontrar Michal.

Helga fez um som com o fundo da garganta, incrédula:

— Seu marido? — adivinhou. — Você é uma *idiota* absoluta. Ninguém aqui pode se dar ao luxo de pensar assim. Acredite em mim, é melhor esquecer quem você era; agora aquela vida acabou.

Eva afastou uma lágrima raivosa, pensando: *Muselmann*.

— Não. É *isto* que não podemos nos dar ao luxo de pensar, como se não houvesse esperança, porque essa é a única maneira de eles de fato vencerem.

✦ DOIS ✦

AUSCHWITZ TINHA O TAMANHO de uma pequena cidade. À entrada dos portões, havia uma mentira: *ARBEIT MACHT FREI*. O TRABALHO LIBERTA.

Eva pressionou o maxilar perante a ideia. A não ser que os nazistas estivessem se referindo à liberdade final, da vida. Arrastou-se para perto de uma cerca de arame farpado em seus tamancos enormes, que escorregavam e não impediam o frio, lama suja envolvendo seus dedos congelados, provocando dores lancinantes em suas panturrilhas, conforme andava.

Auschwitz funcionava tanto como campo de extermínio quanto de trabalho. Originalmente, tinha sido um centro de detenção para prisioneiros políticos, mas depois da Solução Final de Hitler, que conclamava a morte em massa de todos os judeus e de outros indesejáveis, tais como deficientes mentais, ciganos, homossexuais e outros considerados inadequados para viver na Alemanha nazista, tinha se transformado oficialmente na sua maior máquina de mortandade.

Eva estava em Birkenau, ou Auschwitz II-Birkenau, como era oficialmente conhecido, a maior das unidades do campo, que podia abrigar mais de oitenta mil prisioneiros. Era um dos mais de quarenta complexos semelhantes.

Eva ergueu os olhos para além da expansão de lama revirada por dezenas de milhares de pés, além da longa construção de tijolos com a torre de vigia acima das fileiras de decrépitos barracões de madeira, até um pequeno grupo de homens que consertavam um telhado a cem metros de distância.

Michal estava aqui, em algum lugar. Poderia até estar entre *aqueles homens*. Ela sabia que as chances de um daqueles homens ser seu marido – ou mesmo de conhecê-lo, num campo daquele tamanho, com tantos prédios, cobrindo distâncias tão vastas – eram baixas. Mas se conseguisse arrumar um jeito de falar com eles, talvez alguém soubesse alguma coisa. Talvez alguém, de algum modo, pudesse lhe contar *alguma coisa*.

Afinal de contas, era por isso que ela estava ali.

Enquanto todos em Terezín, que funcionava como um campo de transição bem como um gueto, tinham se esforçado ao máximo para tirar seu nome das listas de transporte, Eva tinha se oferecido para ir. *Para lá*. Oferecera-se na esperança de seguir o marido, antes de saber, exatamente, o que aquilo significava. Não foi a única esposa a fazer isso; inúmeras mulheres estavam ali pelo mesmo motivo.

Um guarda da SS viu-a encarar o grupo de homens, uma mão nervosa aproximando-se da arma. Ela prosseguiu na lama o mais rápido que pôde em direção à lavanderia, para onde tinha sido designada naquele dia, juntamente com as outras mulheres na fila à frente. Levantou o queixo e deu uma última olhada no guarda, antes de seguir, e pensou: "Eu faria de novo. Mesmo sabendo o que sei agora. Se isso significasse encontrar você, Michal. E encontrarei", jurou.

Levou três dias para conseguir as canecas.

Usou tudo o que seu tio Bedrich lhe ensinara. Ele havia sido um jogador e trapaceiro e lhe mostrara tudo o que sabia lá em Terezín, o gueto, onde, com o restante da sua família, tinham ido parar depois que os nazistas ocuparam a Tchecoslováquia e decidiram que os judeus não eram mais cidadãos em seu próprio país.

Anos antes

– Foi esta? – Bedrich perguntou uma noite, enquanto pegava a carta que ela havia escolhido um minuto antes, que de algum modo achava-se incrustada em seu velho chapéu cinza.

– Foi! – ela exclamou surpresa, seus olhos cor de avelá enormes em seu rosto em formato de coração.

Os vincos de risada próximos aos olhos do tio aprofundaram-se, enquanto ele tirava a rainha de espadas e ela o olhava de boca aberta. Deu uma piscada com seu olho escuro, depois enrolou um cigarro.

Eles estavam no pátio, e nos fundos alguém tocava violão, uma canção folclórica sobre amor e perda. Mais tarde, houve até um concerto, com música nova de um compositor famoso. Às vezes, era até possível se convencer de que aquela era uma vida normal, embora a higiene precária, a superlotação, e as rações de fome sempre trouxessem de volta a verdade.

– Como sempre, trabalho duro, Bedrich – disse o pai de Eva. Seus olhos cor de avelá, tão parecidos com os dela, estavam provocativos ao passar, erguendo um dedo em saudação. Era uma brincadeira familiar e desgastada.

– Sempre – foi a resposta de Bedrich, sua boca erguendo-se num semissorriso velhaco, irrepreensível.

Eles olharam, enquanto Otto, o pai de Eva, passava rápido, com um cumprimento de cabeça para a filha e o recado de que sua mãe procurava por ela.

Seu pai era um homem alto e magro, de terno, cabelo espesso e grisalho e olhos bondosos. Carregava muita papelada nos braços ao se dirigir para o escritório do campo, onde trabalhava como guarda-livros, usando sua capacidade como um dos antigos e melhores contadores da cidade de Praga para manter o campo nazista funcionando com eficiência.

Não estava só. Todos ali trabalhavam para manter o campo funcionando, como Eva, trabalhando nos jardins; sua mãe, que trabalhava na lavanderia; ou Bedrich, que parecia fazer todos os trabalhos estranhos para os quais pudesse ser necessário um homem que não fizesse perguntas demais. Tudo era necessário. No entanto, poucos tinham sorte o bastante para pegar um dos melhores trabalhos, como seu pai. Em grande parte, isso se devia a sua situação como um dos primeiros a chegar; havia uma hierarquia, e os que haviam ajudado a construir o lugar estavam, consequentemente, no topo. Era como se eles tivessem tido escolha em sua construção; não tiveram.

O pai de Eva, para grande dor da família, não conseguiu utilizar o benefício da sua posição – e, mais importante, a proteção que sua posição poderia ter-lhe garantido.

Bedrich sacudiu a cabeça e murmurou, baixinho:

– Sempre tão ocupado, Otto, conformando-se às regras deles.

Seu tio flagrou-a olhando fixo para ele e apertou os lábios, dando uma grande tragada em seu cigarro caseiro, antes de apagá-lo com um apertão dos seus dedos grossos, e colocar o restante em seu chapéu cinza como precaução, seus olhos negros excepcionalmente sérios.

– Eva, me escute. É importante. Seu pai é o melhor homem que eu conheço, bom, justo. Admirei-o a vida toda. Seu *Babička* dizia que eu era a mais rebelde da família porque, como você sabe, sempre me metia em confusão. Ainda me meto, por falar nisso.

Ele piscou para ela, com um brilho nos olhos, o que a fez abrir um sorriso largo. Sempre adorara seu tio um tanto malandro, que costumava trazer debaixo da manga algum esquema para enriquecer, um dos quais fora, por um tempo, criar répteis exóticos, o outro, um salão de pôquer pós-expediente, o que realmente o deixou bem rico, antes de ser totalmente confiscado.

Bedrich continuou:

— Sua avó queria que eu fosse mais como o Otto, tivesse um trabalho decente de vida inteira, visse certo e errado em branco e preto, não em tons de cinza. As coisas sempre precisam somar para ele. Acho que é por isso que ele se tornou contador. — Ele sorriu, mostrando um conjunto de dentes ligeiramente encavalados num sorriso contagiante. Sacudiu a cabeça, ao continuar: — Ele me diz, "Bedrich, não vou mudar quem sou, não vou deixar de defender o que acredito, o que é certo, e não vou começar a mentir e enganar para progredir neste lugar. Nem cobrar sob alguma falsa sensação de direito por ter sido um dos primeiros infelizes a vir para cá. Se meu nome estiver numa lista de transporte, por que devo lutar contra, se isto apenas significará que outra pessoa deve ocupar o meu lugar?".

Eva soltou a respiração, chocada. As listas não eram perfeitas nem justas, embora quem as controlasse quisesse que eles acreditassem em toda eficiência, precisão e responsabilidade alemãs. Às vezes, acrescentavam mais pessoas a esmo nos transportes, que é como os trens eram chamados ali. Pessoas perfeitamente saudáveis, que poderiam trabalhar ali, eram arrancadas da família e mandadas para o "Leste", sem ao menos se despedirem, só para ocupar um espaço extra num vagão e só pelo fato de estarem na linha de visão dos guardas.

Era o que tinha acontecido com Michal. Eva só sabia que ele tinha sido levado, enfiado em um trem, nada mais. Seu mundo acabou em minutos e, desde então, a preocupação e as conjeturas sobre aonde ele havia sido levado eram um tormento constante. Ela desviou os olhos, embaçados de lágrimas não vertidas.

Seu tio apertou as pálpebras, acenando com a cabeça como se soubesse exatamente o que ela estava pensando.

— Eu disse a ele: "Otto, não seja bobo, você faz isso pelo mesmo motivo que se abaixa quando uma bala é disparada. Não precisa facilitar para eles". Mas ele não me ouve. Mas quem sabe você me ouvirá? Tenho visto como é para você. Você é pequena, menor do que os outros, sempre perdida em seu próprio mundinho, desenhando, sonhando com um mundo melhor com a sua arte, sempre foi assim, mesmo quando garotinha. – Ele sorriu. – Exatamente como a Mila.

Os dois ficaram tristes, lembrando-se dela. A filha dele, prima e melhor amiga dela, levada muito cedo pela escarlatina, que correra solta no gueto durante o verão. Ele ergueu os olhos, reprimiu as lágrimas.

– Ser sensível e pequena pode ser difícil num lugar como este; podem passar por cima de você, se não se mantiver firme. Às vezes, isso significa que você precisa lutar com mais garra, para ensinar os outros a serem mais justos, entende?

Eva deu de ombros, já sabia disso. Às vezes precisava usar os cotovelos para garantir que não seria posta para fora da fila de comida, era verdade. Se não chegasse a tempo na fila, poderia não conseguir comida, não havia sobras ali. Ela havia aprendido rápido essa lição. Não precisou de outra.

Ele balançou a cabeça, como se pudesse ler seus pensamentos.

– Às vezes você precisa usar outras habilidades para sobreviver. Esperteza – ele disse, dando um tapinha na cabeça e dirigindo-lhe uma piscadinha. – Você fará coisas que não se encaixam lá, no mundo real. Mas tem que fazê-las mesmo assim. Porque não estamos lá fora, entende? E ninguém virá em nosso socorro tão cedo. Existe um regulamento diferente para este lugar, para esta época em nossa vida. Entenda isto, e talvez você saia viva, e eu preciso que você sobreviva a isto, está bem, *ditĕ*? Já perdemos gente demais.

Logo depois, suas aulas com o tio começaram. Eram uma distração bem-vinda para seu pesar com a perda da prima, seus medos e suas preocupações em relação a Michal.

Agora, ela tinha um objetivo: descobrir aonde ele tinha sido levado e ir para lá assim que pudesse. Mas até então, aprenderia qualquer coisa que pudesse ajudá-la a sair daquilo viva, e aprendeu.

No decorrer de uma semana, o tio lhe ensinou ilusionismo e a arte da distração. Na segunda semana, ela conseguia tirar algo da mesa sem que ninguém percebesse, e na terceira, colocar a coisa de volta também sem que notassem – o que, afinal, era a parte realmente complicada. Ela não queria roubar dos amigos, nem de outros moradores, e a princípio não faria isso, mas roubaria dos guardas e de seus inimigos, se fosse necessário, para manter os amigos e a família vivos. Aprendeu a perceber que a maioria das pessoas não vê o que de fato acontece a sua volta, mesmo quando acontece bem debaixo do nariz. Aprendeu, também, que isso pode ter a ajuda de um pouco de distração, caso seja necessário.

Em três meses, já conseguia fazer o truque das cartas. Depois que pegava o jeito, era simples. Assim como a maioria das coisas, realmente, o conhecimento era poder.

Tinha sido relativamente simples conseguir as canecas. Mas longe de ser fácil. Foi preciso guardar por três dias o pão preto de centeio que elas recebiam para trocar com uma mulher indicada por Helga, que poderia arranjar tais coisas. Uma polonesa alta, de quadril largo, chamada Zuzanna, foi quem lhe entregou três canecas.

– Arranjei estas para vocês – ela disse, deixando uma de lado. Era assim que chamavam ali, "arranjar". Eva olhou a outra caneca deixada de lado.

– Preciso de quatro – afirmou.

– Vai custar mais.

Eva concordou com a cabeça, oferecendo um cachecol, pertence de sorte encontrado por Sofie ao chegar, na confusão de roupas, que tinha sido sua contribuição. Sofie não sabia que Eva andara passando fome para conseguir as canecas, ou a infernizaria por isso. E tinha sido um inferno, três dias só de café fajuto e sopa aguada. Mas a comida era o item de troca mais valioso em Auschwitz, de mais alta circulação.

Zuzanna olhou o cachecol grosso, surrado, mas quente, e concordou, estendendo a quarta caneca. O segundo item de troca mais valioso era qualquer coisa que ajudasse no frio implacável.

Valia a pena por uma barriga mais cheia; as canecas garantiriam que elas conseguissem, no mínimo, sua porção de sopa e café, em vez do pequeno punhado que pingava pelos dedos nus, diariamente. Uma coisa tão pequena, mas fazia uma grande diferença. Eram para ela, Sofie, Vanda, e outra mulher chamada Noemi, que dormia no beliche abaixo delas.

Naquela manhã, ela passou a caneca para Noemi antes da *Appell*. Os olhos de Noemi arregalaram-se com tal presente. Era uma mulher bonita, apesar de seus cabelos negros terem sido raspados, com olhos azuis e maçãs do rosto salientes.

– Para mim? – perguntou, chocada. – Como você arranjou isto? Fico te devendo, obrigada.

Eva deu de ombros, piscando para ela. Noemi ficaria lhe devendo, era assim que as coisas funcionavam ali; uma vida que existia numa circulação de favores, quanto maior o favor, maior o que você deveria receber em troca. Poderia não dar em nada, ou ser uma apólice de seguro para mais tarde. Qualquer pessoa sensata fazia isso.

– Você sabe das coisas, Eva – disse Vanda, seguindo atrás delas com a nova caneca em mãos. Já falava em como dormiria com ela amarrada na cintura, para impedir roubo, o que também era comum. As pessoas fariam qualquer coisa só para sobreviver.

Eva deu de ombros, evasiva. Não sabia das coisas no começo, não por um bom tempo, tendendo demais a devanear, e com o coração mole demais. Mas Bedrich tinha sido um bom professor.

❧ TRÊS ❧

A NEVE COMEÇAVA A CAIR em fluxos densos que rodopiavam ao redor das mulheres que seguiam em frente, enfrentando tosses e espirros. As espertas mostravam-se mais fortes e mais dispostas, aptas para trabalhar. As outras corriam o risco de receber o tipo de trabalho que garantisse uma morte rápida.

O barulho vindo das vastas fileiras de mulheres era alto como o zumbido de abelhas, mesmo com os efeitos amortecedores da neve. Eva tinha os dedos dos pés entorpecidos, mas mantinha as costas retas para parecer mais alta e mais forte. Decidiu que sua próxima encomenda seriam meias compridas. Estava começando a realmente se preocupar com o frio congelante.

Mas isso não era nada, comparado ao problema atual de Vanda. A húngara engoliu em seco, comprimindo os lábios cheios, a pálida pele sardenta do rosto sem cor, fazendo seu cabelo ruivo tosado reluzir na fraca luz invernal.

Um guarda da SS chamado Wilhelm Hinterschloss, de olhos frios e cinzentos, lábios finos e dentes ainda mais finos, parecendo fusos, olhava para Vanda como se ela fosse um inseto que ele gostaria de esmagar, e logo.

Repetiu suas instruções, movimentando o queixo ao fazê-lo, mas ficou claro que ela, que tinha um conhecimento muito limitado de alemão, continuava sem entender.

– O armazém – sussurrou Eva, chegando mais perto, o coração golpeando de medo. – Eles querem que você vá ao armazém de triagem, aquele que chamam de "Kanada".

Apelidado assim pelas prisioneiras por causa de um lugar que consideravam ser uma terra de fartura, era escrito com "K", em alemão.

Hinterschloss virou-se abruptamente para ela, com o olhar faiscando – o branco dos olhos era amarelo, como se tivesse sido mergulhado em nicotina. Sua voz era fria e baixa, mais cortante que o ar gelado.

– O que você acabou de dizer?

Um arrepio correu pela espinha de Eva, e sua boca ficou seca de repente.

Houve um lampejo dos dentes parecidos com os de um rato, levando Eva a se lembrar vivamente de um roedor prestes a se banquetear com sua presa.

O coração dela começou a bater forte, suas pernas e seus braços ficaram entorpecidos, a língua passou a ser grande demais para a boca, ao tentar formular uma resposta.

Ela engoliu em seco quando ele veio à frente, suas botas grossas e com tachões afundando na neve, o rosto a centímetros do dela. Tinha o hálito rançoso, cheirando a uísque. Ao que parecia, os guardas tinham recursos para anestesiar o frio, enquanto esperavam com elas ao ar livre. Não parecia que precisassem disso para o coração. Não tinham coração.

Eva hesitou.

– Eu... estava traduzindo, senhor.

As mãos de Hinterschloss foram até a arma, e ela fechou os olhos por um momento, em um medo abjeto. Por sua cabeça, sem esperar, passou repentinamente a primeira vez que encontrara Sofie, no gueto judeu, antes de ter começado suas "aulas" com o tio.

— Você fala alemão?

Eva levantou os olhos do caderno de desenho. Era apenas uma coleção de pedaços de papel rasgados, que ela juntara num caderno amarrado com barbante, trocados por uma batata. A mulher que tinha sido levada para seu barracão naquela manhã estava em pé ao lado do seu beliche. Ainda precisava encontrar uma cama. Ali, espaço era sempre um problema. Era alta e magra e usava um velho vestido verde puído nas beiradas. Tinha o cabelo longo, loiro escuro, e grandes olhos escuros. No alto da sua testa, beirando o couro cabeludo, havia um ferimento grosso e empelotado, que começava a cicatrizar. Parecia que a cicatriz seria bem grande. Apesar disso, ou talvez em oposição a isso, Eva não pôde deixar de notar que ela era muito bonita, com lábios cheios e maçãs do rosto bem definidas.

Ao fundo, Eva prestou atenção em duas mulheres que discutiam, algo que não percebera enquanto desenhava. A comida racionada e o confinamento estrito, juntamente da ameaça constante de serem transportadas para um campo de trabalhos, longe da famílias, contribuíam para um ambiente tenso. Eva, com frequência, optava por não participar daquilo tudo, recolhendo-se no passado, com seus desenhos.

Olhou para os olhos curiosos, escuros e grandes da desconhecida, quando ela se sentou a seu lado. Depois, deu de ombros, respondendo à pergunta dela:

— Na verdade, não. Todo mundo aqui fala tcheco.

— Que maluquice.

O cabelo longo e escuro de Eva balançou para a frente, enquanto ela olhava a recém-chegada, surpresa:

— Por que maluquice?

— Os presos falam tcheco, *Kritzelei*, mas quem está no comando, as pessoas que fazem as regras, de quem você poderia ter que tirar alguma coisa, falam alemão.

Os olhos cor de avelã de Eva arregalaram-se incrédulos perante as palavras da desconhecida e de suas ideias ainda mais estranhas.

– Tirar alguma coisa dos alemães? – ela repetiu. – Como o quê, uma bala?

Ela sacudiu a cabeça e voltou para seu desenho do rio Vltava, logo depois da primavera, quando os malmequeres-dos-brejos estavam em flor. Era onde desejava estar, mais do que em qualquer outro lugar. De volta em casa. Continuou falando, enquanto desenhava:

– Você não percebe? Eles nunca nos verão como um deles. É por isto que estamos aqui.

Era um fato simples. Por isto tinham sido arrebanhados e levados de suas casas, forçados a viver naquele infernal gueto judeu.

– É, eles nunca a considerarão um deles, mas você pode dar a eles um motivo a menos para ser tratada como um animal. Conhecendo a língua deles.

Eva franziu o cenho enquanto refletia. Aquilo fazia sentido e poderia ajudá-la, caso um dia conseguisse descobrir para onde tinham levado seu marido. Ergueu os olhos, levantando o lápis.

– Mas como?

– Eu te ensino.

– Por quê? Por que você faria isto?

– Porque – ela sorriu – soube que você tem lugar no seu beliche. É verdade?

– É.

Recentemente, ficara com um lugar disponível, porque a mulher com a qual ela o dividia tinha sido levada, transportada para outro campo em algum lugar a "Leste", como os outros. Quem saberia onde?

A mulher inclinou-se para frente, de onde estava, na beirada da cama.

– Então, fica para mim, certo? – Depois, sorriu, e o sorriso transformou seu rosto, tornando-a jovem e travessa, instantaneamente simpática. – A propósito, sou Sofie Weis.

Eva encarou-a e ela sorriu em resposta.

– Tudo bem – concordou, e também se apresentou. – Eva Adami.

Sofie era uma mestra implacável. Era firme e direta, não tolerando discussões, especialmente no que dizia respeito à pronúncia de Eva, ensinando com mão de ferro com o passar das semanas.

– Não, *Kritzelei*. Achate os lábios, não conclua as coisas desse jeito.

– Que importância tem? – suspirou Eva.

Desprezava tudo que dizia respeito aos alemães, era mais forte do que ela; veja o que eles haviam feito com aquelas pessoas, como as forçavam a viver, ficava irritada de aprender aquela língua, de tentar soar como eles.

– Então, vou ter um sotaque e não vou soar como eles, e daí?

Sofie sacudiu a cabeça, exasperada.

– Pense, *Kritzelei*, e então eles te matam porque você soa diferente.

Eva revirou os olhos.

– Eles não me matariam só por isso.

Sofie riu e tirou uma longa mecha de cabelo do rosto, colocando-a para trás. O olhar de Eva deu com o machucado espesso em sua testa e couro cabeludo, que tinha se tornado uma grande cicatriz rosada. Foi um gesto involuntário, mas que mesmo assim comprovou a opinião de Sofie, mais do que Eva se deu conta.

– Como deve ser viver nessa sua cabeça? – murmurou Sofie. – Um monte de arco-íris e um mundo perfeitinho...

Eva travou o maxilar. Não era uma idiota, apenas tinha escolhido não focar o tempo todo no quanto tudo estava ruim. Até então, tinha chegado até ali, não tinha? Conseguira manter seu nome fora de uma lista de transporte, comer, sobreviver. Fazer tudo que estivesse em seu poder para tentar descobrir para onde haviam levado Michal.

– Não sou uma idiota. Não precisa caçoar de mim só por eu ter escolhido não passar o tempo todo batendo a cabeça na parede, porque tenho esperança de um dia sair daqui.

Os olhos de Sofie suavizaram-se, ela pareceu triste.

— Não estou caçoando de você. Te admiro, sinceramente. Prefiro a sua versão do mundo – comentou ela, apontando para a parede ao lado do beliche, onde estavam pregados os desenhos de Eva, oferecendo uma saída para o entorno sombrio. Havia desenhos da amada cidade de Eva, o rio Vltava, e o castelo de Praga. Um toque de lar.

— Mas no campo de Westerbork, para onde fui levada, encontrei outras mulheres que não haviam sido tratadas com tanta gentileza, vindas de lugares muito mais rigorosos. Onde não havia concertos, nem amigos ou famílias que podiam se ver; nem banheiros com chuveiros e vasos sanitários. Onde eram tratadas como escória e poderiam ser mortas só por estarem no lugar errado. Era para eu ter ido para um desses lugares bem a leste – ela contou, com os olhos escurecendo mais. – O único motivo de eles, em vez disso, terem me trazido para cá, para Terezín, foi porque o trem que nos levava quebrou e na confusão, entrei no que vinha para cá. Foi por pura sorte que escolhi aquele. Quero que você fique atenta a isso e fique a salvo. Você sabe que o plano é tirar todos daqui e mandar para um desses lugares onde trabalharemos ao ar livre, ou em uma fábrica, durante horas. Então, preciso que você esteja preparada, ok? Na estação, vi eles matarem um homem só por ter tropeçado e ficado na frente do guarda. Em vez de tirarem ele de lá, mataram-no para o caso de ele vir a tropeçar de novo.

Eva piscou, tentando assimilar aquilo; que havia lugares onde a vida tinha se tornado tão desvalorizada que podia ser eliminada só por estar no caminho de alguém, como um inseto.

— Mas se eles detestam tanto a gente, por que tentar ser mais como eles, por que se incomodar em soar como eles?

Sofie deu de ombros.

— Porque aqui a mínima coisa pode fazer uma grande diferença. Em que fila você está, em que trem você acaba. A mosca que percebe qual janela tem uma fresta aberta vive, *Kritzelei*. A que não percebe apenas se debate contra o vidro até a morte.

❖❖❖

– Traduzindo? – Hinterschloss repetiu, seus olhos cinzentos transformando-se em fendas em seu rosto avermelhado. – Acha que eu preciso de tradução? Temos tempo sobrando, escória? – Ele cuspiu e o cuspe congelou antes de chegar aos pés dela.

Eva sacudiu a cabeça rapidamente.

– Não, não temos. Foi por isto que quis ajudar. Assim, as pessoas a quem o senhor mandou trabalhar no armazém entendem suas instruções.

Ele olhou fixo para ela por um momento.

– Você quis ajudar? – repetiu baixinho. A mão dele voltou a adejar para a pistola. Ele deu uma fungada, depois fez um aceno quase imperceptível com a cabeça, como se estivesse refletindo sobre que ação tomar. Estava congelante, eles estavam lá fora já havia mais de duas horas. Talvez ele também estivesse sentindo isso, ou os efeitos do uísque já estavam acabando porque, por fim, suspirou e disse:

– Tudo bem, então vá com elas. Preste atenção para que elas entendam aonde ir e o que fazer.

Eva soltou o ar. Seus joelhos estavam tão bambos que se ela se mexesse, cairia. Só conseguiu balançar a cabeça com um alívio abjeto.

– Ou você tem vontade de morrer – Vanda disse quando elas começaram a percorrer o longo caminho pela neve até os armazéns, o coração de Eva ainda golpeando com força em seus ouvidos – ou tem os maiores culhões que eu já vi – e riu. Algumas delas riram junto.

Sofie xingou atrás dela. Ela e Helga também haviam sido designadas para o armazém. Os olhos de Sofie estavam grandes, sérios.

– Não seja idiota. Eva acabou de salvar a sua vida.

Ainda fazia frio, do tipo que parecia cortar. Elas tinham se mudado para um novo barracão, junto com as outras designadas para o armazém, um lugar ligeiramente melhor do que o anterior, sobretudo naquele momento, considerando o surrado cobertor extra que podiam dividir. Não que fosse de grande serventia. O vento tinha aumentado, uivando a ponto de sacudir os caibros, fazendo todas tremerem miseravelmente. Em um dos outros beliches, uma mulher tossia alto, mantendo todas acordadas.

– Seu cotovelo está me cutucando – reclamou Sofie, e Eva voltou a se virar.

Claramente desconfortável e incapaz de dormir, Sofie suspirou, correu a mão sobre a cabeça raspada e com a marca da cicatriz, e disse:

– Conte-me de novo sobre o rio, sobre o *sol*, sobre o dia em que conheceu Michal.

Eva olhou para cima, um sorrisinho perpassando seus lábios, e se arrastou mais para perto, para recostar a cabeça raspada no ombro ossudo de Sofie.

Outras vozes no beliche ecoaram a dela, pedindo a mesma coisa:

– É, conte para a gente, *Kritzelei*, sobre o rapaz e quando vocês se conheceram.

– E o pêssego, não se esqueça de descrever o pêssego – disse Helga, que com o tempo tinha começado a gostar dela.

Talvez algo da natureza esperançosa inata de Eva tivesse contagiado um pouquinho a velha, que já não era nem um pouco ácida como tinha sido ao se conhecerem; as duas tinham se tornado uma espécie de dupla improvável.

As outras companheiras de beliche resmungaram, os estômagos roncando de fome, as bocas salivando ao pensar no pêssego maduro, aquecido pelo sol, sua polpa dourada e o suco doce.

Eva sorriu na noite escura. Já tinha contado a história a elas, mas não se importava em contar de novo. Era isso que ela fazia a maioria das noites, contava histórias. Costumava desenhar com os dedos, agora fazia o mesmo com palavras e suas lembranças. Não era tão diferente.

– Era 1938, começo de abril em Praga. Naquele ano, a primavera havia começado cedo, compensando o longo inverno. Era aquele tipo de dia raro, quando o vento está fresco, mas não gelado, e você começa a sonhar que talvez o verão esteja a caminho. Os malmequeres-dos-brejos estavam floridos e dava para sentir o perfume deles às margens do rio. A velha cidade estava atarefada, pessoas indo ao mercado, e eu estava sentada ao lado de uma fonte. Tinha saído de casa cedo, tentando me distrair das notícias. Em casa, passávamos o tempo todo preocupados com o que estava acontecendo na Alemanha desde a anexação da Áustria. Hitler havia declarado que a próxima seria a Tchecoslováquia, mas tínhamos fé de que o presidente Beneš jamais permitiria aquilo, aliás, nem os aliados. Ou, pelo menos, estávamos tentando manter a fé...

— E foi quando você viu o mais lindo... — interrompeu Vanda, seu cabelo ruivo curto brilhando até no barracão escuro.

— Não, quando ela ouviu a música mais linda... — corrigiu Sofie, estreitando os olhos escuros para Vanda. — E pare de interromper a história. Eu estava começando a sentir o calor do sol nos meus dedos.

Estendeu suas pobres mãos vermelhas, inchadas e doloridas pelo frio. O congelamento era um problema real no campo, além de todo o resto.

Eva fechou as mãos dela entre as suas.

— Está certo — continuou. — Eu estava sentada junto à fonte com meu caderno de desenho, sob a luz do sol, e fazia calor longe do vento. À minha frente havia um pêssego que eu tentava desenhar, mas minha mente ficava me arrastando de volta para os olhos preocupados do meu pai, para o medo de que talvez entrássemos em uma nova guerra. Pensei se deveria simplesmente sair para dar uma volta, deixar para trás meus pensamentos sombrios, quando escutei a música mais linda. Um violino começou a tocar, e me senti como se tivesse tropeçado para dentro de um sonho. No começo, soou baixinho, depois assombroso. A melodia parecia me levar, e devo ter ficado sentada por uns dez minutos, só escutando. Não conseguia ver de onde ela vinha, então me levantei para dar uma volta e procurar, mas não havia ninguém. Por fim, olhei para cima e vi que estava sentada logo abaixo de um estúdio, e acima de mim um homem tocava. De onde eu estava, só conseguia ver seus sapatos.

— Não dava para ver nem um pouco do rosto dele? — Vanda perguntou.

— Não.

— Os sapatos eram bonitos? —perguntou Helga.

— Eram velhos.

— Mesmo assim, você resolveu lhe dar seu pêssego?

Todas riram.

Eva também.

— Sim, quando acabei de desenhar, deixei-o no peitoril da janela, que era a única parte que eu alcançava.

— Por que você fez isso? — perguntou Vanda.

Eva deu de ombros.

— Não sei. Queria lhe dar algo em troca, alguma coisa para retribuir o que ele tinha acabado de me dar.

— O quê?

— Esperança.

No dia seguinte, Eva voltou para a praça e sorriu ao ver que o pêssego já não estava lá. Que talvez ele o tivesse pegado.

— Poderia ter sido levado por um gato ou um passarinho — Helga disse, sempre prática.

— Talvez — Eva reconheceu.

Ainda assim, ela esperou ao lado da fonte com seu caderno e outro pêssego.

Levou algum tempo para que a música recomeçasse.

Enquanto Eva ficava sentada escutando, fechou os olhos. O tempo voltara a esfriar, uma típica primavera instável, mas estava satisfeita em apenas ficar ali sentada, saboreando a música, envolvida por um grosso xale escarlate, seus longos cabelos escuros sob um chapéu de lã creme. A melodia era assombrosa e linda, parecendo tocar em sua própria alma.

— E mesmo assim você não viu o rosto dele?

Eva sacudiu a cabeça.

– Só os sapatos e o tapete. Era azul-marinho e verde-garrafa, no qual ele pisava enquanto tocava. Nos lugares onde ele andava, estava puído.

Depois disso, ela voltou ali todos os dias para ouvi-lo tocar. Para desenhar, independentemente do clima. E todos os dias, ao ir embora, ela lhe deixava uma oferenda, um pêssego, uma maçã. Uma vez, deixou uma barra de chocolate. Isso que levou todas a gemerem:

– Imagine se ele nunca a pegasse, que desperdício! – exclamou uma das mulheres.

Ali, ninguém desperdiçava comida. Todas concordaram com a cabeça.

Então, um dia, ela voltou à praça para ocupar seu lugar junto à fonte, e viu que ele havia deixado algo no peitoril. Era um bilhete: *Para a moça do pêssego*, estava escrito.

– E o que era? – perguntou Helga.

– Entradas para a sinfônica daquela noite.

– Você sabia que ele tocava na sinfônica?

– Até aquele momento, não. Eu não tinha um vestido de acordo, então peguei um emprestado com minha prima Mila, um vestido azul. Ela era uma espécie de *socialite*. – Ela sorriu com lembrança de sua prima preferida, de quem sentia uma falta terrível. – Seda.

Eva sacudiu a cabeça com a lembrança. Aquilo parecia tão permanente! Roupas boas, estar limpa, um mundo de distância dos trapos sujos e ásperos que todas elas usavam agora, cada uma com algum tipo dos uniformes listados que fazia com que todas parecessem a mesma, como mais um número.

– Quem você levou? – perguntou Sofie, mesmo já conhecendo a história de cor.

– Minha mãe – Eva sorriu.

– A um encontro! – riu Vanda. Ela tinha uma risada profunda, imprópria, de fundão de sala de aula, que fazia todas gargalharem também.

— Eu não sabia que era um encontro! Só estava indo assistir a sinfônica!

— Mas você não sabia qual dos músicos era ele? Que romântico! — Vanda exclamou, seus olhos dançando com a ideia.

— Embora ele pudesse ser feio e gordo — argumentou Helga.

Todas as outras reviraram os olhos para ela, mas Eva admitiu com um alçar de ombros.

— Não, ela tem razão, ele poderia ser qualquer um, pelo menos qualquer um na seção dos violinos.

— Você achava que talvez o reconhecesse de algum jeito, como no caso de ele tocar um solo? — perguntou Vanda, enquanto o vento aumentava do lado de fora, criando um uivo que percorria o barracão, fazendo todas se amontoarem mais.

Eva brincou com o tecido gasto do seu pulso, a mente no passado, sem sentir o frio naquele momento. Mesmo agora, se fechasse os olhos, poderia escutar os violinos, o ritmo marchando com as batidas do seu coração.

— Eu esperava que fosse esse o caso. Mas assim que começou a apresentação, percebi que ele não poderia ser o primeiro violino. Só muito mais tarde eu soube que seria preciso um gesto de intervenção divina para se tornar um solista; é muito difícil, especialmente quando se é jovem. Mas eu ainda não sabia que ele era jovem. — Ela sorriu.

— Como você soube que ele não era um solista?

Os olhos de Eva brilharam ao se lembrar:

— Bom, foi a música, ele não tocava como eu escutei. Era mais rápida, precisa, mas a emoção não era a mesma. Então, fechei os olhos e aí, de algum modo, escutei-o ali, na frente. Quando abri os olhos, achei-o. Lembro-me de agarrar a mão da minha mãe.

— Como... Como você soube que era ele?

Ela sorriu.

— Reconheci os sapatos.

❖— QUATRO —❖

A INTERVENÇÃO DE EVA a favor de Vanda foi o primeiro lampejo de boa sorte que ela tivera desde sua chegada.

A série de armazéns conhecidos como "Kanada" estendia-se pelo que pareciam quilômetros.

Era a terra da fartura, e facilmente a atribuição de trabalho mais valorizada no campo. Era lá que os oficiais guardavam os pertences tirados dos prisioneiros ao chegar, tudo precisava ser organizado e classificado. Esses itens, dos carrinhos de bebê das mães judias às dentaduras dos homens judeus, seriam utilizados pela população alemã. *Sem desperdício, sem cobiça.*

Eva se perguntava se os alemães ao menos sabiam de onde vinha o fornecimento do governo, ou se tinham algum interesse naquilo. Ver o vasto número de coisas que tinha sido confiscada dos prisioneiros e perceber que a maioria daquelas pessoas provavelmente agora estava morta, era um pensamento terrível.

A função de Eva era remexer nos casacos dos homens e vasculhar o forro em busca de bens valiosos, qualquer coisa que pudesse ser útil para aquele povo alemão anônimo.

O roubo era punido com a morte. Se você fosse pego.

Eva tinha aprendido como esconder bem as coisas nos dois anos valiosos de "escoamento" em Terezín. Aprendera como desfazer os pontos em uma manga que fosse forrada, lugar perfeito para esconder algo pequeno, como uma tira de papel, ou um relógio pequeno. Colarinhos poderiam conter joias, caso você tivesse a sorte de encontrá-las, podendo ser trocadas por comida extra ou por informações. Os joelhos dos meiões eram um bom lugar para esconder batatas, que ela desenterrava quando trabalhava nas hortas de Terezín. Frutas mais macias, como bananas, e vegetais como pepinos, encontravam excelentes refúgios em sutiãs. Pegava coisas que poderiam suportar um pouco de atropelos e desgaste; nada de tomates, portanto. Eva não sabia se ali havia hortas, de certo modo duvidava disso.

Nas vastas pilhas de casacos masculinos, encontrou dinheiro e joias, às vezes nacos de alimentos secos, que poderiam ser úteis para negociações e trocas. Usou isso para finalmente conseguir tamancos novos, os dois do mesmo tamanho que cabiam em seus pés pequenos, bem como vários pares de meias soquetes grossas e ásperas, dois conjuntos de meias compridas e dois cachecóis compridos de lã grossa, uma para ela e outro para Sofie.

Era tão rápida que ninguém jamais a viu fazer isso, apesar de os guardas patrulharem com regularidade. A vantagem do enorme tamanho do armazém era haver inúmeras oportunidades, quando os guardas andavam, até para a mais lenta do grupo pegar alguma coisa. Todas pegavam, apesar dos riscos. Ainda assim, poucas eram boas como Eva. Ela só pegava coisas que sabia que poderia esconder, e esconder bem.

Anos antes

— Se for para você roubar, precisa contar com a possibilidade muito real de ser pega — tio Bedrich a havia alertado com um olhar sério, quando se virou para encontrá-la tentando, sem conseguir, roubar seu relógio. Ele dobrou o braço dela para trás, de brincadeira, mas mesmo assim doeu. Ela se encolheu, esfregando o braço.

– Isso doeu! Você me disse para tentar!

Ele riu, ignorando seus protestos.

– Não, *dítě*, se explodirem a sua cabeça é que vai doer. – Ele levantou algo em sua outra mão, os olhos dançando.

Era seu toquinho de lápis com as marcas de mordida na ponta. Ela piscou, depois tocou no seu casaco. Como ele o pegara sem ela nem ao menos sentir? Ele sacudiu um dedo nodoso para ela e disse:

– Tente mais vezes. Tente com mais empenho. Só roube se tiver certeza absoluta de que vá valer a pena.

Ela levantou uma sobrancelha, olhando para o lápis que ele enfiou no bolso com um sorriso, para seu grande desgosto. Era o seu último, e por isso muito valioso.

– E valeu a pena tirar isso de mim?

– Para ensinar esta lição a minha sobrinha preferida, eu diria que sim. – Em seguida, ele saiu andando, virando-se para acrescentar: Muito – com uma risadinha, e foi-se assobiando uma música.

Ela sacudiu a cabeça, vendo-o ir, com um sorriso relutante nos lábios. Sem olhar para trás, ele ergueu o chapéu cinza para ela, e foi-se com a noite.

Foi preciso mais três tentativas, mas ela acabou pegando o lápis de volta. E o relógio dele.

❖—❖—❖

Eva levantou os olhos quando Hinterschloss passou, sua mão em um gesto ágil, enfiando rapidamente o pacote amarrotado para dentro da manga. Ele parou e olhou para ela, e Eva sacudiu o casaco, colocando-o em cima dos outros. O guarda continuou caminhando, alheio ao pacote fino que escorregava pela manga dela e logo seria escondido em seus meiões.

Sofie, que também havia sido transferida para a unidade de trabalho do Kanada, fora colocada em outra ala, organizando roupas de cama, alívio bem-vindo ao seu antigo posto na lavanderia, trabalho brutal, especialmente para suas costas e seus dedos, cuja pele tinha começado a coçar e se abrir por causa do sabão grosseiro, ficando ainda mais dolorida no frio. Mas, para ela, era mais difícil furtar alguma coisa como as outras, uma vez que um guarda jovem, chamado Fritz Meier, de rosto redondo e ligeiramente afeminado, grandes olhos azuis, lábios cheios e cabelos cor de areia, parecia sempre arrumar um motivo para estar junto dela.

– Chocolate, *Kritzelei* – suspirou Sofie, ao colocar um pedacinho em sua língua, mais tarde naquela noite.

Eva assentiu, olhos ardentes, ao compartilhá-lo com as outras companheiras de beliche. Era a primeira vez em semanas que ela se sentia até um pouquinho normal. O chocolate branqueara com o tempo, mas ainda tinha um sabor paradisíaco.

– Não achei que voltaria a sentir gosto de chocolate – disse Helga, chupando-o com uma expressão de puro êxtase.

– É uma sorte termos sido escaladas para cá – completou Eva, mastigando devagar sua própria lasca de chocolate, os olhos fechados de prazer.

Helga olhou para elas, seus olhos mais suaves do que o normal e cheios de alerta.

– Se fôssemos espertas, tentaríamos conseguir um trabalho longe do armazém o mais rápido possível. Soube que não são muitas as que voltam depois de serem mandadas para cá.

– O que você quer dizer? – perguntou Sofie, surpresa, virando-se para ela.

– Bom, quando você termina o trabalho diário, é mais rápido te levarem até o crematório e se livrarem de você lá do que te levarem de volta para o barracão.

Vendo Sofie franzir o cenho, a velha explicou:

– Eles ficam ali, atrás do armazém, as câmaras de gás e o crematório. Estiveram trabalhando dia e noite, foi o que Sara disse – cochichou Helga, os olhos disparando para a nova *Kapo*, na extremidade do barracão, que cozinhava sua refeição noturna, algo que não compartilharia.

O chocolate roubado entalou na garganta de Eva.

O que Eva achava com grande frequência, nos forros e bolsos dos casacos e paletós que vasculhava, não eram joias nem dinheiro, mas sim fotografias dos entes amados. Quando as pessoas ficavam indecisas quanto ao que levar, ou se algum dia voltariam a ver os amigos ou a família, o que valorizavam mais do que ouro ou joias era o rosto das pessoas queridas.

Era isso que Eva tratava com o maior respeito, amontoando-as em um canto e empilhando-as juntas. Seus olhos eram atraídos para as crianças, as mães, os filhos e as filhas, os namorados. Flagrantes do tempo, todas essas lembranças, todas essas vidas, arrancadas.

– Eles vão te fazer queimar ou, no mínimo, entregá-las – disse outra mulher designada para a mesma tarefa ao ver Eva colocar mais uma fotografia na pilha. – Duvido até que queiram ser lembrados do que fizeram, ver que isso aí um dia foram pessoas – continuou, acenando com a cabeça para a pilha de casacos. Depois, pegou a pilha de fotos que Eva estava separando, e ela mesma as levou embora.

Eva fechou o punho.

– Antes de transformarem a gente em ratos, em animais, lutando por migalhas, é o que você quer dizer? – Eva precisou parar de protestar, enquanto a mulher levava as fotografias para o guarda. Teve certeza de que seriam destruídas.

Olhou fixo para a nuca da mulher, sentindo-se estranhamente traída. Ao retomar o trabalho, viu que uma das fotos havia caído no chão e inclinou-se para apanhá-la. Foi instintivo. Era um retrato de família, um homem com sobrancelhas espessas e uma verruga sobre os lábios. Seus braços envolviam uma menina tímida que mal conseguia encarar o olhar da câmera e um menino à frente, rindo. Tocou na foto, e seus lábios moveram-se no fantasma de um sorriso. Eles poderiam ter acabado de posar para essa foto. Sem saber o motivo, Eva enfiou-a em sua manga.

Não esqueceria que eles eram humanos. Que um dia foram pessoas, levaram vidas cheias de alegria e tristeza. Tiveram empregos, hipotecas e lares onde havia família, comida e amor. Não esqueceria, também, que já tinha sido uma pessoa, com uma vida, um futuro, uma família e um lar, como eles.

~⬖~ CINCO ~⬖~

Trabalhar no Kanada era uma das funções mais fáceis no campo. As horas eram longas, sim, mas o trabalho em si era fácil e as recompensas, caso os dedos fossem ágeis como os de Eva, eram boas. Sofie era ótima em escoar um item curioso lá e cá, apesar de elas serem revistadas com regularidade. Os sapatos davam bons esconderijos, pois não eram realmente verificados. Tivera sorte com uma pulseira na semana anterior, conseguindo trocá-la por salame e queijo com as mulheres que trabalhavam nas cozinhas. Foi maravilhoso ficar com a barriga cheia pela primeira vez em meses. Deu um pouco do queijo para sua *Kapo*. O resultado foi que Sofie e Eva puderam usar o banheiro pela primeira vez em muito tempo, o que foi esplêndido. Não que tivessem ficado perfeitamente limpas, porém menos sujas era melhor do que a outra alternativa.

Mas estava ficando mais difícil para Sofie roubar alguma coisa, uma vez que seu trabalho era supervisionado de perto pelo guarda Meier. Seus grandes olhos azuis estavam frequentemente voltados para ela, e seu rosto de aparência inocente tinha o tipo de garoto preocupado que sempre corava quando ela olhava em sua direção, levando-a a perceber que ele causaria problema.

Naquele momento, Sofie podia sentir seus olhos nela. Levantou o olhar e o viu sorrindo para ela. Desviou o rosto com o cenho franzido, cerrando os dentes. Uma mulher mais velha, que recebera a mesma função que ela, bufou, depois murmurou em voz alta para que ele pudesse ouvir:

— Parece que tem alguém apaixonado.

Sofie viu que as orelhas de Meier tinham ficado vermelhas de constrangimento, e ele olhou para outro lado.

A velha começou a rir, e o rubor dele aumentou.

Sofie sentiu seu coração golpear de medo. A mulher era uma idiota. Ele podia ser jovem, mal saído da puberdade, mas seria um erro antagonizar com alguém como ele.

— Cale a boca — ela disse secamente para a velha. — Ninguém te perguntou.

O outro guarda, Hinterschloss, aproximou-se e disse para elas se controlarem.

Sofie flexionou o maxilar e continuou trabalhando. Ao erguer os olhos, mais tarde, viu Meier encarando-a com uma expressão suave. Tornou a desviar o olhar, perguntando-se se o estaria encorajando mais, maldizendo a situação.

Enquanto caminhavam, ela contou a Eva seus medos.

— *Kritzelei*, ele me segue por toda parte. Esta é a única hora que não, quando vamos para a latrina.

Eva franziu o cenho.

— Não acho que você tenha que se preocupar com isso. Ele me parece basicamente inofensivo.

— Por enquanto — concordou Sofie.

— Pelo menos, não é Hinterschloss — disse Eva. O guarda mal-humorado parecia reservar suas idiotices para o lado do prédio onde Eva e as outras ficavam. Como xingá-las e dizer que, se não achassem algo bom para ele, faria com que ficassem sem a refeição do meio-dia.

Justo no dia anterior, tinha chutado uma das mulheres, derrubando-a no chão, por andar muito devagar ao sair do armazém – embora ele fosse conhecido por fazer o mesmo, caso se apressassem, escarnecendo:

– Tanta pressa para morrer, é?

Golpeava-as na parte de trás das pernas com a coronha do seu rifle.

– Não sei se ele é capaz de alguma emoção além de desprezo – disse Eva.

Sofie concordou com a cabeça. Poderia ser pior.

No entanto, ao voltar para o trabalho e encontrar um bilhete com as palavras *"Senti sua falta"* escritas em uma tira minúscula de papel, perto de onde ela andara verificando cobertores, e ver Meier lançando-lhe olhares furtivos do seu posto junto à parede, percebeu que, de fato, o pior poderia estar por acontecer.

– Você é bonita, sabia disso? – ele disse mais tarde, parando ao lado dela com o pretexto de ajudá-la a dobrar um cobertor. Examinou seu corpo delgado com aprovação.

Sofie fechou os olhos, mas tentou manter a expressão leve. Normalmente, teria mandado alguém como ele sair andando, com algumas palavras escolhidas de modo a ele nunca mais repetir a tentativa. Era direta, e com frequência as pessoas confundiam isso com grosseria, mas, assim como Eva, tinha aprendido que era preciso algumas artimanhas para sobreviver.

– Não com isto – ela disse, passando a mão sobre a cicatriz ao longo da testa e do couro cabeludo, onde seu cabelo loiro escuro recomeçava a crescer.

– Como foi que aconteceu? – ele perguntou com um olhar preocupado.

Sofie sentiu a raiva subir com a pergunta. As vitrines da oficina de relógios do seu pai explodindo em um mar de vidros, os uivos altos do filho, seu sangue encharcando o chão, tudo isso faiscou perante seus olhos. Quis replicar: "O que você acha?". Sibilar em seu rosto que tinha sido com moleques como ele. Em vez disso, respirou fundo e mentiu.

— Caí de uma escada.

— Ah, bom, você continua bonita.

Sofie não disse nada.

— Ontem à noite, assistimos a um filme no cinema, estrelando Bette Davis, e não pude deixar de pensar que você é exatamente igual a ela, ainda mais bonita porque não usa maquiagem.

Sofie olhou para ele, reparando em seus olhos azuis claros.

— Cinema?

— Ah, é, tem muita coisa para fazer nesta cidade.

Ele não pareceu notar o olhar de incredulidade que ela lhe desferiu.

Naquela noite, deitadas em seu beliche, com a neve caindo em densas lufadas do lado de fora, tremendo, amontoadas, Sofie perguntou:

— Você sabia que aqui tem um cinema?

— Um cinema? — Eva perguntou, virando-se para ela, surpresa, os olhos arregalados de descrença.

— Para os guardas.

— Imagino que eles precisem de alguma coisa para fazer à noite — escarneceu Vanda, sarcástica.

— Ainda assim, enquanto estamos sofrendo, morrendo, eles veem filmes.

Era um pensamento perturbador.

Enquanto as outras dormiam, Sofie olhou para o estrado da cama acima, pensando nos guardas no cinema, chamando aquele lugar de "cidade", enquanto para elas era uma prisão. A coisa sensata a fazer, Sofie sabia, era usar Meier e sua paixão por ela para conseguir o que queria. Eva não era a única pessoa que tinha vindo a Auschwitz à procura de alguém. Só que, ao contrário da amiga, o encontro que pretendia não seria feliz.

❧ SEIS ❧

Sempre havia novos transportes chegando. Todos os dias, chegavam milhares de mulheres a Auschwitz, seu destino decidido enquanto se enfileiravam em grupos: esquerda ou direita.

A notícia sobre o lugar de onde vinham espalhava-se como incêndio – campos como Westerbork, Terezín, Ravensbrück –, e Eva e Sofie corriam com as outras para receber as recém-chegadas, principalmente se eram de algum lugar onde elas mesmas haviam estado.

Depois da *Appell* noturna, às vezes via-se o encontro de primas, amigas, ou até mães e filhas, embora o normal fosse deparar-se com relações mais distantes, desconhecidas, com as quais, no lugar onde morava, você teria compartilhado cumprimentos de passagem, conversas triviais sobre o clima, sobre a saúde da família. Pessoas que você nunca imaginou que veria, reduzidas a meros ossos do que costumavam ser.

Havia a sra. Edelstein, a verdureira da rua de Eva, que sempre colocava algo extra em um saco quando ela saía para fazer compras com a mãe.

– Pegue, pegue – costumava dizer, oferecendo-lhe um punhado de amêndoas adoçadas ou uma nectarina madura, sempre com um sorriso pronto para ela. Ver a pobre mulher ali, com o rosto chocado e o cabelo tosado tinha sido de cortar o coração. Até então, ela estivera em Terezín, embora Eva não a tivesse visto por lá.

— A senhora tem alguma notícia dos meus pais? — Eva perguntou.

Ela sacudiu a cabeça.

— Não, não os vi, sinto muito. Saímos tão de repente, eles tiraram meus filhos de mim. — Seus lábios começaram a tremer. — Não sei se irão sobreviver... — E ela começou a chorar.

Eva correu até ela e as duas abraçaram-se por um longo tempo, não eram mais desconhecidas.

Ela não foi a única a encontrar pessoas que costumava conhecer. Toda noite, antes do toque de recolher, Sofie fazia rondas, perguntando às mulheres se sabiam onde poderia encontrar sua prima.

— O nome dela é Lotte — dizia. — Preciso encontrá-la. Disseram que foi trazida para cá. Acho que teria sido levada para o barracão austríaco.

Sofie distribuía um pouco de pão extra, conseguido por barganha.

— Tem cabelos loiros, olhos verdes e grandes.

Mas ninguém sabia de nada.

— Às vezes, as pessoas atendem por outro nome aqui — uma delas sugeriu. — Um apelido ou alguma outra coisa. Você consegue pensar em algo? — perguntou, enfiando o pão no bolso.

Sofie fungou.

— Sim. — Mas não era um apelido. Era como a chamaria, se algum dia voltasse a encontrá-la.

— O quê?

— Brutus. Ou talvez, Judas — ela disse com um bufo, ciente da ironia.

❖ SETE ❖

A MÃO DE SOFIE fechou-se sobre o anel. Tinha encontrado aquele objeto no forro da roupa de cama que andara esmiuçando no armazém. Seu olhar atirou-se para a esquerda e a direita, nervoso, e não viu ninguém. Enfiou-o na manga.

Houve um som arrastado atrás dela, e ela ficou paralisada, dilacerada por uma pontada de medo.

— Abra a mão — disse uma voz suave, junto a seu ouvido.

Sofie ergueu o rosto. Meier. Seu olhar azul estava estranhamente parado, sério. Ela engoliu em seco.

— Abra — ele disse, mais firme.

Sofie obedeceu. Mordeu o lábio.

— Eu... ia levá-lo para o senhor.

Ele a encarou por um longo momento, seu olhar impenetrável. Por um instante, Sofie foi puxada de volta para o passado, para um momento exatamente como aquele, em que pensou que sua vida poderia ter se acabado. Só que, naquela ocasião, Eva viera salvá-la.

Anos antes

— Deixe-a ir.

Eva correu até o oficial, um emaranhado de mãos, pés e cabelo escuro voando, enquanto tentava puxar Sofie das garras dele.

— Não, *Kritzelei* — Sofie implorou, enquanto o guarda empurrava-a para trás com brutalidade, até ela cair de costas, bruscamente, no pátio enlameado. Ele era alto, cabelo escuro e curto, olhos velados, que examinavam Eva com alguma surpresa.

— Isto não lhe diz respeito, moça. Para o seu bem, sugiro que vá andando.

Então, ele torceu o braço de Sofie, e tentou arrastá-la até o escritório do campo, enquanto ela resistia. Eva viu que o braço da amiga tinha ficado branco e exangue, como seu rosto, que estava pálido e aterrorizado. A cicatriz na sua testa destacava-se num relevo nítido e róseo.

— O que ela fez? — perguntou Eva, espanando-se e voltando a ficar em pé, pronta para implorar, pedir. Em geral, os oficiais em Terezín eram razoáveis e podiam ser convencidos, ou subornados, era o que ela tinha descoberto. — Talvez eu possa ajudar.

O oficial olhou para ela, seus olhos escuros enquanto ele abria à força os dedos de Sofie, que tentava desesperadamente manter o punho fechado.

— Ela foi vista mandando cartas ilegais. A punição, como todos vocês sabem, é a morte.

A correspondência com o lado de fora era estritamente controlada. No começo, ninguém no gueto podia mandar nada. Em janeiro de 1942, alguns prisioneiros foram flagrados, e os oficiais transformaram-nos em exemplo, com uma terrível execução pública que abalou o campo e deixou realmente claro para eles o lugar onde estavam: *uma prisão*.

Os detidos podiam mandar cartões-postais com textos curtos, escritos em alemão, que eram censurados. Houve uma época em que havia um limite estrito do número de palavras, mas isso fora abolido. Mesmo assim, era quase impossível dizer algo importante nos cartões ou também descobrir alguma coisa importante. Manter a ilusão de que Terezín era um campo "modelo", com ocupantes felizes e sem sofrimento, era vital para os nazistas, uma vez que já tinha sido alvo de várias investigações. Na verdade, dali a alguns meses, haveria até uma inspeção da Cruz Vermelha com tal finalidade.

— Cartas ilegais? — perguntou Eva. — Tenho certeza de que não é verdade. Ela só manda cartões-postais. O senhor deve ter algum tipo de prova; mesmo aqui, precisa haver provas para uma acusação dessas.

Os olhos de Sofie arregalaram-se, imaginando qual seria o tipo de artimanha da amiga. O oficial olhou para Eva como se ela fosse uma idiota.

— É claro que existe prova!

Então, ele pegou a mão de Sofie com brutalidade e abriu seus dedos à força, em triunfo. Mas ficou de boca aberta. Nos dedos abertos de Sofie não havia carta, apenas uma nota amassada sem valor. Era a moeda corrente ali, *"ghettogeld"*, era como a chamavam.

Ele olhou chocado. Depois sacudiu Sofie com violência.

— Estava aí. Eu vi!

— Eu, eu, eu... só estava indo comprar pão — gaguejou Sofie.

— Você está mentindo — ele disse entre dentes.

Eva franziu o cenho.

— Vai ver que o senhor viu isso e pensou que fosse uma carta. Talvez, de longe, pareça.

Sofie concordou enfaticamente com a cabeça.

O oficial ficou lívido.

— Eu sei o que vi! Ela escondeu a carta, mas eu vou achar. — E começou a revistar o corpo de Sofie, apalpando-a de alto a baixo, fazendo-a virar os bolsos para fora, tirar os sapatos. Até apertou sua boca para abri-la, para ver se ela tinha tentado engoli-la, mas não achou nada.

Subitamente, ele endireitou o corpo. Algo deve ter lhe ocorrido, porque deu meia-volta e olhou desconfiado para Eva.

— Você tocou nela há pouco. Eu vi. Quando correu até ela. Você pegou a carta, não foi?

Os olhos de Eva se arregalaram.

— O senhor estava segurando o braço dela o tempo todo e achou-a ali, na mão dela. Não sou mágica.

Ele xingou, depois mandou-a estender os braços, enquanto se punha a revistá-la também.

O olhar de Eva permaneceu calmo, mesmo quando as mãos dele passaram sobre suas roupas íntimas. Sem encontrar nada, ele ficou furioso, rangendo os dentes e empurrando-a para longe, em direção a Sofie.

— Será que o senhor não deveria fazer um exame de vista? — sugeriu Eva, com doçura.

O braço dele girou para trás, e ele deu um murro nela com seu punho esquerdo. Ela voou para o chão. Ele cuspiu.

— Eu sei o que vi. Da próxima vez, vocês não terão tanta sorte.

Havia sangue no chão e o nariz de Eva estava quebrado. Seu olho esquerdo ficaria fechado com o inchaço durante dias. Sofie ajudou-a a voltar para o barracão, e tentou limpar seu rosto. Ao aplicar unguento no olho da amiga, obtido com uma das outras mulheres no barracão, sacudiu a cabeça e perguntou:

— Como foi que você fez? Quer morrer, *Kritzelei*?

— *Você* quer? — retorquiu Eva, cuspindo sangue numa vasilha.

— Não.

Sofie sacudiu a cabeça e aplicou um pouco mais de unguento na pálpebra de Eva, fazendo-a se encolher.

Depois, voltou a suspirar.

— Conte como você fez.

— Fez o quê?

Sofie sacudiu a cabeça.

— Você sabe o que estou querendo dizer. A carta?

Eva dirigiu-lhe um sorriso torto e depois fez algo aparecer por detrás da orelha da amiga.

— Você está se referindo a esta carta?

Sofie ficou sem fôlego, depois quis agarrá-la.

Eva fez a carta sumir com a mesma rapidez com que tinha aparecido. Como mágica.

— *Kritzelei!* — protestou Sofie. — Eu ainda preciso mandar essa carta!

— Eu sei que precisa, mas aquele oficial está de olho em você. Acredite em mim, você será pega.

— E você não?

— Alguma vez eu fui?

Sofie cruzou os braços. Estava grata pelo que a amiga havia feito por ela, mais do que poderia dizer, mas não queria que Eva arriscasse a vida por ela.

— Eva, aquele oficial também vai ficar de olho em você. Eu vi a maneira como ele te encarou.

— Não se preocupe com isso. Pensarei em alguma coisa.

Quando Bedrich viu o rosto de Eva, estalou a língua.

— Soube o que aconteceu. Você arriscou a vida por esta menina. Por quê?

— Ela é minha amiga, tio.

— E?

— E isso tem um significado para mim.

Bedrich fungou.

— E se você tivesse sido pega, Eva? É um delito grave, você sabe disto, poderia não ter sobrevivido, se eles te apanhassem.

Eva sorriu, depois mordeu um pedacinho de salame. Em seguida ofereceu-o ao tio. Ele fez uma careta, tocou no bolso do paletó de onde ela o havia tirado sem que ele notasse e depois bufou, dando-lhe seu meio sorriso, enquanto desmanchava seu cabelo abraçando-a com um único braço.

— Terão que tentar — ela disse.

Duas semanas depois, ela estava pronta para mandar a carta de Sofie. Conseguiu entregá-la a uma das unidades de trabalho que saíam para os campos. Elas passavam as cartas para o mundo lá de fora, muitas delas tendo estabelecido algumas conexões com a população local; as propinas funcionavam tão bem lá fora quanto dentro do gueto. A resposta, caso houvesse, viria pelos canais oficiais, escrita em código, conforme orientação.

A mão de Meier pousou sobre a dela, e foi como uma descarga indesejável de eletricidade. Ela engoliu o medo, seu coração batendo doído.

– Vamos ver – ele disse, baixinho, e Sofie acabou abrindo a mão, suas pernas bambearam. Meier estava perto demais, e ela podia sentir seu cheiro. Era doce, mas levemente acre. Ele pegou o anel da mão dela, seus dedos demorando-se sobre a pele áspera, fazendo cócegas. Depois, levou o anel até seu campo de visão, de modo que o ouro apagado cintilasse na luz reduzida do armazém. Assobiou baixinho.

– Deve valer alguma coisa – ele disse. Depois, para espanto dela, colocou-o de volta em sua mão, fechando-a com a dele. – Você não acha? – perguntou, seu olhar esquadrinhando o dela, significativamente. Ela concordou com a cabeça, e ele tocou em seu rosto, em seu cabelo curto, em seus lábios.

– Dê um sorriso, Bette Davis – ele pediu, e Sofie deu.

Ele piscou para ela, depois se virou para sair.

– Se você for boazinha comigo, eu também serei com você – prometeu.

As pernas de Sofie quase desabaram quando ela o viu sair. Achou difícil acalmar a respiração. Poderia ter sido morta por ser pega roubando. Fechou os olhos. A vida dela estava nas mãos dele. Quanto tempo levaria até ele tentar cobrar o favor?

OITO

EVA GUARDOU MAIS FOTOGRAFIAS achadas ao vasculhar nos casacos do armazém. Tinha uma pequena pilha de apenas seis, que mantinha no colchão fino do seu beliche: mães sorridentes e filhos rindo, casais felizes, uma mulher com uma echarpe de bolinhas e um bebê encostado no rosto, um menino num cavalo de madeira.

– Por que guardá-las? – Sofie perguntou, enquanto Eva as olhava tarde da noite, sua memória conjurando mais do que a escuridão permitiria. – Não é que elas valham alguma coisa.

Eva virou-se para protestar, depois começou a tossir. Ainda não tinha conseguido se livrar da tosse, que começara alguns dias antes. Esperava não estar ficando doente, embora ali às vezes fosse inevitável, com a falta de higiene. Não conseguia se lembrar da última vez em que vira um sabão. Sua amiga esfregou suas costas, tanto como conforto quanto como um gesto de paz.

– Além do valor sentimental para as pessoas a quem pertenciam, é claro. O que elas são para *você*, Eva? Se os guardas te descobrirem com elas, você pode ser morta. Eles vão pensar que você planeja fazer alguma coisa com elas.

Ela não tinha contado a Eva o acontecido com o anel, com Meier; não sabia se era ou não perigoso compartilhar aquilo. Mas o segredo a torturava como uma faca.

Eva bufou.

— Como o quê? São tão poucas!

Sofie deu de ombros.

— Sei lá, talvez contar às pessoas lá de fora o que eles estão fazendo aqui?

— Se eu conseguisse sair daqui, seria um milagre, e tenho certeza de que o arame farpado e a cerca elétrica contam para as pessoas tudo o que elas precisam saber.

Sofie recostou a cabeça na parede do beliche e suspirou, esfregando o pescoço. Elas eram obrigadas a trabalhar por horas, e o constante olhar vigilante, faminto de Meier estava cobrando seu preço. Tinha vontade de perguntar a ele sobre Lotte, mas preocupava-se com quanto poderia lhe custar um favor como esse, principalmente considerando a dívida já existente por ele ter se feito de cego em relação a seu roubo.

— É, mas eles não sabem o que acontece, não de verdade. Acho que eles pensam que é apenas um campo de detenção.

Eva ergueu a sobrancelha.

— Você não acha que a essa altura as pessoas já sabem o que é de fato?

As palavras *campo de morte* surgiram pesadas no ar: o peso bruto, o horror total daquilo tudo, não ditos, mas opressivos.

Sofie suspirou, depois esfregou os olhos. Havia olheiras profundas sob eles.

— Sinceramente, não sei se sabem nem se chegam a se importar, Eva. Às vezes, acho... espero que saibam o que acontece aqui; outras vezes, espero que não, e que é por isso que a coisa perdura por tanto tempo. A alternativa, que saibam e deixem acontecer, é insuportável.

Eva concordou. Olhou para a amiga e sentiu a costumeira pontada de culpa. Engoliu em seco.

– Sofie, se ao menos eu não tivesse...

Os olhos de Sofie abriram-se de um estalo, e ela lançou para a amiga um olhar de advertência.

– Não comece isso de novo, *Kritzelei*.

– Mas...

– Estou feliz por ter acompanhado você, está tudo certo, então esqueça.

Eva sacudiu a cabeça. Estariam muito mais a salvo em Terezín. Era por sua culpa que estavam ali, agora.

Sofie pegou sua mão, voltou a fechar os olhos, e deitou a cabeça no ombro de Eva.

– Você não teria conseguido me impedir, *Kritzelei*, mesmo com todos os seus truques. Além disso, foi mais do que só te acompanhar, eu precisava saber se era verdade, se Lotte está de fato aqui, se eu poderia, finalmente, descobrir o que ela fez com o meu filho.

Anos antes

– Auschwitz.

Eva arregalou os olhos.

–Tem certeza?

Seu tio estava sério.

– Acho que sim.

Ela soltou a respiração, sem se dar conta do entorno. Tinha sido preciso quase um ano em Terezín para descobrir. Um ano e sua aliança de casamento – que tinha escondido bem para os guardas não conseguirem achá-la, quando chegou – como pagamento a um homem que trabalhava no departamento de registros. Seu tio providenciara isso.

Bedrich pegou no braço dela, preocupado.

– Não faça nada estúpido, *dítě*, por favor.

Ela desviou o olhar. Tarde demais. Já tinha decidido; tinha decidido muito tempo antes que seguiria em frente assim que pudesse.

– Não posso prometer isso, tio, sinto muito.

Encontrou Sofie esperando por ela nas dependências femininas, seus olhos escuros cientes. Não se deu ao trabalho de cumprimentar, só apertou os lábios e declarou:

– Se você for, *Kritzelei*, eu também vou.

Eva havia sacudido a cabeça, desenrolando o cachecol que amarrara ao redor do longo cabelo escuro, para se proteger do frio.

– Não, Sofie, você não deve ir. Pode ser pior do que aqui, provavelmente é. Escutei alguns rumores, não é como este lugar.

Sofie cruzou os braços, e um cacho do seu cabelo caiu sobre o rosto, de modo a Eva poder ver a grossa cicatriz em sua testa, chegando à parte de trás do couro cabeludo.

– Você não acha que eu conheço o pior? – ela murmurou.

Eva suspirou.

– Sei que conhece. Você me contou sobre o campo onde esteve antes deste.

Sofie revirou os olhos e escarneceu:

– Aquilo não era nada. Eu te contei sobre as pessoas que conheci, que passaram um tempo nos campos de trabalho. Westerbork era bem parecido com este aqui, mas nem todos são tão maravilhosos, acredite em mim, as coisas que eu escutei...

Uma velha, sentada atrás delas em uma cama, remendava meias. Fez um som de incredulidade no fundo da garganta, perante a ideia de se chamar aquele lugar de "maravilhoso". A fome era uma constante, além das pulgas, dos percevejos, da superlotação, das doenças e da degradação com o fedor acachapante de dejetos humanos, uma vez que a cidade gemia sob o peso de muito mais gente do que conseguia abrigar, antes de os nazistas a transformarem em campo. Mesmo assim, elas sabiam ou tinham ouvido falar de coisas piores.

Sofie cochichou:

— É verdade. Ouvi coisas.

Eva suspirou.

— Exatamente. Não vou colocar a sua vida em risco por causa da minha, ok?

Sofie sacudiu a cabeça.

— Não é isso, acredite em mim. Vou arriscar a vida para ir atrás da minha prima. Soube que lá é o lugar mais provável de terem mandado Lotte.

Eva abriu e fechou a boca.

— Quando?

— Faz um tempinho. Finalmente, recebi uma resposta à minha carta, aquela que você conseguiu mandar para mim.

Fazia uma semana, para ser exata, e ela andara tentando decidir se deveria simplesmente se oferecer para ir. A resposta de uma das amigas de Lotte tinha sido curta e codificada, já que precisava passar pelos olhos das autoridades.

Só dizia que Lotte tinha sido posta em um trem e mandada para algum lugar a leste, algum lugar na Polônia. Uma cidade chamada Oświęcim, ao que parecia. Sofie tinha escutado que aquele era um código para Auschwitz.

— Minha vida corre risco o tempo todo. Isso vem acontecendo há anos, sem que eu tenha qualquer poder de escolha. Desse jeito, tenho alguma opção, e poderia conseguir rastrear Lotte, de modo a ela me contar o que fez com meu filho, onde o colocou. Isso se não esganá-la antes com minhas próprias mãos.

Eva tocou no braço da amiga.

— Mas você poderia descobrir outra maneira, voltar para o bairro de Lotte, fazer perguntas quando a guerra acabar... Alguém deve saber. Sofie, você não precisa ir até lá atrás dela.

As duas haviam discutido isso à exaustão, o que fariam quando a guerra acabasse.

— Seria muito mais seguro para você esperar o fim da guerra aqui, se puder, você sabe disto.

Sofie suspirou.

– Pode ser. Mas se ela estiver lá, então vou descobrir com certeza, pode ser a minha única chance, *Kritzelei*. Lotte não era uma idiota, e não deixaria evidente o lugar para onde o levou, para protegê-lo. Ela pode ter me traído, mas amava o meu filho. Além disso, não posso ficar aqui sem você.

– Claro que pode. Você é valente, muito mais do que eu!

Sofie agarrou o ombro dela, bruscamente.

– É por isso que você precisa de mim, sua boba. Tenho que ir para ter certeza de que minha amiga maluca e sonhadora fique viva, que saiamos disto juntas!

Eva riu, depois a abraçou com força.

– Estou mais durona agora, você sabe disso.

– Isto é verdade, embora sua versão de ser durona beire a imprudência, *Kritzelei*. Eu vou, então não tente um dos seus truques. Se você for ao toalete, à cozinha, a qualquer lugar sozinha, vou com você para ter certeza de que não vai entrar naquele trem sem mim, entendeu?

Eva sacudiu a cabeça. Aquilo era exatamente o que ela tinha planejado fazer, antes de dar de cara com Sofie.

– Como posso, finalmente, conhecer seu filho Tomas e lhe dizer que arriscamos a vida porque queríamos embarcar em uma missão de uma tola?

Sofie pegou na sua mão e disse:

– Explicaremos que era minha chance de descobrir para onde minha prima o levara. E *Kritzelei*, se chegarmos a isso, tudo não passará de uma lembrança do tempo em que a mãe dele conheceu sua melhor amiga.

Eva apertou sua mão de volta, não havendo muito o que dizer depois disso.

◇—◇—◇

Eva fechou os olhos, deitada no beliche, escutando o som de centenas de outras mulheres à sua volta, dormindo, discutindo e agarrando-se à vida. Ainda, em parte, desejava ter mentido a Sofie, ter inventado algum outro plano para distrair a amiga, de modo que ela fosse poupada daquele lugar. Sofie não estava mais perto de encontrar Lotte do que ela de encontrar Michal. Teriam arriscado tudo por nada?

Talvez Sofie pudesse ler sua mente, porque abriu os olhos e disse:

— Eu ainda acho, *Kritzelei*, que vamos passar por isto e retomar nossa vida. Tenho esperança por sua causa.

Era verdade. Antes de conhecer Eva, Sofie estivera num lugar muito, muito sombrio. Mas depois de conhecê-la, começou a ver uma saída. Começou a imaginar que as coisas poderiam terminar de outro jeito.

Eva olhou para ela e tocou no seu braço. Mesmo quando todos lhe diziam que ela era louca de pensar da maneira que pensava, que a esperança era o recurso dos tolos, não conseguia se livrar da dela. Olhou para a amiga e disse:

— Mas é por isso que as estou guardando, entende? — referindo-se às fotografias.

Sofia franziu o cenho.

— Não entendo. Então, você planeja mostrá-las para as pessoas?

— Não, isso não. Embora talvez sim, se a gente sobreviver a isso. Mas por enquanto, simplesmente não posso suportar a ideia de abandonar essas pessoas, como se nenhuma delas tivesse importância. Deste jeito, sei lá, elas podem ter importância para alguém, podem ter algum significado, mesmo que seja só para mim.

— Ah, Eva.

Eva deu de ombros. Sabia que, provavelmente, a amiga pensava que ela estava recorrendo a sua costumeira identidade cor-de-rosa, mas era importante para ela, num nível profundo e humano, não estar disposta a abrir mão daquilo, mesmo que arriscasse sua sobrevivência.

Guardou as fotos de volta sob o colchão demasiadamente fino.

— Sei que de certa maneira é tolice, mas não consegui suportar que fossem queimadas. Não sei se queimam mesmo, mas foi isto que uma das outras mulheres sugeriu que poderia acontecer. E se fosse Tomas ou Michal?

Sofie olhou, incrédula.

– Eu não quero que alguém arrisque a vida pela minha *foto*!

– Claro, mas e se só restasse isso? As pessoas perderam tudo: seus pertences, suas famílias, sua identidade.

Tocou no braço, onde estava a tatuagem que haviam gravado na sua pele, designada a levar embora toda a essência do que ela havia sido, e substituí-la por um número. Então, começou a tossir, um som seco e fraco, rouco.

– Parece pior – disse Sofie, olhando criticamente para ela, avançando para tocar em sua testa. – Está com febre?

– Não – Eva mentiu, afastando a mão da amiga.

– Eva? – Sofie não parecia convencida, parecia preocupada e de repente bem alerta, apesar do cansaço.

– Estou bem, é só um leve resfriado, não se preocupe – resmungou Eva, desviando-se dos olhos ansiosos da amiga.

– Eva?

– Vou ficar bem, confie em mim.

⬥ NOVE ⬥

MAS EVA NÃO FICOU BEM. De manhã, estava em uma espécie de delírio.

— Levante-se. Vou te levar para o hospital – disse Sofie, sacudindo seu braço.

— Não – gemeu Eva, encolhendo-se, querendo ficar na cama para sempre. Estava aconchegante, envolvida pelos braços de Michal, a cabeça no ombro dele, no local feito expressamente para ela. – Vamos ficar mais tempo. Eu preparo o café da manhã, podemos tomar na cama – murmurou Eva com os olhos fechados. – Tire o dia de folga...

— Seria bom – bufou Sofie, sem querer. – Mas vamos lá, agora acorde. Rápido.

Eva abriu à força as pálpebras inchadas. Parecia que seus olhos tinham sido arranhados com vidro e colados de volta nas órbitas. A língua estava grossa e a cabeça parecia estar debaixo d'água. Ela gemeu e se virou para voltar a dormir.

— Vamos lá – insistiu Sofie. – É a *Appell*, já chamaram a gente.

Eva saiu da cama devagar. Depois se inclinou e pegou as fotografias do beliche, enfiando-as dentro das suas roupas íntimas.

– Deixe isso aí! Vamos, rápido! O guarda já está lá! Calce os sapatos – sibilou Sofie, aproximando-se para ajudá-la.

Eva empurrou-a.

– Não, estou com calor.

– Não seja boba, está nevando – exclamou Vanda, lançando um olhar preocupado para Sofie.

Sofie sentiu a testa de Eva e fechou os olhos.

– Acho que pode ser tifo. Que Deus a ajude. Está se alastrando por aqui como incêndio. A água está suja – ela murmurou, travando o maxilar.

Vanda ajudou Eva a se levantar.

– Vou segurá-la do meu lado, você faça o mesmo. Eles não vão perceber que ela está doente, juro.

Sofie agarrou-a com brutalidade.

– Prometa. Não a deixe cair. Eles a matarão se ela não conseguir ficar em pé.

Vanda fechou a cara para Sofie e disse entredentes:

– Sei disso, não sou idiota. Ela também é minha amiga.

Eva deu um tapinha no ombro das duas.

– Não sejam bobas, estou bem – disse, deslizando para fora da cama, e tombando com suas pernas fracas e trêmulas.

Elas a puseram de pé, e juntas conseguiram arrastá-la para fora, na neve gélida. Para Eva, o ar gelado foi um alívio temporário, mas mesmo assim não conseguiu abaixar a febre que a queimava da cabeça aos pés. Ficaram paradas, segurando-a por mais de duas horas, os braços doloridos, as costas tensas de dor. Justo no dia anterior, tinham escutado, mais do que visto, Hinterschloss atirar em alguém cuja tosse estava lhe dando nos nervos. Ao passar por elas de cabeça erguida, ele piscou enquanto um corpo era arrastado para longe, na neve, que ficou rosada de sangue.

– Assim é melhor. Eu estava com muita dor de cabeça.

Agora Hinterschloss encarava-as, seus olhos cinza-claro fitando um mar de rostos sujos e magros.

Passava por Eva quando, subitamente, parou com um olhar estranho.

– A tradutora – disse, estreitando os olhos, notando sua cor, os olhos vítreos. – Deixe-me olhar para você. Venha à frente.

Uma mistura de adrenalina com puro medo tomou conta do corpo de Eva, e ela avançou com as pernas fracas.

– Você está bem? – ele perguntou, quase gentil. Sua voz estava calma, arrepiando os cabelos na nuca de Eva.

– Estou sim.

Ele a encarou, sua mão fazendo um movimento como se quisesse tocar na testa dela, mas pensou melhor, caso ela o sujasse. Depois de algum tempo, inclinou a cabeça de lado e disse:

– Você parece febril.

– É só o meu colorido, senhor.

Ele pareceu achar isso divertido, riu, os olhos cintilando na luz invernal.

– Está se sentindo saudável?

– Sim, senhor.

– Isso é bom, gostamos de trabalhadores saudáveis, não é? – perguntou a Meier, que assentiu.

Hinterschloss deu de ombros, dando um sorriso malicioso para o outro.

– Viva ou morta, para mim não faz diferença. – Depois, se virou e olhou fixo para Eva. – Mas não gosto de mentirosas. Elas desperdiçam tempo. – Ele fungou. – Você consegue entender que algumas pessoas dizem que estão saudáveis, mas não estão? E ocupam espaço valioso que poderia ser usado por outras?

Eva não piscou, apenas repetiu:

– Estou bem, senhor.

Ele ergueu uma sobrancelha e se aproximou, deixando-a sentir seu hálito rançoso de uísque.

– Se está mesmo tão bem, como diz, então não vai se importar de ficar aqui em pé por mais uma hora?

Ela concordou rapidamente, e o sorriso dele se abriu.

– Não tão rápido – disse. – Não dá para facilitar demais, compreende? –Então, ele se inclinou e pegou uma grande pedra no chão coberto de neve. – Levante isto bem acima da cabeça.

As pernas de Eva tremeram quando ela se adiantou para pegar a pedra. Hinterschloss deu-lhe um sorriso satisfeito, a mão brincando com a coronha da arma.

– Às vezes, é necessária uma pequena prova, concorda?

Meier olhou para o chão, uma ruga entre os olhos.

– Sim – respondeu Eva, simplesmente.

Infelizmente, era uma forma regular de tormento que algumas das *Kapos* faziam com outras mulheres: fazê-las ficar em pé, até por mais tempo, no frio, imaginando maneiras de testar sua aptidão física ou tentando dobrar seu espírito por algum deslize imaginário, normalmente com o balde de dejetos acima da cabeça.

Eva esforçou-se para erguer a pedra. Tencionou o maxilar sentindo náusea. Sofie hesitou, avançando para ajudar, e Meier lançou-lhe um olhar de advertência: *Deixe-a. Deixe-a fazer sozinha.*

Hinterschloss confirmou com um gesto de cabeça, como que aprovando.

– Estou bem – disse Eva a Sofie, trincando os dentes e erguendo a pedra acima da cabeça, esforçando-se. Seus braços e pernas tremeram, enquanto ela olhava em frente, além dos olhos mortos de Hinterschloss, para o brasão dourado em seu uniforme, e pensava em Michal.

Anos antes

Ela sempre se lembraria da cor dourada a partir do momento em que percebeu que estava apaixonada. Era a cor do final do verão e do começo da noite, o sol em seus olhos, refletindo-se do rio, na casa de campo de sua família, no meio das montanhas. Uma sombra passou sobre ela, e a fez desviar o olhar da lontra que estava desenhando, e a luz do sol cegou-a, brilhante e dourada. Protegeu os olhos com a mão em concha, e quando sua visão clareou ali estava ele.

Uma covinha na face, ao se ajoelhar, mudando a fonte de luz de dourada para verde, e novamente dourada.

– Michal – ela suspirou, maravilhada.

Ele assentiu, com um sorriso suave, olhando para ela.

– Você está aqui?

Ele confirmou.

– Não consegui ficar em Praga.

Ela olhou para ele, deslumbrada por vê-lo ali, com ela.

– Por que não?

– Porque você não estava lá.

Quando ele a beijou, dentro dela foi uma efervescência de pura felicidade com brilho de champanhe.

Hinterschloss olhava fixo para Eva, enquanto os olhos dela se vitrificavam ao se fixar na distância, os braços acima da cabeça. Concentrou-se apenas na respiração ritmada e em imaginar o amado rosto de Michal, seus cachos, a covinha estampada na face.

Eva não tinha certeza de há quanto tempo estava ali, perdida no passado. Perante seus olhos passaram pontos negros, e ela lutou contra a atração esmagadora do delírio, que ficava mais forte com o passar do tempo. Começava a se perguntar o que era real e o que não era. Dançando no canto dos olhos estava sua família. Sua mãe, com aquele seu sorriso tranquilo e encorajador. A prima Mila, rindo ao correr ao lado do lago em seu traje de banho vermelho, os cachos loiros escuros voando atrás dela. Então, à distância, pensou ter visto seu tio Bedrich, só que ele estava ali, em Auschwitz. Usava seu chapéu cinza, e caminhava com aquele seu passo lento, um leve sorriso insinuando-se em seu rosto vincado. Ergueu um dedo e fez sinal para ela seguir em frente, continuar resistindo.

Seria real? Ele estaria ali?

Umedeceu os lábios e sussurrou o nome dele.

– Tio Bedrich?

Mas os lábios estavam rachados, a boca seca e sedenta, e não saiu nenhum som. Os braços dela tremeram, mas continuou firme.

Passou-se uma hora, e finalmente Hinterschloss pareceu satisfeito. Fungou ao olhar para ela. Todos os demais estavam ficando inquietos, e sua própria barriga começava a roncar. Cuspiu próximo aos pés dela e disse com sarcasmo:

– Tudo bem, tradutora, liberada para o trabalho.

Eva concordou em silêncio, e então deixou a pedra cair lentamente. Apenas depois que ele passou foi que ela recuou e quase caiu nos braços estendidos de Sofie, que a sustentou na longa e interminável caminhada até os armazéns. A certa altura, ela desmaiou e a amiga bateu em seu rosto com delicadeza para mantê-la acordada tempo o bastante até que entrassem.

A pouca energia que poderia lhe restar tinha sido roubada pela brincadeira diabólica de Hinterschloss. Logo ficou evidente que Eva não seria capaz de selecionar muitas coisas naquele dia. Estava tão delirante que mal conseguia ficar em pé. E o que era pior, parecia que, a cada vez que se viravam, estavam sendo observadas por um guarda.

Sofie conseguiu levá-la até sua seção, pedindo licença a Meier, que concordou. Embora fosse preocupante ter o guarda tão próximo, era melhor do que arriscar que Eva desmaiasse perto de Hinterschloss.

Eva viu-se adormecendo sobre uma pilha de roupa de cama. Quando Sofie escutou o som de botas pesadas, conseguiu jogá-las bem a tempo sobre a amiga.

– Não havia mais uma moça? – perguntou um guarda chamado Skelter, vindo checar.

– Ela foi até a latrina – disse Sofie. – Meier autorizou.

Ele deu uma olhada em seu relógio. Havia três intervalos diários para o banheiro.

– Tudo bem. Preste atenção para da próxima vez pedir para *mim*, e faça com que ela volte mais rápido. Não pago para que vocês tenham intervalos.

Sofie concordou:

– Farei isto.

Sob as roupas de cama, Eva começou a resmungar que elas não eram pagas, mas Sofie enfiou a mão sob a pilha o mais rápido possível, tampando sua boca.

– O que foi isto? – perguntou o guarda, virando-se para entrar na sala e inspecioná-la.

Sofie deu de ombros.

– Só um rato, senhor. Às vezes eles se escondem nos casacos. No outro dia, achamos um do tamanho de um *gato*.

O guarda franziu o nariz de repulsa e recuou rapidamente porta afora.

– Faça ela voltar – ordenou.

Sofie inclinou a cabeça.

Depois que ele saiu, puxou Eva de debaixo da pilha.

– Vamos, vou te levar para o hospital.

– Não – gemeu Eva. – Ali não. Eles matam pessoas lá, não curam. É o que todo mundo diz, principalmente se você for judia.

– Não temos escolha, Eva. Se for tifo, você morre se não tomar remédio. Além disso, se eles te pegarem nesse estado, você com certeza será morta. Skelter já está desconfiado.

Eva sacudiu a cabeça, mas, quando tentou se levantar, estava tão delirante que pensou estar de volta a Terezín.

– Tio Bedrich – disse com a voz arrastada –, por que você deixou o papai entrar naquele transporte? Você poderia tê-lo impedido... – Depois, de repente, sorriu com tristeza. – Querido, você não quer pegar seu violino? Com certeza, você ainda consegue tocar.

De algum modo, Sofie conseguiu tirá-la do prédio e, quando foi parada por Meier, disse que estava levando a amiga ao hospital.

– Hospital? – ele perguntou. – Então ela está doente?

– Está. Ela precisa ir agora. Por favor, estou preocupada.

Ele concordou, relaxando o rosto.

– Tudo bem, deixe-me ajudar você – e passou o braço de Eva sobre seu ombro.

Sofie soltou um suspiro de alívio. Juntos eles meio que carregaram Eva até o barracão médico, que havia se transformado em um conjunto de prédios.

Meier conversou com um dos médicos, e elas foram encaminhadas à sala de espera. Quando ele se virou para sair, apertou a mão de Sofie disfarçadamente.

– Pode ser que você tenha que pagar por isso – disse Eva, tendo um momento de lucidez em seu medo.

– Deixe que eu me preocupe com isso.

O barracão hospitalar parecia uma instalação médica normal, com os médicos vestindo aventais e consultando prontuários. Sofie e Eva sentaram-se na sala de espera. Quando foram chamadas, uma enfermeira eslovaca examinou Eva.

– Eles matam a gente aqui – Eva repetiu, seus olhos vidrados, a cabeça jogando de um lado a outro, enquanto médicos usando máscaras e aventais manchados de sangue avançavam até ela, produto de sua mente delirante, tomada pelo pânico.

– Não – disse Sofie, negando. – Você está segura, *Kritzelei*. É tifo? – perguntou à enfermeira, que confirmou:

– Acho que sim. E parece ser grave também.

Enquanto Sofie preocupava-se com seu destino, Eva olhou para ela e seu delírio tornou a mudar; estava de volta no beliche, tentando fazê-la se sentir melhor, contando à amiga as histórias que ela gostava de ouvir. Em sua mente, começou a contar sobre seu primeiro encontro com Michal. Mas, evidentemente, nenhuma palavra escapou dos seus lábios gretados, enquanto ela deslizava para dentro da sua memória, como se fosse um casaco acolhedor em seus ombros frios.

DEZ

Praga, abril de 1938

O Smetana Hall era magnífico. A bela decoração art-nouveau apresentava um teto de vitral, deslumbrantes pinturas eslavas e luminárias douradas que lançavam sua luz na plateia arrebatada, todos seguindo intensamente o movimento do maestro.

Mas conforme o som do concerto para violino de Rachmaninoff encheu o saguão, os olhos de Eva foram atraídos para um par de sapatos situado na primeira fileira dos violinos.

Eram pretos, com manchas de uso que pareciam pontos falhos, apesar de engraxados. Eva olhou para eles, encantada, depois levantou os olhos para o rapaz sentado à frente. Tinha cabelos castanhos cacheados, olhos claros, e antes mesmo de ver as covinhas em suas faces – quando ele sorriu para ela como se soubesse exatamente quem ela era –, ela soube que estava encrencada.

No hall de entrada, sua mãe estava pegando os casacos, quando ela sentiu um tapinha no ombro. Ao se virar, lá estava ele.

Percebeu que tinha olhos verdes. Um tom vivo, como uma clareira salpicada.

— Você veio — ele disse, curvando os lábios de modo a formar uma leve covinha em sua face.

Ela engoliu com dificuldade, resistindo à vontade de passar a mão no cabelo que tinha enrolado em cachos frouxos por sua prima Mila, chegando aos ombros.

— Vim — respondeu, mal conseguindo conter um sorriso.

Ele sorriu de volta, mostrando dentes muito certinhos, e ela sentiu seu estômago saltar, como se tivesse bebido champanhe ou girado pela sala, enquanto o mundo subitamente acelerava, um pouco rápido demais, cheio de vida, barulho e cores. Respirou fundo, mas nada pareceu ir mais devagar.

— Gostaria de dar uma caminhada?

Ela olhou de volta para o desconhecido alto e bonito, com seus velhos sapatos gastos e olhos sorridentes, e pestanejou, surpresa.

— Como assim, agora?

Ele deu de ombros e sua covinha ficou mais funda.

— A cidade é linda à noite.

Ela mordeu o lábio, mas não conseguiu impedir o amplo sorriso que se estendeu em seu rosto.

— Me dê um segundo — disse baixinho e correu até a mãe para lhe contar. Voltou alguns instantes depois com as advertências da mãe, além da risada dela tilintando em seus ouvidos.

Ele ergueu uma sobrancelha, os olhos verdes dançando, talvez levemente surpreso por ela ter aceitado, porque provocou:

— Sabe, eu poderia ser qualquer pessoa. E se você estivesse saindo com um louco ou coisa parecida?

Eva sacudiu a cabeça, balançando os cachos escuros.

— Está vendo aquela mulher lá atrás? — disse, apontando uma mulher alta e elegante, um lampejo de ouro em sua garganta, brincos de pérola reluzindo junto a seu coque escuro, parada, falando com o maestro, que ela havia de alguma forma encurralado e que parecia estranhamente pequeno ao escutá-la. — Aquela é minha mãe, Anka Copco. A essa altura, ela sabe seu endereço, seu nome do meio e aonde mandar a polícia se eu não estiver em casa à meia-noite.

Ele soltou uma grande risada.

– Ela parece formidável.

Eva concordou e sorriu.

– Ela é. Ela me disse que, embora eu tenha acabado de fazer 21 anos, continuará a ser obedecida ou haverá consequências. – Deu de ombros. – Acho que é isso que a maioria das mães faz.

– A minha não – ele disse, inclinando a cabeça de maneira respeitosa. – A minha me deixava fazer o que eu quisesse, mas nem sempre isso foi bom. – Ele piscou. Depois, endireitou o corpo, olhando para ela. – Então, aquela é Anka Copco – ele disse com os olhos brilhando. – E quem é a filha dela?

Eva ruborizou.

– Eva.

– Prazer em finalmente conhecê-la, moça do pêssego. Sou Michal Adami.

～⟡～ ONZE ～⟡～

Eva teve um dos piores casos de tifo epidêmico já vistos pelas enfermeiras. Seu corpo foi coberto por erupções, e ela ficou refém de uma febre perigosa. O sinal mais preocupante era o delírio, indicando a gravidade da sua doença. O tifo havia ceifado muitas vidas nos campos, mas, quando tratado, a recuperação podia ser bem rápida.

Sofie assistiu enquanto a enfermeira forçou sua amiga a engolir os antibióticos. Não queria nada além de esperar a seu lado e ver como Eva evoluía, mas sabia que se não voltasse haveria perguntas.

Ao voltar para o Kanada, Meier esperava por ela. Deu para perceber que estava satisfeito por ter encontrado uma maneira de se aproximar dela – ajudando sua amiga.

– Como ela está? – perguntou, colocando a mão em seu ombro. Sofie teve que lutar contra a vontade de se livrar daquela mão. O hálito dele tinha um cheiro doce, ligeiramente enjoativo, como baunilha queimada. Em vez de se afastar, ela engoliu em seco, depois pôs sua mão sobre a dele, tocando-a brevemente.

– A enfermeira disse que é um caso grave. Só espero que ela consiga superar isso. – Ela olhou para ele. – Se ao menos eu pudesse estar lá... Ficar ao lado dela.

Eles estavam parados nas sombras, perto de uma grande pilha de roupas de cama, e ela olhou para ter certeza de que ninguém estava olhando. Então, se virou e beijou-o rapidamente nos lábios.

Ele arregalou os olhos de prazer e tomou o rosto dela nas mãos, beijando-a de volta com mais força. Sofie permitiu. Bloqueou a mente para o cheiro de baunilha queimada que invadiu seus sentidos, fazendo-a ficar levemente nauseada.

Por fim, ele a abraçou com força, confundindo as lágrimas em seus olhos com a preocupação pela amiga. Passou o dedo, enxugando sob os cílios.

— Posso dar um jeito nisso. Farei o possível pela minha garota.

Sofie o fitou, seus olhos escuros não demonstrando nada.

— Você é minha garota, não é?

Sofie desviou o olhar por um momento, depois concordou com a cabeça. Deu-lhe outro beijo rápido, furtivo, um sorriso forçado no rosto, que ele não notou.

— Eu poderia ser sim.

Aquilo pareceu deixá-lo muito feliz.

— Ótimo.

Meier deu um jeito para que Sofie pudesse ficar no hospital pelo resto do dia, e ela cuidou da amiga enquanto se debatia em uma cama de hospital, o rosto sem um pingo de cor, os lábios secos e rachados.

Não havia nada a fazer a não ser aguardar e ter esperança de que a febre passasse. Meier acompanhou Sofie de volta ao hospital nos dias seguintes, para que ela pudesse ver a amiga por alguns minutos de cada vez. Foi preciso dois dias inteiros para que a febre passasse e Eva acordasse, sentindo-se fraca e faminta, mas lúcida.

Observou pacientes como ela, dormindo em camas, mas sem que nenhum médico viesse dar uma olhada nelas. Não sabia se deveria tentar sair, se seria pior para ela ou não. Sofie veio dar uma olhada em Eva à tarde, com um sorriso no rosto.

— Você me deixou preocupada, *Kritzelei*.

Eva apertou a mão da amiga. Seus músculos ainda estavam fracos, e a pressão foi leve, como uma borboleta.

– Obrigada por tudo. Espero não ter piorado as coisas para você.

Estava se referindo a Meier, que agora claramente pensava que eles estavam apaixonados.

Sofie revirou os olhos.

– Não seja idiota. Sua morte seria muito pior do que lidar com aquele moleque.

E Eva deu uma risadinha.

Depois, sentou-se devagar, seus olhos percorrendo o quarto. O medo se apoderou dela mais uma vez ao ver onde estava.

– Eu deveria voltar – disse.

Sofie empurrou-a de volta, novamente, com delicadeza, para que deitasse.

– Descanse. Meier disse que te leva de volta esta noite.

Eva assentiu. Ainda estava fraca e cansada, seria bom descansar.

– Tome, pegue isso – Sofie disse, dando-lhe uma pequena e dura fatia de pão preto. Eva aceitou, partindo um pedaço maior por causa da fome e enfiando-o na boca, mas seus músculos estavam tão fracos que levou uma vida para mastigar.

– Obrigada.

– De nada, *Kritzelei*.

– Sinto muito ter feito você passar por isso. – Eva referia-se ao fato de Sofie ter tido que cuidar dela, arriscando-se.

– Não se preocupe. Estou firme naquela promessa que você fez no nosso primeiro dia.

Eva olhou para ela, depois deu um sorrisinho.

– Vamos viver?

– Vamos viver – Sofie confirmou.

Enquanto Eva esperava na cama, observou um velho com um balde esfregando o chão. Seu rosto tinha algo de familiar.

Ele a pegou olhando para ele e depois levantou dois dedos para ela, como saudação. Tinha sobrancelhas espessas e olhos muito escuros.

– É o senhor? – ela perguntou.

Ele franziu a testa. Depois, avançou em seu pijama listado, arrastando os pés.

– Você me conhece? – Tinha o sotaque alemão, pastoso e encorpado.

Sobre o lábio, uma verruga. Era magro, mais magro do que na fotografia que ela tinha dele.

– De certo modo – ela disse.

Abaixou-se para pegar o pequeno maço de fotografias que tinha tirado da sua roupa íntima e colocado na dobra enrolada da sua manga comprida demais. Encontrou a dele com facilidade. Aquela do homem com sobrancelhas grossas, a verruga, a menina tímida e o menino sorridente.

Olhou para a foto, depois abriu um amplo sorriso, pela primeira vez em muito tempo.

– É o senhor – disse, maravilhada, e entregou-a a ele.

Os olhos dele saltaram e encheram-se de lágrimas ao tocar na fotografia com dedos trêmulos.

– Como conseguiu isso?

Ela explicou sobre o armazém, sobre revirar os casacos masculinos e o que havia feito, como tinha guardado apenas algumas fotografias.

Ele piscou, tocando no rosto dos filhos. A fotografia era pequena em seus dedos grossos e nodosos.

Ele olhou para ela.

– Por que guardou isso?

Ela deu de ombros.

– Sei lá. Não queria que a queimassem. Disseram que eles fazem isso. Não quis correr o risco.

Ele ficou com um nó na garganta.

– Obrigado.

Olhou em volta, para o caso de alguém estar escutando, depois se virou de volta ao ver que não havia perigo.

– Eles levaram minha menina, Ilsa.

— Aonde? — perguntou Eva, sentando-se.

— Do trem. Puseram os homens de um lado e as mulheres de outro. Descobri mais tarde que ela foi para a esquerda.

Eva fechou os olhos; aquela pobre criança. Pessoas que estavam bem e aptas a trabalhar, nem jovens demais, nem velhas demais, eram colocadas à direita. Poderiam viver e trabalhar feito escravas, como eles. As que ficavam à esquerda eram mortas na chegada.

— Pensei que nunca mais fosse vê-la — ele disse, sacudindo a cabeça sem acreditar.

Eva ficou intrigada, até perceber que ele falava da fotografia.

— Obrigado — ele disse, tocando em seu braço.

Eva sentiu algo caloroso e leve penetrar no seu peito, como se o peso daquele lugar tivesse sido suspenso por um momento. A sensação era maravilhosa.

Sorriu, meneando a cabeça.

— Não acredito que te encontrei... Entre todas as pessoas daqui!

Ele concordou.

— É um milagre. E devo reconhecer que tinha desistido da foto. Aqui tem centenas de milhares de pessoas. Se você tivesse tentado me encontrar, levaria muitos meses.

Ela assentiu. Era puro acaso, pura sorte.

— Posso... Tem alguma coisa que eu possa fazer em troca? — ele perguntou.

Era assim que as coisas funcionavam no campo. Não era algo ruim; os favores eram a única coisa que se poderia oferecer, a única moeda corrente que poderia acabar melhorando ligeiramente o estado das coisas.

Ela confirmou. Não era hora de fingir que estava acima daquilo; ninguém estava. Logo apareceria uma enfermeira, e então ele teria que ir embora; era um dos poucos prisioneiros homens que ela via em meses e o único com quem havia falado.

— Meu marido, Michal Adami. Preciso saber se ele está vivo.

A luz nos olhos dele diminuiu ligeiramente.

— Como eu disse, há muita gente, não sei se vou conseguir descobrir.

Ele não explicou que toda mulher que encontrava lhe pedia a mesma coisa, e o mais comum, sem até mesmo precisar perguntar, era que a resposta seria que estavam mortos. E, se estivessem vivos, seria como tentar achar uma agulha em um palheiro.

Eva agarrou o braço dele, o que tinha a tatuagem, cobrindo-a com seu braço.

— Como você se chama?

— Herman.

— Eva. Apesar de tudo, acredito em sorte. Olhe para nós, Herman, se não foi isso, não sei o que é, e só precisamos de um pouco de sorte.

— Eva, precisaremos de toda ajuda que pudermos conseguir. Um pouco mais de orações não faria mal. Como eu te encontro? — ele perguntou.

— Vou descobrir um jeito de voltar aqui.

Até então, não tinha certeza de como.

Ele acenou com a cabeça, depois sorriu, tocou o bolso do pijama onde havia posto a fotografia, um gesto de despedida, e então se foi.

— Você acha mesmo que ele encontrará Michal? — perguntou Sofie na primeira noite em que Eva estava de volta ao beliche costumeiro, depois de contar às outras o que tinha acontecido.

— Não sei. Tenho que ter esperança.

Ninguém disse que aquilo era improvável, não era preciso. Todas tinham perdido maridos, irmãos, pais e filhos. Ali, poucas sabiam quem estava vivo ou não, mas, por outro lado, as chances de Eva achar o homem de bigode do montinho de fotografias que tinha encontrado eram quase nulas.

— Eu poderia perguntar a Meier. Talvez ele saiba alguma coisa, ou possa descobrir.

Eva sacudiu a cabeça.

– Ele é amigo de Hinterschloss. Acho que se, de algum modo, Meier deixasse escapar que estava procurando meu marido, ele o mataria, só para me machucar.

Sofie mordeu o lábio. Era tudo muito provável. Não tinha pensado nisso e ficou feliz por ainda não ter pedido a ele. Queria ter certeza se poderia ou não confiar nele antes de perguntar por Lotte e Michal. Meier era melhor do que alguns dos outros guardas, mas era jovem e ingênuo, e já tinha cometido o erro de deixar Hinterschloss saber como se sentia em relação a ela, quando contou que achava que era parecida com a estrela de cinema Bette Davis. A tal ponto que, agora, o outro guarda tomara como missão tocar nela sempre que fazia a *Appell*.

– Só estou testando a mercadoria. Não gosto quando meus amigos conseguem um quinhão melhor. – Depois ele caçoava: – Mas acho que ele pode ficar com essas ameixinhas.

Mas isso não o tinha impedido de repetir o gesto.

Sofie tentou não pensar nisso, não pensar neles.

– Ainda não consigo acreditar que você encontrou o homem da fotografia, e que aquilo era tudo que lhe restou da filha – ela disse.

Eva concordou.

– Vai ver que, no fim das contas, você não foi tão maluca de guardá-las, *Kritzelei* – Sofie disse com um sorriso. – Talvez outras pessoas também tentem reaver as delas.

Eva sorriu de volta.

– Duvido.

Mas Sofie tinha razão. Depois de devolver a fotografia a Herman, começou a ver, a caminho do Kanada, por acaso ou de propósito – não teve certeza qual dos dois – mais homens junto à cerca, chamando por ela, querendo saber se tinha suas fotografias. Mas, logicamente, ela só tinha um punhado mínimo. Era mais do que provável que o fato de ter a de Herman fosse um caso isolado, um milagre na verdade.

Às vezes, era possível roubar alguns segundos para falar com eles pela cerca, antes que alguém percebesse.

– Tome – disse um homem mais velho, de cabelos grisalhos e grandes olhos azuis, empurrando um pedacinho de salsicha pela cerca.

– Mas pode ser que eu não tenha a sua fotografia. Guardei muito poucas – ela explicou.

Ele sacudiu a cabeça.

– Não, eu sei. Eu não guardei nenhuma, queria ter guardado, o problema é esse. Sempre estive ocupado demais trabalhando. Era isso que eu achava que um marido e pai deveria fazer: prover.
– Parecia triste e continuou. – Minha mulher providenciou um fotógrafo profissional para vir uma manhã tirar um retrato da família. Era sábado, e fiquei irritado, tinha coisas para fazer no escritório, então saí. Agora me arrependo disso.

Eva não soube o que dizer. Tinha havido tantos momentos que todos eles deram como certos, pensando que tinham todo o tempo do mundo. Tantas coisas que ela também gostaria de ter feito diferente.

– Sua família sabia que você os amava, que era por isso que trabalhava tanto.

Os olhos dele marejaram.

– Você acha?

Ela também enxugou sua própria lágrima.

– Acho.

Ele limpou a garganta, lutando contra lágrimas repentinas.

– Seja como for, tome, fique com a salsicha. Foi bonito da sua parte guardar a foto de Herman. Ele é meu amigo. Coma, por favor.

Eva aceitou, enfiou o pedaço de salsicha entre os dentes e mastigou. Estava deliciosa.

– Obrigada.

– Você pode me descrever seu marido? – ele perguntou.

– Ele é alto, tem cabelos castanhos cacheados e olhos verdes.

– Ninguém aqui tem cabelos cacheados – ele disse.

O coração de Eva despencou, e ele sacudiu a mão, relativizando, enquanto dizia:

– Eles rasparam a cabeça de todos nós.

– Ah – Eva disse. – É claro. – Levou um tempo até que seu coração retomasse o ritmo normal.

– Você tem uma fotografia dele? Poderíamos circulá-la. Alguém poderia tê-lo visto.

Ela sacudiu a cabeça. A fotografia dele era justamente a que não tinha.

– Tudo bem. Não se preocupe. Mesmo assim, vamos investigar por aqui.

Ela olhou para ele.

– Eu poderia desenhar um retrato dele, se conseguisse papel, lápis.

– Aqui? – Ele arregalou os olhos, depois confirmou com a cabeça. – Não sei se consigo isso, mas vou tentar.

– Obrigada.

No decorrer das semanas seguintes, apesar da sua crença de que não voltaria a acontecer, ela conseguiu rastrear mais um dos homens das fotografias, pela maneira como ele descreveu a echarpe de bolinhas da esposa e os olhos sorridentes.

Foi de cortar o coração ver o homem atrás da cerca começar a chorar.

– Ela morreu no trem comigo. Mas tivemos sorte; antes de sermos levados, recebemos a notícia de que nosso filho tinha chegado a salvo em Londres, junto com a minha irmã, você acredita? Que ele esteja lá, aprendendo inglês? – ele sorriu ao pensar nisso. – Talvez até já recitando Shakespeare, hein?

Eva sorriu. Era um pensamento agradável.

– Vou guardar esta foto para ele – o homem disse.

Ela acenou com a cabeça, e se virou para ir embora com lágrimas nos olhos.

Estava feliz de devolver o punhado de fotos que tinha guardado, mas mais do que tudo, queria poder devolver ao passado as pessoas que elas continham, antes de tudo ser arrancado de suas vidas.

– Você, moça da foto, Eva.

Eva estava indo para o Kanada. Virou-se e viu Herman. Olhou rapidamente por sobre o ombro, para conferir se algum dos guardas estava olhando, e esgueirou-se para mais perto da cerca.

– Oi, Herman! Tem notícias? Encontrou Michal? – perguntou rapidamente, sem fôlego.

Ele sacudiu a cabeça.

O coração dela despencou, mas ela se lembrou de que não haver notícia era uma boa notícia.

– Não, ainda não. Mas te arrumamos isso. Poderia ajudar?

Ela olhou para baixo e viu em sua velha mão manchada um pedacinho de papel amarelado e um toco minúsculo de lápis. Naquele lugar, era como ouro, e se você fosse pego com aquilo, seria sentenciado à morte.

Ela pegou os dois itens rapidamente da mão dele. Seus meses de prática com tio Bedrich em truques com a mão foram úteis ao escondê-los em sua manga.

– Obrigada – sussurrou.

– Se conseguir desenhar um retrato, estarei aqui amanhã, no mesmo horário, para pegá-lo.

Ela assentiu. Faria aquilo.

– Tente fazê-lo com a maior precisão possível.

O rosto de Michal estava esboçado dentro do seu coração. Não haveria problema.

⊰❖⊱ DOZE ⊰❖⊱

Sofie se agarrou à primeira oportunidade que encontrou para escapar de Meier e, consequentemente, da crescente e descabida atenção que andava recebendo de Hinterschloss.

Sara, a *Kapo*, tinha entrado depois de falar com um dos médicos lá fora, querendo saber se alguma delas tinha experiência de enfermagem, já que havia uma carência. Havia um novo médico, chamado Mengele, que estaria muito ocupado, e eles precisavam da maior equipe que conseguissem arrumar. Nas semanas que viriam, ela acabaria percebendo que o médico bonitão e bem arrumado era a própria encarnação do demônio de Auschwitz, mas naquele momento não sabia nada disso. Só viu uma chance de escapar de Meier.

– Eu tenho – disse Sofie, para surpresa de Eva, que tentou disfarçar quando Sara virou-se para ela.

Sara franziu a testa.

– É mesmo? Se você estiver mentindo, sabe que eles te matam? – ela perguntou.

Eva tinha visto a amiga engolir em seco.

– Tenho experiência. Cinco anos em Viena.

A *Kapo* assentiu.

– Ótimo. Eles precisam de você lá, agora. Um caso importante. Eles disseram que, por enquanto, você pode ficar aqui, embora mais tarde possa ser removida para outro barracão com o restante da equipe.

Quando Sofie voltou nas primeiras horas da manhã, aconchegou-se ao lado de Eva.

– Como foi? – Eva perguntou.

– Tudo bem. Acho que os enganei. Mas quanto tempo vai levar, *Kritzelei*, até eles descobrirem que onde eu trabalhei não era um hospital humano? – ela cochichou. – E apenas quando era adolescente?

Anos antes

Quando criança, Sofie sonhara em ser veterinária. Amava animais, e o zoológico era seu passeio preferido na Áustria, onde podia observar os orangotangos, os elefantes e os tigres-siberianos. No pequeno apartamento que dividia com o pai, acima da sua oficina de fazer relógios, no centro de Leopoldstadt, o bairro judaico – sede da sua família por mais de três gerações –, ela mesma tinha adotado um minizoológico, incluindo um cachorrinho que parecia um espanador, chamado Babooshi, bem como vários gatos de rua sem nome, chamados coletivamente de "Shoo" por seu pai alérgico, e uma tartaruga chamada Fred.

Aos 14 anos, ofereceu-se como voluntária no Schönbrunn Zoo, o zoológico mais antigo do mundo, que já pertencera ao imperador de Lorraine. Ficava a quarenta e cinco minutos de trem, e ela corria para lá depois da escola para a mais breve das visitas, mas valia a pena limpar as jaulas dos elefantes e tigres. Seu pai, Carl, frequentemente brincava que Sofie gostava mais de animais do que de pessoas. Às vezes, ela achava que ele tinha razão. Os animais não eram fingidos. Eram mais simples e, às vezes, mais agradáveis.

De qualquer modo, ele estava errado em um aspecto: ela gostava das pessoas conhecidas, como seus avós maternos, que viviam em um lindo apartamento dobrando a esquina, com quem ficava todas as sextas-feiras para o jantar do *Shabbat*.

Gostava de trançar a massa para o challah, pela manhã, com sua avó, e de ver o pão sair do forno; de polir a prata e pôr a mesa com as velas do *Shabbat*, que só eram acesas depois do pôr-do-sol. Era uma linda mesa, com flores frescas vindas do mercado, e sempre uma ou duas sobremesas, em geral strudel caseiro de maçã ou cheesecake, especialidade do seu avô.

Ao fazer 17 anos, ela começou seu treinamento como enfermeira veterinária e conheceu outro estudante, chamado Lucas. Era uma pessoa gentil que, assim como ela, preferia animais a humanos. Não foi um grande amor, mais um romance de verão, mas, infelizmente, quando terminou, ela se viu bastante comprometida, porque o resultado foi que estava grávida, dando-se conta disso depois que o romance de curta duração tinha fracassado.

Lucas ofereceu-se para agir de maneira honrosa, ainda que, àquela altura, alguns meses depois, seu coração pertencesse a outra moça, mas Sofie recusou. Apesar do escândalo, da decepção e da vergonha que ela traria para sua família, não poderia se entregar a uma vida com um homem que não amava.

— Você está sendo idealista demais — seu pai a tinha repreendido depois de ela lhe contar a novidade, sacudindo a cabeça, decepcionado. Depois, pôs a cabeça nas mãos, desejando mais uma vez que sua esposa tivesse vivido tempo suficiente para ajudá-lo a criar a filha. — Eu te deixo muito livre; sua mãe teria sabido o que fazer; ela te falaria sobre essas coisas. — Esse era um lamento frequente. Ele olhou para ela e suspirou. — Ela teria te preparado melhor, explicado corretamente a respeito dos homens.

Sofie riu contra a vontade, seus olhos escuros brilhando.

— Ah, papai, isso a vovó me explicou até demais, e Lucas não era desse tipo, devíamos ter sido mais espertos, sei bem disso. Especialmente agora. Mas só não vejo como o fato de me casar com ele melhoraria esta situação.

Seu pai olhou para ela, espantado, os olhos enormes, como se a resposta fosse óbvia.

— Ele poderia proporcionar uma vida para você... E para a criança.

Sofie franziu o cenho, cruzando os braços, e Babooshi pulou em seu colo. Sofie acariciou seu pelo duro.

— Você está me pondo para fora de casa?

Ele pestanejou.

— Não, claro que não.

Ela lançou para ele um olhar penetrante.

— Então, não entendo. É porque eu seria um peso?

Talvez Sofie sempre fosse um pouco direta demais. Não acreditava em perder tempo dourando a pílula. Não conseguia ver, na verdade, como seria um peso, uma vez que a loja ia bem e eles não levavam uma vida extravagante.

Seu pai apertou a ponte do nariz, sem ter certeza de como explicar que, com frequência, o casamento era a coisa certa a ser feita, mesmo se não fosse o que a pessoa queria.

— Não foi isso que eu quis dizer. Você sabe que esta é a sua casa, sempre. Estou preocupado com o que as pessoas vão pensar, Sofie.

Ela lhe deu uma olhada.

— Bom, não fique.

Ele sacudiu a cabeça.

— Não é tão simples.

Sofie ficou realmente intrigada.

— Deveria ser. Se eu tiver a liberdade de ficar aqui, então, por favor, deixe-me livre para tomar esta decisão, papai.

— Não é como se pudéssemos forçá-la a se casar com ele, podemos? — o avô disse mais tarde, soando um tanto esperançoso.

— Não, infelizmente não — concordou o pai.

No entanto, uma semana depois, eles tentaram outra coisa. Sua avó sugeriu que elas duas saíssem para uma conversa. Levou-a até um café próximo e suplicou-lhe sobre um bule de café em que as duas mal tocaram.

— Olhe, Sofie, sei que o que você diz faz sentido. Conheci muitas moças que se viram aprisionadas em casamentos sem amor, tendo filhos com um homem que elas não respeitavam, levando uma vida que nunca imaginaram ter quando jovens. Entendo isso, então não vou tentar te convencer a mudar de ideia a respeito. Você sempre teve opiniões firmes, e a força de caráter para se ater a elas, o que agora você precisará mais do que nunca. Mas deixe esta velha te aconselhar um pouco mais, ok?

Sofie concordou com cabeça, dando um gole em seu café puro e frio, pousando a xícara com uma careta.

— Se você tiver o bebê aqui, provocará uma série de consequências para todos, não apenas para você.

Sofie olhou fixo.

— Desavenças?

— Não, consequências, como uma bomba, o que soa dramático, eu sei. Mas acredite em mim, isso afetará a vida de todos nós e causará todo tipo de problemas. Para os negócios do seu pai, para você, para a família. Neste bairro, todos sabem da vida de todo mundo, infelizmente. Eu adoraria viver em uma época em que uma mulher não casada que engravide não é vista como uma mancha em sua família, ou nela mesma...

Sofie ficou sem fôlego.

— Mas isso é ridículo; quando um homem faz isso, engravida uma mulher... — ela protestou com veemência, lágrimas saltando dos olhos.

A avó ergueu a mão e concordou.

— Nada acontece com ele, não mesmo, eu sei. Há alguns murmúrios, e talvez algumas pessoas façam um rebuliço, talvez não, mas não passa disso. Não é justo, mas é assim o mundo em que vivemos. Sempre foi desse jeito, e mesmo se as pessoas se acostumassem com o fato, pense na criança, criada como bastarda, sendo provocada, julgada... Você sabe que isso acontece.

Sofie refletiu sobre as palavras da avó com o cenho cerrado. A palavra "bastarda" reverberou em seu crânio como uma pedra pontuda.

— Se você não vai me forçar a me casar com Lucas, então o que é? Que eu vá viver em algum outro lugar, é isso que você está sugerindo?

A avó tocou no seu braço.

– Não, bom, não por muito tempo. Você pode ir morar com sua prima Lotte, no campo, em Bregenz, até ter o bebê. Então, pode voltar.

Sofie encarou a avó, depois fechou os olhos, horrorizada.

– Sozinha? É isso que você está insinuando, depois de eu desistir do bebê?

A avó a fitou com um olhar sério.

– É uma opção, é claro.

Sofie sacudiu a cabeça e saltou fora da cadeira de repente, lágrimas furiosas escorrendo pelo seu rosto.

– Não vou dá-lo – disse entre dentes.

– Sente-se! – ordenou a avó, uma vez que algumas pessoas pararam para ver.

Sophie permaneceu em pé, respirando pesadamente, sem fazer um movimento fosse qual fosse.

A avó suspirou e disse:

– A outra opção, Sofie, é ter o bebê lá e esperar.

Sofie limpou as lágrimas dos olhos e sentou-se.

– Por quanto tempo?

– Alguns meses. Podemos dizer que você se casou, e seu marido faleceu, alguma doença ou outra coisa. Então, você volta com uma aliança no dedo.

Sofie olhou enquanto sua avó tirava um anel da sua mão direita, presente de aniversário de casamento do seu avô, ouro com safira em uma montagem imperial.

– Tome.

Sofie cruzou os braços e não pegou o anel. Detestava falsidade.

– Prefiro admitir meus próprios erros a fingir.

A avó sacudiu a cabeça, exasperada.

– Você precisa ceder em parte, Sofie, se não por você, pelo menos pela criança.

Sofie suspirou, encarou-a por um longo momento, e finalmente concordou. Imaginou que, de qualquer maneira, a maioria das pessoas desconfiaria, mas se fossem se sentir mais à vontade com a mentira, ela aceitaria, pelo bem da sua família.

Sofie estava com 18 anos quando voltou para Viena com seu bebê, Tomas, e ele tinha seis meses. Perdera seu lugar no programa veterinário. Seja como for, não havia tempo para estudos com uma criança pequena, apesar da ajuda que veio com muita disposição do seu pai e dos seus avós. Apesar dos receios que eles tinham quanto à paternidade da criança, receberam-na em sua vida incondicionalmente. Era um bebê animado, feliz, com grandes olhos castanhos e um denso chumaço de cabelo loiro escuro, que o pai de Sofie disse que devia ter vindo da mãe dela.

Conforme crescia, o pai dela ficou convencido de que ele também tinha a natureza da avó. Era uma alma gentil e sensível, com atração por flores e música. Sentava-se no andar térreo tranquilo, brincando alegremente com seus brinquedos, fazendo os clientes sorrirem ao rir sempre que Sofie lhe fazia cócegas.

Com o passar dos meses, ela se ajustou a sua nova vida como mãe. Embora sentisse falta dos estudos, e desejasse ter conseguido se capacitar como enfermeira veterinária, ser mãe era uma aventura por si só, e havia toda chance de que ela pudesse voltar a estudar quando Tomas fosse mais velho, talvez até ir mais longe e se tornar veterinária por mérito próprio.

Por enquanto, ajudava na loja do pai, onde fora um tipo de aprendiz desde os 6 anos; onde sua cabeça para números e os dedos ágeis sentiam-se tão à vontade consertando relógios quanto trocando fraldas. "Por enquanto, tudo bem", ela pensava, satisfeita. Era jovem e ainda tinha toda a vida pela frente, ainda havia tempo.

Até que, de repente, tudo aquilo mudou quase que da noite para o dia, com uma palavra: *Anschluss.*[*]

⬦—⬦—⬦

---

[*] A Áustria tinha sido, enfim, anexada ao território alemão.

Sofie olhou para Eva e suspirou, trazida repentinamente de volta à realidade distante a partir do momento em que a Áustria foi anexada pelos alemães, deitada ao lado da amiga no beliche frio, preocupada com seu novo posto de trabalho e o que fariam se descobrissem que ela, na verdade, não tinha chegado nem perto de ser uma enfermeira.

— A única experiência real que eu tive foi trabalhar na oficina de relógios do meu pai — ela disse, levantando seus longos dedos finos. — Remexer em engrenagens não é exatamente a mesma coisa que ossos e carnes.

— Duvido que isso terá importância — observou Eva. — Seja como for, não que eles pensem em nós como algo além de máquinas ou animais.

— Principalmente se você for judia como nós — concordou Vanda, baixinho, virando-se para elas, a mão subindo para espantar o sono dos cílios claros.

Era verdade, em seu barracão, a maioria das pessoas era judia e da Tchecoslováquia. Havia poucas anomalias, como Sofie, que era originalmente da Áustria, mas isso porque ela havia estado em Terezín, para começo de conversa. De maneira geral, os oficiais do campo achavam que era mais seguro se o semelhante ficasse com o semelhante. Achavam que era mais fácil ficar com sua gente. Mas isso não era perfeito; as pessoas eram transferidas, ao serem colocadas em diferentes contingentes de trabalho, de modo que acontecia a mescla inevitável. Mesmo assim, havia uma hierarquia distinta no campo, e os que tinham o pior *status* eram os judeus. Se você fosse meio a meio, com pai ou mãe não judeu, era um pouquinho melhor. Os prisioneiros políticos tinham possivelmente a melhor condição, o mesmo acontecendo com os poloneses, que estavam ali havia mais tempo.

O hospital parecia um hospital de fato, mas não era como os hospitais que elas conheciam. Eva tinha passado a maior parte do seu tempo ali dormindo, mas até ela viu que, embora os médicos usassem aventais, não pareciam realizar muitas curas. No entanto, andavam atarefados, muito atarefados, apesar de ser difícil ver com o quê. Havia rumores sombrios, murmúrios sobre o que acontecia ali, mas ninguém sabia com certeza. Sendo assim, agora elas estavam interessadas em saber mais, por Sofie.

Sofie fechou os olhos. Estava cansada, embora bem desperta, num estado horrível resultante de medo que era familiar demais. Se o sono chegasse, seria muito mais tarde. Felizmente, a equipe hospitalar era dispensada das *Appells*.

– O tratamento é rudimentar, na melhor das hipóteses. Os médicos fazem rondas, mas na verdade não olham os pacientes. Claro que as enfermeiras tratarão das pessoas com tifo ou algo assim, para garantir que possam voltar logo ao trabalho, mas pelo que pude ver, o hospital serve, na verdade, apenas para uma coisa.

– E qual é? – perguntou Eva.

– Experimentos.

Os olhos de Eva arregalaram-se; não estava esperando isso.

– Que tipo de experimentos?

– Coisas que os ajudem a vencer a guerra; usando a gente como ratos de laboratório.

– Que tipo de coisas?

A cabeça de Sofie começou a rodar. Ela ainda podia ver uma das mulheres que tinha sido levada com o sangue escorrendo pela perna. Eles nem ao menos tinham feito um curativo, e era possível até ver o osso, enquanto a pobre mulher tropeçava até uma cama, onde uma enfermeira recebeu-a para "se recuperar". Ela tremia. Uma das outras enfermeiras explicou, mais tarde, que o novo médico, Mengele, havia colocado algo no osso como um experimento, cujo propósito não tinha sido realmente explicado.

– Vocês não querem saber de verdade – ela suspirou e cochichou: – Preciso pensar em alguma outra coisa, *Kritzelei*, alguma coisa boa. Conte-me sobre seu primeiro encontro com Michal, depois do concerto, quando vocês foram dar um passeio ao longo do rio.

Então, Eva contou.

∞ TREZE ∞

Praga, abril de 1938

Eles caminharam pela velha cidade em uma noite fria de abril, logo depois da chuva. Eva inspirou o ar, doce e fresco, onde a água da chuva mesclava-se ao asfalto. Era seu tipo de noite preferido, quando o tempo parecia estar paralisado.

Ao longo do rio, eles só podiam discernir as luzes fracas dos barcos, piscando para eles em seu passeio pelas margens. Michal era muito mais alto do que ela, e com frequência precisava se curvar para olhá-la. Eva estremeceu com a friagem da noite, e ele lhe ofereceu seu paletó. Ela mordeu o lábio, enquanto ele a ajudava a vesti-lo, sentindo seu cheiro quente e limpo. Havia apenas um leve e agradável indício de água-de-colônia, com um toque de especiarias, e Eva não pôde deixar de achá-lo ligeiramente embriagador. Sentiu suas faces se acalorarem com a ideia, e procurou, desesperadamente, algo para dizer ao homem alto e bonito que caminhava a seu lado. Tinha sido mais fácil na sala de concerto, com tantas pessoas. Seguro. Ali fora, apenas os dois, as batidas do seu coração soavam alto em seus ouvidos.

– Quando você aprendeu a tocar violino desse jeito? – Eva acabou perguntando.

Ele se virou para ela, franzindo a testa, diminuindo seu passo vigoroso. Correu a mão pelos cachos, ao relembrar com um sorriso nos lábios.

– Quando eu tinha cerca de 4 anos. Passávamos o verão com a minha família em Bratislava. Nós tínhamos uma velha casa enorme com vários andares, e eu adorava explorar seus tesouros, especialmente o sótão. Havia todas aquelas coisas guardadas ali, de uma vida inteira: um antigo cavalo de balanço, roupas do século anterior, jogos de tabuleiro, livros, mas a coisa que mais me impressionou foi um velho violino vermelho que me deixou encantado. Tirei-o do estojo – com bastante cuidado, imagino, apesar da minha idade – e corri os dedos de leve pelas cordas. Minha mãe estava me procurando e me encontrou com ele. Meu tio ficou comovido com aquilo, achando que tinha algum significado – ele riu. Seus olhos verdes enrugaram-se nos cantos. – Ele disse que sempre tinha querido que meu primo, Jakub, se interessasse pelo violino, mas ele nunca se interessou. Então, meu tio providenciou para que eu tivesse aulas. Foi uma condescendência, todos eles disseram, mas eu amei aquilo, e depois disso toquei todos os dias. Quando fui para casa, meu tio me deu aquele velho violino vermelho, que usei até ter uns 16 anos e comprar um novo, mais de acordo com o meu tamanho – ele brincou, indicando seus braços e torso longos. – Comprei-o com o dinheiro que ganhei tocando em um pequeno restaurante à noite. Disse a eles que tinha 20 anos, para poder beber também. Levou quase um ano até eu decidir que teria um exatamente igual ao de Jascha Heifetz. Ele é considerado um dos melhores violinistas do mundo. Conheci-o no ano passado, quando veio se apresentar aqui. Mas ainda tenho aquele velho violino.

Eles subiram uma rua, afastando-se do rio, e ela sorriu, imaginando o garotinho que ele devia ter sido, e ele sorriu de volta, com os olhos dançando sob a iluminação pública.

– Sua vez. Quando você começou a desenhar? Eu te vi na praça.

Ela ficou boquiaberta de surpresa.

– Viu?

Ele assentiu, com uma covinha surgindo em seu rosto bronzeado.

Ela desviou o olhar para as ruas agitadas, onde homens e mulheres vestidos com elegância saíam de teatros, cinemas e bares, o ar enchendo-se de risadas, e seu coração começou a bater mais rápido.

Ele riu.

– Não foi só você que fez um pouco de espionagem.

Ela olhou de volta para ele, e sacudiu a cabeça, surpresa, rindo também. Como artista, seu mundo girava em torno da perspectiva. Era estranho ela não ter considerado que Michal poderia vê-la, mas tinha deduzido que ele estivesse perdido em sua música.

Eva corou, olhou para baixo e então respondeu:

– Sempre desenhei. Minha mãe diz que nasci com um lápis na mão. Sempre tenho um caderno de desenho comigo, para o caso de ver alguma coisa que precise capturar, um momento, uma lembrança, algo incomum. Nunca se sabe o que se vai ver.

Ela ergueu um ombro. Era um mundo lindo, e ela gostava de reparar nele.

– Mesmo agora, você está com o seu caderno? – ele perguntou, abrindo os lábios de espanto.

– Estou – ela disse, com um leve aceno de cabeça, dando um tapinha na bolsa de couro, que era grande e um tanto disforme, não o tipo de acessório que alguém leva a um concerto, como sua mãe a advertira mais cedo. Mas ela não se incomodou; sem seu caderno de desenho, se sentiria nua ou perdida.

Os olhos dele cintilaram, e ele sacudiu a cabeça.

– Então, você traz seu trabalho consigo até em um encontro?

Ela riu, depois olhou para ele com os olhos brilhando.

– Eu não sabia que teria um encontro.

– Eu sim.

Ela se virou para ele, espantada. Ele deu de ombros.

– Bom, sabe, eu pude ver mais de você do que apenas seus sapatos.

Ela voltou a rir, depois sacudiu a cabeça.

– Vamos lá – convidou, arrastando-o pela mão até um banco perto de um poste de iluminação pública. Eva se sentou e Michal olhou para ela, intrigado, enquanto tirava seu caderno de desenho e um lápis, que colocou atrás da orelha, sorrindo para ele. – Quero fazer um registro desta noite. Algo me diz que vou querer um.

– Do quê? – ele perguntou, ao se sentar ao lado de Eva, talvez um pouco mais perto do que o necessário, sua perna quente junto à dela.

Ela respirou fundo, depois abriu seu caderno, alisando a página com os dedos, os olhos sérios, antes de começar.

– Do dia em que te conheci.

⟨⟨⟨ QUATORZE ⟩⟩⟩

ELA DESENHOU O RETRATO de Michal à noite, no pedaço de papel minúsculo que Herman havia lhe dado. Era nítido como se ele estivesse sentado à sua frente, embora ela tivesse que imaginar sua aparência com o cabelo tosado.

— Por que eles precisam de um retrato? Eles não podem simplesmente perguntar pelo nome dele? — disse Vanda, sentada na beirada do beliche com os joelhos ossudos enfiados sob o queixo.

— Alguns guardam os nomes consigo. Aqui, eles se tornam pessoas diferentes, mantendo o passado intocado — respondeu Sofie.

Eva concordou. Era verdade. Algumas das moças do seu barracão eram desse jeito; principalmente as que tinham visto a família ser morta. Era mais fácil fingir que você era apenas um número, mais difícil ser lembrada a cada dia de quem você já tinha sido. Essa era uma das razões de Sofie ter certeza de estar tendo dificuldade em rastrear sua prima Lotte.

Tinha recebido algumas pistas falsas, e uma vez viu uma pessoa quase parecida com ela, mas que no fim não era. Se existisse alguém que gostaria de esconder sua identidade, esse alguém era Lotte, depois do que havia feito.

– Também, desse jeito não atrairá muita atenção para Eva, eu acho, já que é apenas um pedaço de papel – disse Sofie, sempre prática.

Eva esperava que sim; já estava sendo conhecida como a moça da foto, não queria que aquela informação chegasse a mãos erradas.

Ao adormecer, sonhou com Michal. Pareceu muito real; a cabeça dele estava raspada, os olhos verdes embaciados e escuros, havia olheiras debaixo dos olhos, e suas maçãs do rosto destacavam-se gritantemente em seu rosto pálido.

Estava trabalhando ao ar livre, na neve, enfileirado com vários outros homens, todos assentando tijolos. Não a tinha visto, e ela começou a andar rápido, tentando chegar até ele. Seus sapatos escorregavam na lama, que, de repente, transformou-se em pesados montes de neve. Eva esforçou-se para passar, gritando o nome dele até ficar rouca, mas nenhum som saiu da sua boca, e ele não levantou os olhos. Quanto mais ela tentava, mais longe ele parecia ficar.

Acordou com um sobressalto, o grito morrendo em seus lábios, o coração martelando dentro do peito. Sentou-se tossindo e arquejando, sentindo-se fraca e cansada.

Durante a *Appell* matutina, Hinterschloss estava sendo especialmente torpe. Eva conseguia sentir cheiro de álcool a um metro de distância, antes que ele parasse à sua frente, com um sorriso de desprezo no rosto, os olhos amarelos parecendo faiscar.

– Kanada, hein? Está pronta para isso hoje?

Ela assentiu em silêncio.

– Você não pode usar a boca? Responda!

Empurrou-a com a ponta do rifle e os joelhos dela curvaram-se. Mais tarde, ali surgiriam vergões grossos.

– Sim, senhor – ela disse rápido, logo se endireitando.

– Você não estava no hospital?

Eva empalideceu. Meier devia ter contado a ele. Ela estava certa, então, em confiar em seus instintos e não revelar muitos detalhes para ele, por meio de Sofie. Embora imaginasse que Hinterschloss devia ter especulado sobre onde havia andado. Tudo isso e mais um pouco passaram por sua mente intensificada pelo medo.

— Sim, estive, brevemente.

— Você ainda está doente? — ele perguntou, seus olhos penetrantes vidrados enquanto avançava, tocando a testa dela.

Eva teve que morder a bochecha para se impedir de empurrar a mão dele para longe. Ele simulou enxugar a mão na calça, com uma expressão de repulsa no rosto.

— Não — ela sacudiu a cabeça —, não mais. Já faz tempo.

— Não tanto tempo.

Até o momento, Eva tivera sorte, sem saber exatamente como, em escapar à atenção dele quanto à sua doença. Talvez agora Hinterschloss estivesse apenas com um humor especialmente desagradável, procurando um motivo para encrencar com alguém, mesmo que fosse por algo que já pertencesse ao passado.

Ela ainda estava muito fraca, seus membros pesavam, e ela se cansava com facilidade. Com a nutrição adequada e descanso, a recuperação teria sido possível, mas ali, não tendo nem uma coisa nem outra, sem mencionar o ambiente insalubre, era provável que o caminho para a recuperação fosse longo.

— Então, você está forte?

— Estou — ela mentiu.

Ele ergueu uma sobrancelha.

— Forte quanto?

Ela desejou que ele não a fizesse erguer outra pedra acima da sua cabeça durante horas. Para ser sincera, não sabia se seria capaz disso.

— Estou apta a trabalhar. Posso continuar no Kanada, senhor.

Ele pareceu surpreso e até riu, batendo no joelho em sua súbita alegria.

– Ha, ha, ha! O que é isso, o que é isso! – disse a uma das *Kapos*, que também começou a rir.

– Menina idiota – a *Kapo* respondeu.

Hinterschloss pareceu concordar, e seus olhos amarelos faiscaram. Depois, olhou para Eva.

– É, *muito* idiota. Então porque você ficou doente, acha que merece tratamento especial, receber uma das melhores atribuições daqui, é isso?

Eva engoliu em seco.

– Não, não quis dizer isso.

– Não quis? – ele escarneceu. Enfiando o dedo no peito dela com força a ponto de doer, fazendo-a ofegar, disse: – Então, você fica doente e as outras precisam continuar dando duro lá fora, em qualquer clima, enquanto você ganha um conveniente posto de trabalho? – Ele arreganhou seus dentes afiados em um olhar malicioso.

– Não.

– Não? – Seus olhos cinza faiscaram.

– Não, quero dizer, não preciso de tratamento especial, senhor, posso trabalhar em qualquer lugar.

Fez-se um longo silêncio. Então, um dos outros guardas gritou algo sobre a necessidade de seguir em frente, e ele fungou como se o homem tivesse estragado sua brincadeira. Depois olhou de volta para ela.

– Qualquer lugar, é? Ótimo. Pode se juntar à equipe de construção. Eles precisam de alguém para quebrar as pedras. – Depois, ele deu um sorriso afetado. – Tenho uma vaga lembrança de que você tem experiência com elas.

Ela abriu e fechou a boca.

A mão dele moveu-se em direção ao rifle.

– Algum problema?

– Não, senhor.

– Ótimo. Vá, você já nos atrasou. Não haverá uma próxima vez.

As mãos dela sentiram o retrato minúsculo escondido junto a suas costelas. Como teria chance de entregá-lo a Herman, agora?

A primavera deveria estar a caminho, mas, em vez disso, a neve caía pesadamente. Enrolou a cabeça com o cachecol fino que tinha conseguido arrumar no armazém, e seguiu a passos firmes para se juntar à equipe que começaria o turno de doze horas quebrando pedras no frio congelante.

Naquela noite, antes do toque de recolher, enquanto caminhava do lado de fora com as mãos inchadas feito garras por causa do tempo gelado, vermelhas e doloridas, deu a Sofie o retrato de Michal.

— Você poderia dar isto ao Herman, se o vir?

Sofie olhou para Eva e enrolou seu cachecol em volta das mãos dela, tentando aquecê-las.

— Vou tentar. Pode levar algum tempo. Ele não faz mais faxina no hospital, mas, às vezes, tenho que ir buscar suprimentos nos depósitos, e o caminho passa pela cerca onde ele trabalha agora.

— Obrigada. Quando puder.

Vanda, Helga e várias outras mulheres do Kanada foram transferidas para a mesma unidade de trabalho uma semana depois, e juntaram-se a Eva em um novo barracão reservado, sobretudo, para unidades de trabalho. A nova acomodação era muito mais cheia. Mesmo assim, Sofie conseguiu, com um pouco de suborno da parte de Meier, também se mudar para o novo barracão de Eva. Sua nova *Kapo* era uma polonesa chamada Maria, que parecia ser do tipo que olha para o outro lado se o pagamento for adequado. Passou-se um mês até que Sofie tivesse a chance de passar pela cerca e encontrar Herman.

Ela tossiu e na sequência deixou o papel cair a seus pés, apontou para o chão e ele furtivamente enfiou-o no bolso.

— E agora a gente espera e vê — disse Sofie naquela noite.

Eva concordou com a cabeça.

Suas mãos estavam cortadas e doloridas. Ela estava cansada e faminta. Não havia rações extras nem sobras disponíveis. Era difícil achar qualquer coisa para usar como permuta, quando se trabalhava ao ar livre. Não era como quando ela estava no Kanada, onde sempre havia algo que poderia trocar por comida extra.

Estava penosamente magra, e havia algumas chagas em suas pernas que não estavam sarando direito.

– Tome – disse Sofie, dando-lhe uma grossa fatia de pão preto, maior do que a cota que recebiam normalmente à noite.

– Não, Sofie – ela protestou. – Não vou pegar sua comida.

– Você tem que pegar, Eva, ou não vai sobreviver, não com essas porções. Já está magra demais. Além disso, estou trabalhando em um hospital; às vezes, recebemos comida extra.

– Você está mentindo – Eva disse, estreitando os olhos. Olhou fixo para a amiga e ficou imaginando: teria se deitado com Meier, de modo a poder conseguir aquilo? Não queria ser o motivo de sua amiga se colocar em perigo.

– Não estou – Sofie disse, partindo um pedaço do pão nas mãos de Eva e colocando-o na boca da amiga. – Coma – ordenou com olhos severos, e Eva começou a mastigar, lutando contra a vontade de pôr tudo aquilo na boca, uma vez que estava sendo consumida por pontadas de fome.

– Consegui isso com uma amiga, uma enfermeira do trabalho – Sofie mentiu, dando depois a Eva um pedaço de queijo. Em seguida tirou do seu lenço de cabeça um pedaço de salsicha e dividiu-o com todas as colegas de beliche, que se viram surpreendentemente deliciadas.

Houve um suspiro baixo.

– É de verdade? Ou meus olhos estão apenas me pregando uma peça? – cochichou Helga, sentando-se.

– É de verdade – disse Sofie, com um sorriso calmo.

Vanda zombou, estreitando os olhos.

– Ela está mentindo. Conseguiu isso com aquele guarda de olhos de cachorrinho, Meier. Eles não conseguiram ficar longe um do outro, mesmo ela não estando mais no Kanada. Eu vi os dois quando passei pelos fundos do hospital, outro dia. Ele não conseguia tirar as mãos dela; não parecia se incomodar que alguém visse.

Sofie ficou furiosa, mas não disse nada que negasse aquilo. Era verdade. Por um tempo, conseguiu ver-se livre dele e andara muito ocupada no hospital. O resultado foi que as coisas tinham melhorado para ela. Hinterschloss também parecia ter encontrado outra pessoa para atormentar por um tempo, mas com sua amiga ainda tão doente, quando Meier inventou um pretexto para passar por lá uns dias antes, ela tinha lhe dito que sentira sua falta.

— Sentiu? — ele disse, surpreso, satisfeito. Olhou por sobre o ombro e pegou na mão dela. Eles estavam sozinhos, a não ser por alguns doentes acamados, que tinham outras preocupações.

Ela confirmou com a cabeça, e ele franziu o cenho, olhando para o chão.

— Sempre que passei por aqui, você estava ocupada demais... sempre correndo. Pensei que, talvez, você não quisesse mais ser minha garota.

Sofie disse baixinho:

— Não, não é isso. Acho que só estou distraída... Tenho andado com muita fome, tem sido um pouco difícil.

Ele olhou para ela.

— Você precisa de mais comida?

— Preciso. Acho que isso faria uma grande diferença.

Ele a encarou por algum tempo. Depois, deu-lhe um leve sorriso e concordou:

— Compreendo. Posso te arrumar um pouco.

— Pode? — ela perguntou.

Ele tocou no seu braço, e dissimuladamente resvalou as mãos sobre seus seios.

— Mas é arriscado, caso eu seja pego. Preciso saber que você está falando sério em relação a mim, em relação a nós.

— Estou — ela disse, lutando contra a vontade de tirar os dedos dele do seu peito magro. Em seguida, ela o beijou, e ele a pegou pela mão, puxando-a para as sombras, de modo a poder beijá-la de fato, suas mãos percorrendo lugares que ele ainda não tinha tocado. Ela permitiu. Por enquanto, sentia-se agradecida por ele se satisfazer com isso.

Ela e Eva precisavam viver, e não conseguiriam sem comida, simples assim. E por mais que Meier parecesse cordial, ele não continuaria assim por muito tempo até que ela lhe desse algo mais em troca. Por sorte, ele tinha uma inclinação romântica, e talvez gostasse da ideia de conquista.

– É bondade sua compartilhar – disse Helga, com um alçar de ombros.

Não era cega para a realidade daquele lugar. Quando uma das mulheres morreu à noite, algumas semanas antes, ela tinha sido a primeira a tirar os sapatos e o paletó da falecida. Era indescriti-velmente horrível sim, mas a morta não precisava se esquentar, e a moralidade não mantinha comida em seu estômago.

Vanda bufou.

– Era o mínimo que ela poderia fazer depois de abrir as pernas.

Eva estapeou-a no rosto, com força. O som ecoou, fazendo todas elas encolherem-se em choque. No rosto subitamente ver-melho de Vanda, havia riscos brancos.

Vanda olhou para ela em choque e ofegou, protegendo sua face ardida com a mão.

– Sua vaca, por que você fez isto?

Os olhos de Eva reluziram perigosamente.

– Porque você não faz ideia do que está falando.

Sabia dos riscos corridos pela amiga, e podia imaginar por que ela teria ido falar com Meier agora, além do perigo a que aquilo a expunha perante Hinterschloss, que parecia gostar de aterrorizá-la por causa do interesse de Meier. Sofie negava que Hinterschloss tivesse levado aquilo adiante; preocupava-se que quanto mais Eva soubesse, mais perigoso seria para as duas.

– Deixe pra lá, *Kritzelei*.

Eva sacudiu a cabeça, depois olhou para Vanda.

– Quem somos nós para julgar?

Fez-se um silêncio desconfortável. Vanda tocou em sua face avermelhada e continuou comendo sua salsicha, com lágrimas nos olhos.

Depois de um minuto, seus olhos suavizaram-se e ela pegou na mão de Sofie, apertando-a.

– Me desculpe – disse. Enxugou os olhos e fungou, olhando para ela. – Provavelmente eu faria a mesma coisa, se tivesse a chance, se tivesse certeza de que minhas amigas pudessem comer.

– Exatamente – disse Eva, pegando a mão das duas. – Todas nós faríamos.

– Fale por você mesma – brincou Helga. – Eu só cederia em troca de chocolate.

A *Kapo* teve que mandá-las pararem de rir.

– Garotas estúpidas – murmurou.

❖ QUINZE ❖

— VOCÊ ESTÁ CANTAROLANDO — disse Vanda, que tinha sido designada para a mesma tarefa que ela.

Eva balançou um martelo para quebrar uma grande pedra, ignorando o sofrimento surdo da dor causada pela ação repetitiva bem como o ronco de fome, seu companheiro constante. Levantou o rosto, enxugando uma gota de suor dos olhos. Fazia frio, e o vento era cortante, mas suas faces estavam avermelhadas por estar o dia todo ao ar livre.

— Estava? — perguntou, surpresa. Como sempre, seus pensamentos estavam no passado.

Vanda confirmou com a cabeça, e assobiou a melodia de volta, em resposta.

— Conheço isso, acho. Debussy? Ou Mozart, talvez?

Eva deu uma parada, a expressão suave ao sacudir a cabeça, surpresa. Nem tinha percebido o que estava cantarolando ao marcar o ritmo com o martelo.

— Não, nenhum deles.

— Mas tenho certeza de que conheço. O que é?

Surgiu uma luz nos olhos de Eva, que antes não estava ali.

— Acho que não. Nunca foi lançada.

À distância, um dos guardas gritou, mandando que voltassem ao trabalho.

Enquanto Eva balançava novamente o martelo, ignorando a maneira como ele reverberava contra seus dedos nus, vermelhos e inchados, deslizou de volta para suas lembranças.

Vanda não poderia tê-la ouvido, porque, até onde ela sabia, só tinha sido tocada em público uma vez, e para uma plateia de uma única pessoa.

Anos antes

Eva acordou com o som assombroso de um violino. Sentou-se em seu quartinho, que dava para a praça Wenceslas. Praga dormia profundamente; o primeiro rubor do amanhecer infiltrava-se por entre as cortinas que ela deixara abertas na noite anterior. Deitada na cama, ela se perguntou, por um momento, se ainda estava sonhando. Mas a música continuou tocando. Ela se levantou para olhar pela janela e viu lá embaixo, na rua, uma pessoa tocando a melodia mais doce e mais suave que ela já tinha ouvido. Era misteriosa e deixou-a com os braços arrepiados. Assombrosa, mas, ao mesmo tempo, edificante.

No momento em que outras janelas abriram-se e pessoas olharam para fora para ver, o violino tinha sumido, desvanecendo-se no amanhecer.

Eva não voltou a dormir; apenas enfiou-se em seu penhoar, esgueirou-se para fora do apartamento e desceu as escadas. Viu algo apontando da sua caixa de correio, um papel dobrado. Abriu-o e viu que era uma partitura, muito rabiscada e refeita. Vinha junto com um bilhete.

"Não pude fazer um retrato seu, mas escrevi isso. É como você soaria se fosse transformada em música."

Havia um PS: "Que tal um café da manhã?".

Mencionava um café virando a esquina, que abriria às sete horas.

Ela sorriu. Ele sabia que ela iria até lá embaixo? Correu para cima, subindo dois degraus por vez, vestiu-se, passou um pente rápido nos cabelos, escovou os dentes, e pôs um pouco de batom cor de pêssego nos lábios.

Deixou um rápido bilhete para os pais, antes que eles pudessem protestar, dizendo que tomaria o café da manhã fora.

No pequeno café, ao abrir a porta com o tilintar de um carrilhão, foi saudada pelo aroma de pão recém-saído do forno e de café fresco. As janelas estavam embaçadas e o ar gelado infiltrou-se lá de fora. Viu Michal ao fundo, sentado a uma mesa, a cabeça curvada sobre um bloco de notas, uma mão no cabelo cacheado enquanto escrevia. Ele levantou os olhos quando a porta se abriu, depois deu um meio-sorriso, exibindo uma covinha.

Ela chegou à frente dele, suas mãos, nervosas, segurando por um momento as costas de uma cadeira.

– Olá, moça do pêssego – ele disse, levantando-se e puxando a cadeira para ela, que se sentou e o cumprimentou com um olá um tanto tímido. Na noite anterior, quando tinham passeado pela cidade, ela se despedira sentindo-se confiante. Agora, de manhã, sentia-se tímida, nervosa, à beira de algo muito importante.

Os olhos verde-escuros dele cintilaram ao olhar para ela.

– Eu não sabia se você pegaria o meu recado.

– Qual deles? – ela perguntou. – A serenata ou o bilhete?

Ele sorriu, passando a mão pelo cabelo.

– Os dois.

– Quando foi que você escreveu?

– O bilhete? – ele perguntou, dando um gole no café, mas sua boca escapou da beirada, enquanto seus olhos fixavam-se nela. Ele enxugou o queixo com uma risada. Ela percebeu, comovida, que ele também estava nervoso e gostou ainda mais dele.

– A música? – ela perguntou com um sorriso.

– Ontem à noite, depois de te deixar em casa. Não consegui dormir...

– Você ficou acordado a noite toda?

Ele confirmou com um gesto de cabeça e um sorriso, que ela não conseguiu deixar de devolver.

– Estou acostumado. Acontece quando fico inspirado e não consigo ficar quieto. – Em seguida, ele desviou o olhar por um momento, admitindo: – Não parei de pensar em você.

Eva mordeu o lábio. Ela também tinha tido um sono irregular.

– Nem eu.

– Ah, ele é esperto – disse Mila, depois de Eva ter batido na porta da prima, algumas horas mais tarde, mostrando-lhe a música e o bilhete de Michal.

Os grandes olhos azuis da prima percorreram a partitura. Seu cabelo estava arrumado com cachos soltos, e ela tinha um batom vermelho em sua linda boca.

– Muito esperto.

Eva encarou a prima, que deixava os meninos malucos desde que elas estavam no jardim da infância.

– Não acho que tenha sido uma técnica, se é isso que você está insinuando, algo que ele faça com todas as garotas.

Mila ergueu uma sobrancelha loira e olhou para a partitura; depois, olhou para Eva com um leve sorriso nos lábios, algo como deslumbramento, e concordou, olhando a folha com mais atenção.

– Não, também não acho. Teria sido algo mais comum. Isso aqui é... outra coisa.

Vendo o sorriso de Eva, ela sacudiu a cabeça e riu.

– Acredito piamente, prima, que você está encrencada.

Eva riu e sentou-se na cama dela, parando para tirar uma almofada macia, cor-de-rosa, quando Mila veio se sentar ao seu lado.

– Eu também acho.

A prima sorriu com malícia.

– Acho que vou gostar disto.

Eva acertou-a com a almofada.

Quando a primavera cedeu lugar para o verão, Eva passava os dias desenhando no parque ou junto ao rio na cidade antiga, com suas amigas e a prima, e à noite sempre havia uma entrada para ela no teatro lírico. Ficava na primeira fila, vendo Michal tocar, primeiramente procurando aqueles velhos sapatos gastos.

Adorava conhecer aos poucos a alma compenetrada que vivia por detrás daqueles olhos pensativos, depois do final do concerto, passeando ao longo do rio. A noite era deles, e ela vivia para o momento em que ele poria o paletó sobre seus ombros, quando o tempo refrescava, e o cheiro da sua água-de-colônia perdurava em seus sentidos, ou a mão dele procurava a dela.

Ele tinha um jeito de fazê-la rir a ponto de resfolegar, num minuto, e pensar em filosofia no minuto seguinte. Às vezes eles apenas ficavam juntos, sentados em silêncio, ele lhe passando algum artigo que achava que ela poderia gostar de ler, enquanto ela desenhava.

Nas semanas em que foram se conhecendo, soube que Michal tinha crescido com recursos limitados, embora viesse de uma família que já fora bem abastada. Tinham passado a viver com dificuldades com a morte do pai, durante a Primeira Guerra Mundial. A mãe recolhera-se em si mesma. Tendendo a intensos altos e baixos, foi morar depois da irmã na Áustria, quando ele fez 16 anos. Depois, elas se mudaram para a França, na véspera do *Anschluss* nazista. Ele esperava que agora ela estivesse melhor.

Aos 24 anos, ele estava a caminho de se tornar um dos músicos mais promissores da orquestra. Era bonito, de um jeito atraente e charmoso, mas não se dava muito conta disso; antiquado em alguns aspectos, não se atrevendo a mais do que alguns beijos e certificando-se de que, na maioria das noites, ela estivesse em casa no horário exigido, mas liberal nos pensamentos e ideais. Ganhava um bom dinheiro, mas mandava a maior parte para a mãe. Frugal consigo mesmo, generoso com os outros.

Ele era um enigma que ela não se incomodaria de passar anos desvendando, e pela primeira vez, desejou que não estivesse deixando a cidade pelo resto do verão.

Todo verão a família de Eva ia para uma casa nas montanhas, à beira de um laguinho natural próximo à cidade de Jívka, na região de Hradec Králové. A casa de fazenda com telhado vermelho tinha sido comprada pelo pai de Eva e seu tio Bedrich depois do nascimento das filhas. Os irmãos assumiram a tarefa de restaurá-la, e o resultado foi que a cada verão eles descobriam algum novo projeto no qual trabalhar. Naquele ano era um caramanchão para jantar ao ar livre. Como dizia a mãe de Eva:

— Deixe os dois trabalharem, ou eles vão enlouquecer todos nós.

Para todos, aquele era um refúgio, um lugar para esquecer a escola e a indústria. Para Eva e sua prima, Mila, a infância de pulos-bomba no lago, tortas de lama e casas na árvore tinha sido substituída por banhos de sol, desenhos e nados lânguidos, com braços e pernas abertos, na água cintilante.

Era um lugar para esquecer o mundo, enquanto o sol deixava seus membros bronzeados e branqueava as pontas dos seus cabelos dourados. A noite, junto ao lago, qualquer que fosse a idade delas, destinava-se a nadar nuas, compartilhando sonhos e esperanças, e construindo castelos no ar. Eva sempre tinha achado maravilhoso que sua melhor amiga fosse também sua prima.

Foi ali, inspirada pelo ambiente silvestre, que Eva tinha começado o hábito de manter um caderno de desenho. Chamava aquilo de "desenho em ação", seguindo esquilos montanheses, enquanto eles subiam apressados nas grandes árvores, ou aproximando-se das lontras furtivamente, enquanto elas desciam o rio Elba.

A casa era um refúgio remoto, sem telefone e acessada apenas por uma trilha de terra estreita, sinuosa; apesar de seu local afastado, o carteiro a tinha acrescentado a sua rota, devido aos encantos conjuntos dos lendários truques com cartas de Bedrich e a excelente torta de maçã da caseira, Kaja.

Certa tarde, Eva ficou parada na entrada, seus longos cabelos molhados por ter nadado, pingando no capacho de retalhos, levando Kaja a franzir a testa, buscar uma toalha no armário e atacar seu cabelo, resmungando que tinha encerado o chão justo naquela manhã. Eva tirou as mãos da agitada mulher de sua cabeça e recuou para cima do capacho. Seus olhos estavam fixos na chegada do carteiro com uma antecipação nervosa, evitando o sorriso perspicaz e levemente exasperado de Kaja. Tinha corrido lá do lago, quando escutou seu assobio conhecido e viu seu andar arrastado. Ele tirou a boina para ela, suavizando os olhos castanhos lacrimejantes ao notar seu estado exaltado. Olhou para Kaja e disse:

– Ah, voltar a ser jovem!

Kaja bufou:

– Fale por você.

Eva dançou no capacho, mudando de um pé para outro em antecipação. Tinha uma toalha enrolada à sua volta, mas ainda vestia o maiô listrado, e ele lhe dirigiu um sorriso indulgente ao lhe estender uma carta.

– Está aqui, *dítě* – disse com uma piscada. – Do seu rapaz.

Eva ruborizou-se, mas não conseguiu conter o amplo sorriso que se abriu em seu rosto ao levar a carta junto ao peito.

– Obrigada – exclamou, antes de descer em disparada a trilha que levava ao lago. Os gritos de Kaja para tomar cuidado e não quebrar o pescoço perderam-se na distância, juntamente com algo sobre um babka quente de chocolate que tinha acabado de sair do forno, será que ele aceitaria uma fatia?

Eva correu de volta para a beira do laguinho natural, para ler a carta a sós, mas não conseguiu.

– É de Michal?

Eva girou, e vendo a mãe, sorriu, confirmando.

A mãe de Eva, Anka, estava sentada a uma longa mesa de madeira, com um copo de limonada em sua mão com unhas bem feitas, seu dachshund Chatzy – que tinha olhos castanhos grandes e tristes – a seus pés. Anka pousou a revista. Seu cabelo escuro e cacheado brilhava ao sol.

É preciso ser dito que Anka Copco não renunciava a seus padrões nem nas montanhas. E se os homens queriam construir coisas e passar o tempo sendo montanhistas, ela os deixava à vontade, desde que se bastassem.

Eva abriu a carta, seus olhos percorrendo as palavras de Michal escritas numa letra inclinada, apressada. Sentou-se na cadeira em frente à mãe, os olhos acesos.

Sorriu ao recontar parte da carta em voz alta.

– Eles tocaram *Don Giovanni* ontem à noite, uma apresentação especial porque um músico famoso compareceu – Ela percorreu o restante do que estava escrito e bufou. – Ele teve que comprar um novo par de sapatos.

A mãe também riu.

Ela leu para si mesma a parte em que ele dizia sentir sua falta. "Senti cheiro de pêssego no mercado, e por um momento vi seu rosto. Alguém me disse que eu tinha parado no meio da rua sem perceber."

Ela pousou a carta, seu estômago dando reviravoltas. Antes de sua família ter ido para a casa de campo, tinha passado quase todos os dias com ele. Quando eles tinham começado a se aprontar para a partida para a velha casa nas montanhas, ela foi empurrando com a barriga.

Enquanto fazia a mala, sua mãe parou à porta, com uma expressão compreensiva no rosto.

– Seu pai me disse que você perguntou se poderia ficar aqui este ano, *dítĕ*. Isso tem alguma coisa a ver com certo rapaz que toda noite tem mantido minha filha fora de casa, estragando sua aparência?

Eva endireitou o corpo, deu uma olhada rápida no espelho e riu. Havia círculos profundos sob seus olhos cor de avelá, das noites em que ficava até tarde esperando Michal terminar na orquestra, e suas longas caminhadas pela cidade. Era uma época mágica que parecia ter sido feita só para eles dois. E conforme as longas horas do dia estendiam-se durante o verão, eles assistiam ao pôr do sol juntos, antes de ele acompanhá-la até em casa.

Ela sorriu.

– O que tio Bedrich diz: "Durma quando estiver morta"? Não quero perder nada neste verão.

A mãe sorriu.

– Bedrich tira um cochilo todos os dias às duas da tarde! – ela zombou. – É maravilhoso te ver tão feliz, *dítě*, mas algumas semanas no campo também te farão bem.

Tinha sido bom. As montanhas estavam lindas como sempre, a risada da sua prima igualmente contagiante. Mas era como se uma parte dela tivesse ficado em Praga.

Ela sacudiu a cabeça para si mesma, e riu agora, inclinando-se em direção a mãe.

– Sabe, eu costumava provocar Mila sobre assuntos como este, sofrendo por causa de algum rapaz.

A mãe passou o braço ao redor dos ombros da filha, brincando com seu cabelo molhado. Havia um sorriso suave em seus lábios vermelhos.

– Bom, ela sempre tinha a cabeça virada por algum rapaz, sempre estava um pouquinho apaixonada. Você, bom, você nunca entregou seu coração para nada de maneira leviana, nem para a arte, nem para sua família, seus amigos. Você sempre se entrega por completo.

Era verdade. Até quando criança, Mila tinha tido uma paixonite por quase todos os meninos da classe. Quando elas tinham 9 anos, ela já havia se casado com todos no playground e levado alguns dos seus "maridos" a entrar em brigas bem barulhentas.

O som de risada continuou à distância. Eva e Anka levantaram os olhos e viram Mila correndo do lago de maiô vermelho, Arnold vindo logo atrás, de short, suas coxas musculosas e fortes vencendo facilmente a distância, quando ele a colocou sobre o ombro e prosseguiu levando-a de volta para o lago, onde ameaçou-a jogá-la.

Mila conhecera Arnold, um advogado com risada de menino e olhos gentis, no verão anterior. Ele não havia se impressionado com suas maneiras coquetes e colocou-a em seu devido lugar bem rápido, quando ela tentou namorá-lo e mais alguém ao mesmo tempo. Quando foi embora, afirmando merecer coisa melhor, ela concordou, para surpresa geral, e enviou-lhe flores, como pedido de desculpas. A essa altura, estava perdidamente apaixonada.

Tinha sido um romance vertiginoso.

– Prima! Eva, venha me salvar! – gritou Mila, seu longo cabelo loiro uma confusão de cachos sobre os ombros dele, seus olhos dançando, enquanto ela gritava.

Mila e Arno se casariam na primavera. Finalmente, ela havia encontrado o rapaz que a capturara. Eva riu. Então, largou a carta para salvar a prima.

Era final de tarde e o lago estava flamejante, a água cintilando numa luz dourada. O caderno de desenhos de Eva jazia abandonado, caído da sua mão, na grama, enquanto ela cochilava.

Ela esticou as pernas em uma grande toalha listada. O gato do vizinho, Espantalho, uma coisa fofa cor de palha, cara achatada e um temperamento mal-humorado para combinar, aninhou-se na dobra do seu braço, e ela cedeu à tentação de uma soneca com ele.

Uma sombra incidiu em seu rosto, e ela franziu os olhos, protegendo-os com a mão, piscando e sentando-se na mesma hora, levando o gato a soltar um som de contrariedade, enquanto saía correndo para algum lugar onde não fosse perturbado.

Eva firmou a vista e então o viu.

O rosto de Michal estava banhado em ouro, o que fazia com que as bordas dos seus cachos ficassem com um leve tom de mel; seus sorridentes olhos verdes estavam enrugados nos cantos.

– Você está aqui! – ela disse baixinho.

A boca dele formou um sorriso terno, enquanto ele olhava para ela.

– Não pude ficar em Praga.

Ela olhou fixo, deslumbrando-se com a visão dele, ali, com ela.

– Por que não?

– Porque você não estava lá.

Então, ele a beijou.

⟨◈⟩ DEZESSEIS ⟨◈⟩

SOFIE ESTAVA CANSADA. Havia olheiras profundas abaixo de seus olhos. Tinha ouvido falar de uma mulher com a descrição bem parecida a de Lotte, mas novamente não dera em nada, e ela começava a se perguntar se um dia a encontraria, ou se a carta do vizinho da sua prima, que a tinha levado até ali, até o inferno, era simplesmente uma busca louca e sem sentido. Sentou-se na beirada do beliche, com os olhos vidrados, não percebendo que duas mulheres disputavam sapatos roubados. Estava perdida no tempo, no momento em que tudo havia mudado.

Anos antes

Estava parada na frente da loja, vendo Tomas, sorridente, engatinhando em direção a ela. Deu-lhe aquele sorriso largo e travesso, a que era sempre difícil resistir.

O sino da loja tocou, e o som de pesadas botas de cano alto soou alto no assoalho de madeira.

Sofie desviou o olhar do filho e viu dois homens de olhar duro, e sorrisos de escárnio, entrando na loja.

– Posso ajudar? – ela perguntou, enquanto Tomas começava a engatinhar na direção deles, seu punhozinho indo à frente para sacudir a perna de uma calça.

Aconteceu antes que ela pudesse piscar, antes mesmo que ela pudesse agarrá-lo.

O homem reagiu rápido, empurrando-o de lado. Seus olhos azuis caídos faiscaram.

– Tire seus dedos sujos de mim.

Sofie correu para pegar o filho, que tinha tombado e começava a chorar alto, com gritos lancinantes.

– Seu monstro! Como se atreve? Você não tem direito de tocar nele! – ela gritou, pegando seu bebê e tentando acalmá-lo, enquanto olhava fixo para os intrusos. – Saiam da nossa loja! – ordenou.

Ele simplesmente desdenhou.

– Estou aqui para entregar as ordens. E, na verdade, tenho todo o direito de estar aqui. É você que não tem mais nenhum – disse com desprezo.

Ela pestanejou. Conhecia aquele rapaz, não bem, mas o pai dele já havia estado na loja. Era um rapaz baixo, esquelético, com espinhas no queixo.

De sua oficina, nos fundos, ela escutou a voz do pai chamando:

– O que foi, Sofie, o que está havendo? – enquanto corria para dentro da loja, onde acontecia a confusão.

– Apenas um aviso – disse o rapaz de olhos caídos. – Por enquanto – ele acrescentou, trocando um olhar dissimulado com seu parceiro.

Entregou a eles a notificação, que teve o cuidado de não colocar diretamente nas mãos do pai de Sofie, mas sobre o balcão de vidro.

Depois, se virou e saiu, dirigindo a Sofie um último olhar prolongado de aviso.

O pai pegou o papel e leu o aviso com o cenho franzido. Seus olhos arregalaram-se, incrédulos.

– Aqui diz que, de agora em diante, é ilegal um judeu ter um negócio.

Cambaleou até a poltrona próxima e sentou-se pesadamente.

– Ilegal? – Sofie repetiu, chocada. Seus olhos grandes e escuros olharam para ele, tentando dar sentido às suas palavras. – Mas pertence à família há mais de um século!

O pai olhou para ela, parecendo, subitamente, mais novo do que sua idade.

– O que vamos fazer?

Decidiram colocar a firma no nome de um amigo não judeu. A ideia foi do avô dela, e era boa, ou pelo menos foi o que pensaram. Mas os nazistas perceberam.

À noite, enquanto Sofie guardava um pouco do estoque, choveu vidro lá de cima, caindo em sua cabeça, e ela tombou para trás, batendo numa parede de prateleiras. Elas viraram e centenas de relógios caíram, estilhaçando-se no assoalho de madeira maciça. Sofie estava deitada numa poça do seu próprio sangue. Seus ouvidos retiniam, e era difícil ver ou ouvir além da oleosidade do seu próprio sangue.

Ao longe, havia preocupação, e no silêncio, antes que o burburinho recomeçasse, seu primeiro e único pensamento foi seu filho, Tomas.

– Tomas – ela gritou.

Sua voz estava fraca, depois ficou mais alta, seu olhar turvo, os ouvidos retinindo ainda mais. Sua cabeça latejava. Levou a mão à têmpora e ela voltou molhada de sangue. Sofie pestanejou. O que tinha acontecido?

De repente, houve passos, botas duras com tachões, e ela só viu marrom – pernas com uniforme marrom. "Nazistas", percebeu com um arrepio de medo, "assassinos."

Sentou-se, amparando a cabeça e chamando pelo filho. Conseguia escutá-lo em algum lugar, chorando, clamando por ela.

Rastejou à frente, piscando, e então subitamente houve uma voz e um rosto que cheirava a uísque velho e raiva, quente e rançosa.

Olhos azuis e caídos, frios, queimaram sua carne. Seu cabelo foi puxado para trás por uma mão dura, e ele sibilou enquanto a cabeça dela virava em direção à dele:

– Eu avisei, você poderia simplesmente ter ido embora. – Depois, deu uma bofetada em seu rosto, e ela caiu em um caco denteado de vidro. Depois disso, não viu mais nada.

Horas depois, Sofie acordou com dor de cabeça. Era como se sua cabeça estivesse dividida em duas. Estava no sofá, e o pai estava sentado ao seu lado, com a cabeça grisalha entre as mãos.

– Udo pode nos tirar daqui, ele diz que conhece um jeito – ele disse, assim que ela abriu os olhos. Ela piscou, olhando para ele. Era como se ele tivesse envelhecido vinte anos da noite para o dia, com tudo que havia acontecido em poucas semanas. A loja deles atacada, sua cidadania destituída. Tudo por terem feito nada mais ofensivo do que existir.

– Ele conhece alguém que pode nos fazer chegar até a Suíça de barco. Teremos que partir esta noite.

Sofie tentou se levantar, sua cabeça latejando com o súbito movimento. Ela se encolheu de dor, mas foi em frente.

– Vou arrumar nossas coisas, deixar Tomas pronto.

Ele sacudiu a cabeça.

– Já está feito. Seus avós vão nos seguir daqui a poucos dias. Temos que ir agora.

Ela concordou:

– Sim.

Eles viajaram várias horas de trem. O amigo do pai, um empresário local, tinha ajudado a providenciar os documentos para tirá-los dali. Na primeira parada, o guarda os analisou e Sofie prendeu a respiração. Era ilegal judeus viajarem mais do que alguns quilômetros de sua casa, deixar o país ou viajar em qualquer coisa que não fossem vagões de terceira classe. Ela usava um chapéu de lá baixo, encobrindo a testa, mas ainda dava para ver o curativo. O guarda franziu o cenho e perguntou o que tinha acontecido. Ela olhou para Tomas, felizmente adormecido em seu berço, e disse:

– Tropecei no meu filho, o senhor sabe como acontece, eu não estava olhando.

Ele fez uma careta e o pai dela acrescentou:

– Instinto materno para salvar o filho. Em vez disso, ela saiu voando escada abaixo. Mulheres – ele murmurou com uma piscada.

O guarda riu.

– É, tolinhas. – disse, depois devolveu os documentos a ela. – Agora, tome cuidado.

– Vou tomar – ela disse, temerosa demais para se sentir ofendida.

Naquela noite, eles chegaram à estação em Bregenz, na base dos Alpes, onde foram recebidos pela prima dela, Lotte, e o marido, Udo. O casal tinha cuidado de Sofie quando dera à luz a Tomas.

– O barco levará vocês até a Suíça – Udo explicou, passando a mão pelo cabelo preto e maltratado, os olhos escuros, solenes. – Podem usar meu carro. Seguiremos em poucos dias, para evitar suspeita.

Eles aquiesceram. Lotte esfregou a garganta, ansiosa. Era um tipo maternal, rechonchuda, cabelos loiros curtos, e uma expressão permanentemente preocupada. Tinha olhos grandes e redondos, que pareciam aterrorizados com tudo que estava acontecendo. Não falou muito, só torceu tanto os dedos que a pele começou a sangrar.

Sofie e o pai não fizeram comentários. Estavam cansados, famintos e também miseráveis. Sofie entendeu como a prima se sentia; não se sentiria segura até que estivesse devidamente fora do país, mas era o bastante estar, pelo menos, fora de Viena, longe de tudo que havia acontecido.

Depois de um jantar leve, eles foram para a cama, esperando que no dia seguinte fossem encontrar um novo lar.

– Talvez devêssemos repensar isso – Lotte disse. – Tentar alguma coisa diferente. É arriscado demais.

Sofie suspirou. A prima já havia dito aquilo algumas vezes, e eles tinham ficado impacientes em explicar que aquela era a única chance que tinham. Era partir ou esperar que viessem achá-los.

Udo beliscou o nariz.

– Basta, Lotte. Essa é a única saída.

Sofie escapou da discussão dos dois, sabendo que era apenas o medo falando. Abraçou o filho, sentindo seu cheiro fresco depois do banho, e cochichou:

– Vou fazer questão que, de algum modo, você não tenha que crescer com esse medo. Juro. Não deixarei ninguém te dizer de novo que você é um cidadão de segunda classe.

Estavam indo às pressas em direção ao lago e ao barquinho que os levaria à Suíça e à liberdade, quando, repentinamente, houve gritos atrás deles, e vários soldados da SS correram em sua direção, chamando atenção da patrulha da fronteira, que momentos antes tinham acenado para que passassem, sem fazer muitas perguntas. Enquanto aninhava Tomas, Sofie viu sua prima ser arrastada em frente por dois nazistas, aos uivos.

– Sinto muito – Lotte gemeu. – Eles disseram que matariam a gente se não contássemos a verdade a eles!

Sofie fechou os olhos, horrorizada.

– Eles falsificaram os documentos – disse o oficial ao guarda da fronteira.

– Não – Sofie negou. – São verdadeiros.

O oficial estapeou-a no rosto. O pai de Sofie gritou e foi arrastado pelo passadiço, com uma arma apontada para a cabeça.

– Não! Por favor, não! – gritou Sofie.

O oficial olhou para ela.

– Não gosto de mentirosos – vociferou. – Nem de judeus – e atirou no coração do pai.

– Não, papai! – ela gritou.

Olhou enquanto o pai arfava para respirar, depois morreu. Sofie caiu de joelhos, soluçando, agarrada ao filho, que começou a chorar. Lotte adiantou-se para tirá-lo dela, seu rosto rechonchudo tomado pelo remorso.

Sofie arrancou o filho da prima, e um soldado levantou-a com brutalidade, afastando-a do pai, tirando Tomas à força dos seus braços. Entregou o bebê a Lotte e escarneceu:

– Cuide disso. – Depois, olhou para Sofie e disse: – Você está presa por tentar partir com documentos falsos.

Lotte começou a chorar em meio aos gritos de Tomas.

– Sinto muito.

Os lábios de Sofie tremeram, lágrimas quentes respingando dos seus cílios.

– Veja o que você fez, o que você causou. Valeu a vida do meu pai?

Eles a levaram para uma delegacia próxima, onde foi mantida em uma cela e informada de que, no momento certo, decidiriam o que fazer com ela. Sofie ficou com as mesmas roupas com que tinha atravessado a fronteira, e não conseguiu ter ânimo para se lavar ou pentear o cabelo, ainda que sua prima tivesse trazido sua mala alguns dias antes.

Tudo o que queria era seu filho. Morria de vontade de estar com ele, com seu pai. As lágrimas tinham parado de jorrar, talvez a estivessem afogando por dentro, sufocando seu coração.

– O que aconteceu com meu filho? – perguntou ao guarda, quando ele veio com uma tigelinha de sopa que ela não tomaria. Haviam se passado vários dias, e ela não tinha nenhuma notícia. – Ele está com a minha prima?

O guarda olhou para ela.

– Sua prima?

– A mulher que me traiu – ela replicou.

Ele pestanejou.

– A judia loira? A mesma coisa vai acontecer com você, sem dúvida. Foi mandada para um campo.

Sofie levantou-se rápido, piscando, em choque.

– E o meu filho?

Ele cutucou os dentes, indolente.

– Não tinha criança quando ela foi levada.

– O que você quer dizer? – ela berrou.

Ele se afastou dela.

– Ela estava sozinha. Disse que abandonou o bebê, não disse onde. Para nós, não fez diferença.

Sofie sentiu como se seu coração tivesse se despedaçado em mil pedaços.

– Onde ela está, em que campo?

Ele deu de ombros.

– Foi mandada para o leste.

Sofie desmoronou de joelhos, desesperada, enquanto o guarda saía sem olhar para trás.

Falsificar documentos era um delito grave, e havia duas punições para tal crime: a primeira era morte por um pelotão de fuzilamento; a segunda era ser mandada como prisioneira para um campo de trabalhos forçados. Não que Sofie tivesse tido opção. Na manhã seguinte, foi informada de que seria mandada para um campo, e lá decidiriam seu destino.

Foi despachada em um trem lotado, com centenas de outras pessoas: homens, mulheres e crianças.

O trem viajou por várias horas e depois rangeu numa súbita parada estridente.

No espaço confinado do vagão de gado, que cheirava a dejetos e corpos sem banho, pessoas olharam para fora pelas ripas, mas ninguém soube ao certo o que havia acontecido.

De repente, as portas abriram-se e eles foram puxados para fora do trem, e conduzidos para uma plataforma onde havia outro vagão, que estava indo em outra direção.

– Fiquem aqui – ordenaram.

Sofie olhou, horrorizada, quando um homem foi morto só por tropeçar e ficar na frente de um guarda.

Depois de várias horas ali, em pé, com o coração martelando no peito, ela lentamente se dirigiu a outro transporte, olhando de um lado a outro, surpresa por ter conseguido fazer aquilo. Usaria outro nome, pensou, e talvez tivesse outro destino, era o que esperava. Precisava viver para poder encontrar Lotte, e assim encontrar seu filho.

Tinha razão, pois o trem escolhido por ela levou-a a Westerbork, um campo e gueto transitórios. Aquele em que estivera ia direto para Mauthausen, o campo de morte.

Percebeu que a mínima coisa poderia fazer diferença. Ir para a direita, e não para a esquerda. Vida ou morte baseadas numa ínfima porção de sorte.

⊰⊱ DEZESSETE ⊰⊱

— A PRIMAVERA ESTÁ CHEGANDO — disse Eva. Era domingo, o único dia da semana em que elas não precisavam trabalhar, onde tinham liberdade para vagar ao ar livre, próximo a suas quadras. Para se encontrar e conversar sem medo.

Sofie olhou para ela, surpresa. Estava gelado. A neve chegava à altura do tornozelo, e sua respiração saía em lufadas de nuvens.

— Veja — disse Eva, apontando. Ali, em um pequeno montinho de neve a seus pés, havia uma campânula branca. — Enquanto tudo isso acontecia, por baixo, na terra, a primavera está chegando.

Eva ajoelhou-se para contemplar a inesperada beleza daquilo em um lugar tão desolado e árido como aquele.

Suas costas doíam pelas longas horas trabalhando ao ar livre, que começavam a afetar sua saúde. Torturava-se, imaginando o *babka* quente de chocolate da caseira Kaja, recém-saído do forno. Os longos dias de verão junto ao lago, os olhos de Michal, o sorriso meigo da sua mãe.

— Um *goulash* de carne — disse Sofie, continuando uma conversa anterior. — Era isto que eu comeria hoje, no almoço, se fosse domingo, não os melhores cortes, mas não teria importância, se fossem cozidos por bastante tempo. Eu estaria na casa dos meus avós, o apartamento estaria quente, aconchegante. Tomas estaria dormindo no berço, recém-saído do banho, ou brincando no chão com o cachorro. Meu pai estaria fazendo palavras cruzadas, e eu teria feito pão, da maneira que minha avó me ensinou, quando criança. – Olhou para Eva com os olhos tristes. – Era isso que eu estaria fazendo agora.

Eva assentiu e tocou em seu braço. Às vezes, não sabia se era melhor deixar ou não de pensar em suas antigas vida, mas, de qualquer modo, ajudava a se lembrarem de si mesmas, a serem mais do que os animais a que tentavam reduzi-las.

– O cozido teria batatas? – ela perguntou.

Sofie sorriu.

– Um monte delas. Minha avó cultivava-as em vasos, em seu jardim minúsculo, macias como manteiga, desfazendo-se na boca, com gosto de tomate e páprica.

– Huuumm – murmurou Eva, imaginando o gosto, a boca enchendo-se de água.

– Vou te contar uma coisa – disse Sofie. – Se um dia eu sair viva deste lugar, nunca mais vou tomar sopa aguada.

Eva concordou.

– Nem comer pão preto.

– Se um dia a gente sair disso, vou te ensinar a fazer pão, vamos tomar chá com pão caseiro, e tanto faz se lá fora o céu estiver despencando, porque estaremos aquecidas e secas, com a barriga cheia.

Eva olhou para ela e sorriu, abrandando o olhar. As duas sabiam que era improvável, mas se sentiam melhor ao pensar naquilo, a ter esperança de que talvez, um dia, voltariam a viver naquele mundo.

Uma semana depois, e a primavera parecia um sonho distante. Um vento cortante tinha agitado o campo, e ninguém mais falou na mudança de estação.

Sofie ficou para trás. Eva tinha ido em frente, para conversar com uma mulher que ela conhecia, que vivia em seu bairro, e as duas compartilharam comida e histórias. Aos domingos, os sorrisos surgiam um pouco mais rápido, e os pés arrastavam-se com um pouco mais de facilidade.

Os de Sofie, no entanto, pareciam chumbo. Tinha feito sua rotina habitual, passado a manhã pedindo notícias de Lotte a todas que encontrava. Fazia o mesmo todos os domingos, a mesma coisa que continuaria a fazer, só que, depois de cinco meses em Auschwitz, começava a perder a esperança.

Eva voltou para o seu lado, estendendo-lhe um pedacinho de queijo que tinha conseguido barganhar com uma das outras mulheres. Sofie aceitou, mas não comeu.

– Você está bem? – perguntou Eva, preocupada, notando os olhos vagos da amiga. – É Meier? Ele fez alguma coisa?

Sofie ergueu os olhos além de Eva, para onde o guarda estava, próximo à cerca. Estava sempre lá, com seu olhar azul no dela, implorando por mais.

Ela sacudiu a cabeça, desviou o olhar, seus olhos cegos, além das filas sinuosas de mulheres caminhando, algumas de braços dados, enquanto passeavam ao ar livre, sob a fria luz invernal. De repente, ela se aprumou. O precioso pedaço de queijo caiu dos seus dedos e foi ao chão, com o choque que ela levou.

– O que foi? – perguntou Eva.

Sofie não disse uma palavra. Sua boca parecia abrir e fechar involuntariamente. Seu olhar fixou-se em um grupo de mulheres que passava pela quadra delas. Eram mais velhas, e uma delas tinha um chumaço de cabelo loiro brilhante.

Sofie pestanejou. Depois, agarrou a mão de Eva.

– É ela, é Lotte.

– Tem certeza? – sussurrou Eva, olhando fixo, além da extensão de lama revirada, para as mulheres que passavam.

Mas Sofie tinha saído correndo antes de responder, Eva no seu encalço.

～⬦～ DEZOITO ～⬦～

Praga, outono de 1938

— Casar? Ficou louca, Eva? Você acabou de conhecer esse rapaz! Embora eu saiba que você esteve fora com ele todas as noites desta semana — disse o pai, abaixando o jornal matutino. Havia uma ruga entre seus olhos.

Os olhos de Eva dançaram, ignorando seus protestos.

— Mesmo assim, papai, vamos nos casar. Só achei que você deveria saber.

A mãe de Eva riu, abanando a mão bem cuidada, enquanto servia café do bule numa bela xícara de porcelana azul, sobre a mesa posta de maneira impecável. Lá fora, a cidade de Praga estava banhada pela luz matinal, e a praça Wenceslas abaixo era um tumulto de cores outonais. Os olhos escuros de Anka divertiam-se.

— Ela não está falando sério, só está te provocando, Otto.

— Não estou — disse Eva. Serviu-se de um pouco de suco de maçã, e dirigiu-lhes um olhar duro. — É um fato que vai acabar se tornando realidade. Posso continuar na faculdade de arte depois que nos casarmos, portanto, não haverá interrupção nos meus estudos, nem no meu desejo de trabalhar em ilustração ou desenho têxtil; ainda não me decidi quanto a isso. Felizmente, ele não é desses homens que não querem que as esposas tenham vida, ao contrário de Arnold, da Mila, embora, como vocês sabem, ela esteja feliz em ser tradicional, desde que possa sediar todas as festas – disse com um sorriso carinhoso. – Falando nisso, tenho certeza de que os bebês podem esperar alguns anos, enquanto acomodamos nossa vida. Provavelmente, moraremos em seu pequeno apartamento, que não fica longe daqui, então ainda poderemos fazer o Shabbat tranquilamente com a família, não que façamos isto com tanta frequência. De qualquer modo, ele estará ocupado durante o dia, com sua música, então posso vir e ver vocês sempre, como de costume. Mas talvez em um ou dois anos a gente comece uma família... – ela tagarelou, pintando sua visão do futuro para eles.

Os olhos do pai saltaram em choque, ao se engasgar com o café, que ele cuspiu sobre a engomada toalha de linho. Pegou um guardanapo e limpou a boca.

– Isso é ridículo. Só estive com esse homem algumas vezes, pelo amor de Deus... A primeira vez, aliás, não causou a melhor das impressões, ao chegar, é bom lembrar, sem aviso e sem ser convidado, devo acrescentar, em nossa casa particular de verão.

– Ah, papai, ele nem passou a noite, embora mamãe tenha oferecido. Só veio porque sentia minha falta. Com certeza, isso não é um crime – Eva disse, com um sorriso.

– Ele fez a viagem só para isso, exatamente o meu ponto!

– O meu também – concordou Eva, querendo dizer algo bem diferente do seu pai. Para ela, aquilo expressava o tipo de pessoa que Michal era, o tipo que não tem medo de mostrar a alguém o quanto significa para ele, independentemente do custo que isso tenha.

– Eu queria que ele tivesse ficado – disse Anka. – Além disso, tínhamos lugar sobrando – falou com bastante malícia, seus olhos oblíquos brilhando. – Ele realmente acrescenta algo quando está por perto, você não acha, Eva? Como aquela tonalidade interessante na pele do seu pai.

O pai franziu o cenho e encarou a esposa, não estando disposto a ser provocado em um assunto tão sério.

– Não era uma questão de lugar – disse, ignorando completamente o outro sarcasmo dela.

Não que Michal tivesse pedido para ficar; tinha apenas passado o restante da tarde, não iria nem pensar em se impor. Tinham nadado, e quando ele partiu, ela sabia que o que estava sentindo não era uma paixonite de menina, era amor verdadeiro, talvez pela primeira vez em sua vida.

– Trata-se de quem ele é e se será um bom companheiro – prosseguiu o pai, sem notar o olhar distraído da filha, perdido na distância, pensando em como iria decorar o apartamento minúsculo. *"Bijou"*, pensou, corrigindo-se. Talvez com inspiração francesa. Muitas cores...

– Um casamento não é algo para ser levado com leviandade, *dítĕ*.

A atenção de Eva voltou para o pai, que enfatizava:

– Ele mal tem uma família, como poderemos saber se é ou não um bom homem? Não posso permitir isso, ele nem teve a decência de vir pessoalmente pedir permissão para se casar com você!

Ele juntou as mãos como se suas palavras tivessem posto um fim à discussão.

Eva suspirou, agitando a mão no ar para afastar todas as preocupações paternas.

– Ele é um bom homem; na verdade, é uma pessoa maravilhosa. Você sabe, papai, as pessoas mostram quem são quando acham que você não está olhando, quando acham que ninguém está olhando. E sabe o que Michal faz?

Contra a vontade, o pai piscou e disse:

– O quê?

– Ele é o tipo da pessoa que põe uma folha de grama no livro de uma desconhecida, quando ela é arrastada até o rio para olhar os barcos perto dos filhos, assim ela não perde onde parou. Ele estende a mão para impedir crianças de atravessar a rua, antes de o semáforo mudar de cor. Cede seu lugar a todas as mulheres, jovens ou velhas.

— Isso são coisinhas, Eva, não significam nada.

— Discordo. São as pequenas coisas que fazem de você quem você é. Além disto, ele tem sim uma família, eles deixaram a cidade por causa de todas as confusões, do medo do que acontecerá com a Alemanha desde o *Anschluss*.

O pai apertou os lábios.

— Por que ele não foi?

— Não quis deixar a orquestra.

O pai suspirou.

— Então, ele demonstrou mais lealdade para com seu grupo do que com sua família?

— Ele não quis abandonar seu país, e por que teria que ir embora só por causa de rumores? Nós não fomos.

O pai deu de ombros.

— Talvez devêssemos ter ido.

Eva arregalou os olhos.

— O que você quer dizer?

— Só que agora as coisas estão piorando. As pessoas estão preocupadas com o encontro de Hitler e os aliados. Afinal de contas, não é certeza que ele não consiga ocupar a região dos Sudetas.

— Ninguém vai deixar isso acontecer, tenho certeza. Depois da Áustria, seria loucura permitir-lhe mais territórios. Além disso, você não pode ser contra Michal por essa razão, se nós também não deixamos nossa casa.

O pai, pelo menos, concordou.

— Andei escutando Bedrich demais. É provável que tudo ficará bem. Mas olhe, sei que você pensa que está apaixonada por esse homem...

– Não é que eu só pense, papai...

– Mesmo assim, acho que você deveria esperar, Eva. Espere para saber. Casamento não é uma brincadeira – ele disse, olhando para a esposa que lhe lançou um olhar divertido.

Eva sorriu.

– Não preciso esperar, papai. Sei disso do mesmo jeito que sei que a primavera chega cedo em Praga, que o sol nasce ao leste, e a maneira como você sempre sorri, sem perceber, quando escuta o som de saltos altos, porque pode ser a mamãe chegando.

Com isso, Anka e Otto trocaram um olhar terno.

Eva continuou:

– Mas esperarei, se for essa sua condição. Se quiser conhecê-lo primeiro, ver o que eu vejo. Mas posso lhe dizer desde já, é com ele que vou me casar. Se ele me quiser.

– Eva! – disse a mãe sobressaltada, seus lábios com batom vermelho abrindo-se surpresos. – Você está nos dizendo que ele ainda não te pediu em casamento?

Eva sorriu.

– Não, ainda não. Só estou preparando vocês.

O pai olhou para ela, sem fala.

Os olhos de Eva dançaram, deliciando-se.

– Ainda não o pedi em casamento, se é com isso que vocês estão preocupados.

O pai riu.

– Deus me perdoe. Às vezes, você é parecida demais com a sua mãe.

Ela olhou para Anka. Era a pessoa mais indômita que ela conhecia; também tinha pedido a mão do homem que amava. Era por isso que Eva estava ali, naquele mundo.

– Não é uma boa coisa?

Ele sorriu,

– Claro. Mas por que você, pelo menos, não espera até que ele te peça, antes de começarmos a escolher seu enxoval, ok?

Ela bufou.

– Não vejo motivo. Ele poderia demorar demais. Trata-se de alguém que passou quinze anos compondo a mesma música. Acho que não é o tipo de pessoa que apressa as coisas. Justo ontem, me contou que, apesar de recentemente ter comprado sapatos novos, ainda acha que os velhos que sempre usa vão continuar servindo por mais alguns bons anos. Vocês precisam vê-los, são muito velhos.

Os lábios do pai contraíram-se.

– Estou começando a gostar cada vez mais dele.

Eva riu.

– Vou dar a ele um prazo até o final do ano, está bem? Depois, eu mesma vou fazer o pedido.

– Acho que assim está bom – disse o pai, lançando à mãe um olhar desanimado.

Ela acabou não precisando fazer isso. No outono, como eles temiam, a região dos Sudetas foi incorporada ao império germânico, e muitos diziam que o restante da Tchecoslováquia logo poderia estar sob ocupação.

– É uma época terrível para fazer tal pedido – Michal disse, pegando na mão de Eva, os dois sentados na sala de visitas dos pais dela, depois de terem escutado, com horror, a notícia pelo rádio. Ele olhou para o pai dela, depois para ela. – Gostaria de pedir sua permissão para me casar com sua filha, se ela me aceitar.

Eva foi a única que teve vontade de fazer uma brincadeira, dizendo que ele tinha levado tempo demais.

A essa altura, Michal era parte integrante da família, e nas poucas semanas desde que Eva havia contado aos pais suas intenções, eles haviam visto o tipo de homem que ele era, e o quanto adorava a filha deles.

O pai concordou com um gesto de cabeça, depois se adiantou para abraçá-lo.

– Precisamos de boas notícias em um dia como este.

– Mas Otto, não deveríamos fazer alguma coisa agora? – perguntou Anka. – Bedrich tem ideias, ele anda dizendo que deveríamos ir embora, que podemos ficar sob ocupação. Quero dizer, se os rumores sobre o que eles fizeram com os judeus na Áustria forem para se levar em conta... com certeza eles trarão esse transtorno para *cá*. – Seus olhos estavam arregalados, temerosos.

– Aqui não é a Áustria. Ele não vai conseguir se safar com isso aqui. – Ele sacudiu a cabeça. – Bedrich está entrando em pânico. Não chegará a esse ponto.

Sofie passou por um mar de mulheres correndo em direção à mulher roliça.

– Lotte! – gritou.

Ela não se virou, nem parou, quando elas começaram a se afastar.

Sofie correu em frente, seus pulmões ardendo pela pouca quantidade de exercício feito sobre pernas fracas e malnutridas. Agarrou a mulher pelo braço, bruscamente, gritando.

– Lotte! Pare!

A mulher parou e olhou para ela, puxando o braço do seu aperto.

– O que você quer?

Sofie piscou várias vezes, depois sentiu como se a tivessem mergulhado no gelo. Lágrimas quentes e sufocantes ameaçaram cair.

Não era ela.

Engoliu em seco, e a mulher olhou fixo para ela, com grandes olhos verdes. Sofie afastou uma lágrima, furiosa.

– Eu... sinto muito. Pensei que você fosse minha prima, Lotte... – Fechou os olhos, e suas pernas começaram a tremer, estava prestes a desmoronar. – Você é muito parecida com ela, salvo os olhos.

Eva adiantou-se para segurá-la, abraçando-a com força. Tinha ouvido o diálogo e sofria pela amiga.

– Sinto muito – disse Sofie, e cutucou Eva, para que as duas fossem embora.

A mão da quase-Lotte deteve-a. – Você disse que sou muito parecida?

Sofie assentiu com um gesto de cabeça, depois voltou a olhar para ela.

– Sim.

A mulher bufou.

– Acho que a conheço. – Olhou para as outras, cujos olhos arregalaram-se. – Um dos guardas estúpidos pensou que eu fosse outra pessoa, e me perguntou por que eu não estava no meu barracão costumeiro, por que eu tinha sido transferida, teve que verificar os números – ela disse, referindo-se à tatuagem.

Sofie abriu e fechou a boca.

– Você sabe em qual?

Ela apontou para o final da fileira de barracões femininos, à distância.

– O último, ali.

Estava ficando tarde, e já era hora de se recolher. Elas foram levadas de volta para seus barracões, e teriam que passar a noite ali. Sofie esperou até as outras adormecerem, depois se esgueirou na ponta dos pés, passando pelo quarto da *Kapo*. Tinha achado um balde com uma batata esquecida, do lado de fora do quarto dela, que partiu em duas e colocou no sutiã, mal acreditando em sua sorte. Viria a calhar naquela noite. Se fosse pega fora da cama, estaria apenas indo até a latrina. Maria não as policiava com tanto rigor quanto as outras *Kapos*, era preguiçosa e muito mais interessada em dormir.

Sofie não se preocupou com a batata, Se não a tivesse pegado, uma das cem mulheres do barracão teria feito aquilo. O mais provável é que tivesse sido esquecida pela *Kapo*, ou jamais a teria deixado ali. Os guardas não policiavam as quadras à noite, mas havia holofotes e se ela fosse pega poderia levar um tiro. Mas precisava saber. Manteve-se nas sombras o máximo possível, parando para se esconder próximo a uma porta, quando ouviu sons de passos, esperando que se fossem com o coração batendo alto em seus ouvidos. Levou quarenta e cinco minutos, mas entrou no último barracão do setor feminino, mantendo-se o mais silenciosa possível. Decidiu que se aparecesse uma *Kapo*, entraria furtivamente em um beliche. Elas eram fáceis de ser reconhecidas pelas braçadeiras, roupas melhores e ar de autoridade.

Sofie espiou a parte de baixo da fileira de beliches. Havia centenas de mulheres.

Aproximou-se de uma, sacudindo seu braço. Cochichou:

– Você conhece a Lotte?

A mulher ignorou-a, e Sofie foi em frente. Espiou uma que estava sentada. Repetiu a pergunta a ela, a mulher franziu o cenho e pareceu prestes a gritar. Rapidamente, Sofie entregou-lhe metade da batata. A mulher olhou para aquilo, curiosa, depois mordeu rapidamente a batata, os olhos fechando-se de prazer.

– Lotte? – cochichou a mulher, depois de um tempo. – Uma loira, de olhos grandes, rechonchuda? Meio idiota?

Sofie concordou rapidamente.

– É, conhece ela?

Houve uma pausa, e Sofie estendeu-lhe a outra metade da batata. A mulher respondeu:

– Conheci.

Pareceu que os joelhos de Sofie fossem fraquejar antes que as palavras da mulher confirmassem seu medo mais profundo:

– Foi morta na semana passada. Ela estava doente, e eles a levaram embora com as outras. Foi gás.

Sofie foi pega pela *Blockalteste* – a agente superior – responsável pelo barracão delas. Era uma mulher alta, chamada Geneva, de cabelo escuro e olhos negros, oblíquos. Tinha sido ginecologista em Praga, uma das primeiras médicas. Uma mulher culta e preparada antes de ser levada para lá, forçada a trabalhar no hospital e realizar todo tipo de tarefas horríveis que nunca havia imaginado fazer quando cursava medicina. Pessoas como Geneva, com habilidades especiais, ainda que fossem judias, tinham *status* protegido no campo.

Sofie só havia falado com ela uma vez, não tinha certeza se era confiável ou não.

– O que está fazendo fora da cama? – ela perguntou, desconfiada. Não era o tipo de mulher que pudesse ser enganada com facilidade.

Sofie engoliu em seco. Estava devastada com a descoberta. Com a morte de Lotte, sentia como se suas melhores chances de descobrir aonde a prima havia levado seu filho também tivessem morrido. Mesmo assim, parte dela sabia que ainda não poderia desistir, que Eva estava certa, ainda poderia sair viva daquele lugar, de algum modo, e procurar pela vizinhança de Lotte, bater nas portas, conversar em orfanatos, alguém teria que saber *alguma coisa*, e por causa disso precisava permanecer viva, manter-se lúcida.

– Eu estava no hospital – ela mentiu.

Geneva olhou para ela por um instante, estreitando os olhos ligeiramente, e Sofie ficou com a boca seca.

– E, no entanto, depois você veio para cá, para um barracão diferente?

Sofie ficou quieta, seu cérebro zumbindo enquanto ela tentava, sem conseguir, encontrar uma resposta boa o bastante para estar no barracão errado.

– Venha comigo – disse Geneva, e o coração de Sofie começou a golpear de medo.

Sofie seguiu-a a passos pesados até uma sala reservada, nos fundos. Estava arrumada e limpa, e havia até uma pequena área de cozinha.

– Vi você trabalhando o hospital – Geneva observou.

– Sou enfermeira.

Os olhos da mulher a avaliavam; ela fez um muxoxo com os lábios, enquanto refletia. Fez-se um longo silêncio, e o sangue começou a correr por detrás dos ouvidos de Sofie.

– Não, não é.

Sofie empalideceu.

– Por que diz isso?

Geneva considerou-a.

– Coisas simples te entregam, a maneira como arruma uma cama, nenhuma enfermeira faria do jeito que você faz. Notei, também, que você sempre parece se oferecer para serviços de limpeza, qualquer coisa que não te denuncie. Logo, alguém vai reparar.

Não era uma ameaça, Sofie percebeu, só a afirmação de um fato. Um aviso, talvez.

Era verdade. Agora, havia semanas que ela fazia isso. Aconteceram algumas situações arriscadas, como quando ela não sabia por quanto tempo esterilizar tesouras, ou a maneira correta de enfaixar uma perna, mas como os médicos não faziam rondas, aquilo só tinha sido visto, em sua maioria, pelas outras enfermeiras. Até então, ninguém havia tentado denunciá-la, e uma delas tinha lhe mostrado como realizar o procedimento da maneira correta, mantendo seu segredo, em vez de arriscar sua vida.

– Você vai contar? – Sofie perguntou.

Geneva não respondeu, e o silêncio pareceu se estender eternamente. Depois de um tempo, ela disse:

– Acho que tenho outra ideia. Antes, você precisa me provar uma coisa, está bem?

– Como o quê?

– Ao contrário do que vi, que você é confiável.

Sofie pestanejou.

– Para quê?

Geneva não respondeu. Franziu o cenho e disse:

– Aceita uma xícara de chá?

– Chá?

– É.

– Ok – ela respondeu.

Aparentemente do nada, a *Blockalteste* disse:

– Eu estava grávida quando vim para cá, sabia disto?

Sofie sacudiu a cabeça.

— Um dos outros médicos, antes da chegada de Mengele neste ano, fez o parto. Ele disse que parecia ariano.

Quando Sofie franziu o cenho, ela explicou:

— Meu marido não era judeu, e o bebê era parecido com ele. O médico levou o bebê embora, fazendo parecer que era uma grande honra, um crédito à minha capacidade, que ele disse que ajudaria a abortar todas aquelas outras crianças judias indesejáveis. Só que a ironia era que o meu teria que viver, justamente com nazistas.

Ela deu um gole no chá.

— Não tenho certeza se a morte teria sido melhor. Mengele, provavelmente, teria matado meu filho.

Estava claro que ela o desprezava. Sofie não a culpou.

Sofie não soube o que dizer, exceto:

— Sinto muito.

Geneva deu de ombros e desviou o olhar.

— Só mais uma perda. — Acenou com uma mão, indicando todas as outras. — Uma das muitas, sem a metade do interesse das outras. — Depois, levantou os olhos, com um olhar direto. — Então, você a encontrou?

Sofie franziu o cenho.

— Quem?

— A mulher que deu seu filho, a que te fez se esgueirar para fora do seu barracão para encontrar?

Os olhos de Sofie arregalaram-se.

— Como você soube?

— As notícias se espalham. Não se tem muito mais o que fazer aqui, além de falar. A outra mulher, aquela que parece com ela, me contou.

— Ah — disse Sofie, xingando-se por não ter sido mais discreta.

— Então, você a encontrou?

— Não, ela morreu.

Geneva sacudiu a cabeça com tristeza.

— Também sinto muito.

Ela pareceu encarar sua caneca por um bom tempo, depois, ergueu os olhos.

— Não vou contar a ninguém sobre você, mas preciso que me ajude com um caso. Preciso de alguém que seja discreta. Alguém que não tenha medo de quebrar algumas regras, de mentir, se for preciso. Você pode fazer isto?

Sofie confirmou com a cabeça.

— Preciso de uma assistente no hospital, mas haverá outras tarefas, por baixo do pano, mulheres que vamos tratar.

— Você me quer, mesmo sabendo que não sou uma enfermeira capacitada?

— Posso treinar você. Isso poderia salvar sua vida. Mas te aviso, se você me trair ou contar para alguém o que estamos fazendo, não hesitarei em fazer com que te matem. Está me entendendo?

— Estou.

— Ótimo. Agora, volte para o seu barracão, e apresente-se a mim amanhã, no hospital.

Sofie aquiesceu e saiu, pensando no que tinha acabado de concordar em fazer.

◆ DEZENOVE ◆

Eva teve dois dedos dos pés congelados. Suas meias estavam encharcadas pelo tempo inclemente. Se não era a neve, era a chuva, granizo e uma lama gelada.

Seu corpo doía qualquer que fosse a maneira com que se mexia, e a fome era uma companhia constante. Desde o começo, as rações tinham sido insuficientes, mas nas últimas semanas tinham diminuído ainda mais. Em alguns dias, ela ficava muito lenta para chegar ali a tempo, perdia por completo a refeição do meio-dia.

Eva transportava pedras, seus pés doloridos e inchados dificultando ainda mais enquanto ia mancando em seus tamancos, quando ouviu alguém chamar seu nome. Levantou os olhos, surpresa. Era Herman.

Apressou-se à frente, olhando por sobre o ombro para ter certeza de que ninguém estava olhando.

Estava. Apenas a *Kapo*, Maria. Era indolente e não exatamente observadora. Elas tinham sorte de tê-la como vigia.

— Herman! — ela cumprimentou.

— Eu não sabia se você ainda estava viva — ele disse. Suas sobrancelhas espessas ergueram-se surpresas, avaliando-a. — Você está péssima.

Ela deu uma risada rouca.

– Obrigada, você também parece bem. – Ele estava mais magro do que ela se lembrava da última vez, o rosto abatido, mas as sobrancelhas estavam cerradas como sempre, e os olhos escuros, calorosos.

Ele deu uma risadinha. Depois, olhou por sobre o ombro.

– Aqui – ele disse, entregando-lhe um bom naco de pão preto. Os olhos dela cresceram.

– Coma, aceite, eu ia trocar mais tarde por meias extras, mas você precisa mais disso.

Ela enfiou um pedaço na boca e mastigou, parando quando um dos seus dentes do fundo pareceu se entortar. Ela parou, engoliu, e sentiu o dente com o dedo. Arquejou baixinho quando ele se soltou e ela o deixou cair no chão.

Herman olhou, horrorizado.

– Eles não estão te alimentando o suficiente, principalmente para fazer esse serviço.

– Não – ela concordou, enfiando mais comida na boca e mastigando do outro lado. Olhou para ele. Provavelmente, àquela altura, ele teria dito alguma coisa, mas mesmo assim ela não pôde deixar de perguntar.

– Soube de alguma coisa? Do Michal?

Ele olhou para trás, enquanto passava um grupo de mulheres, fingindo estar ajudando com as pedras.

– Soube, foi por isso que vim te procurar.

Ela parou de mastigar, abrindo a boca.

– E? O que você descobriu? Ele está vivo?

Ele olhou fixo para ela, sem expressão alguma, e ela esperou que ele respondesse, prendendo a respiração.

❖ VINTE ❖

Praga, outono de 1938

Em casa, as coisas estavam ficando tensas.

Eva entrou e viu seu pai, sempre calmo e bem composto, discutindo aos gritos com tio Bedrich.

– O que está acontecendo? – ela perguntou, ouvindo as vozes alteradas na cozinha, logo saindo do vestíbulo. Sua mãe afastou-a dali.

– Venha, vamos dar um passeio, deixe que os dois descarreguem sozinhos.

Mas o tio, ouvindo a voz delas, foi a passos largos até a entrada. Ainda estava com o chapéu na cabeça, os olhos zangados.

– Venha pôr bom-senso na cabeça do seu pai – implorou.

– Não a meta nisso, Bedrich! – sibilou o pai, seguindo o irmão até o vestíbulo. Eva viu que ele tinha o rosto vermelho e manchado; nunca o tinha visto tão irritado.

– O que está acontecendo? – perguntou Eva, pousando a bolsa em uma cadeira, ao lado da fotografia do cachorro da sua mãe, Chatzy, colocada ali em parte porque Anka divertia-se ao ver a expressão atormentada do marido toda vez que a via.

– Ele está sendo teimoso como sempre – disse o tio. – Acreditando nas autoridades e no pequeno "poder" que eles fingem ter. Mas veja o que aconteceu com esse acordo estúpido. Todos eles decidiram nosso destino, e nem mesmo nos convidaram a opinar!

Falava do Acordo de Munique, onde os representantes da Grã-Bretanha, da França e da Rússia tinham se encontrado com Hitler para discutir o destino da Tchecoslováquia, e concordado em passar grandes extensões do país para o controle nazista.

– Mas já sabemos disso – disse Eva. – É preocupante, sim, mas ele ficará satisfeito com isso e...

Bedrich zombou:

– Preocupante é um eufemismo. E satisfeito? Um homem como aquele? Jamais. Ele viu que pode pegar a mão, é claro que também virá atrás do braço. Está na hora de nos levarmos a sério como uma família, de fazer planos para ir embora; e quanto antes, melhor, como os judeus que deixaram a Áustria.

– Ir embora? – repetiu Eva. – E para onde? Do que estamos falando, abandonar nossa casa?

Bedrich olhou fixo para ela, depois sacudiu a cabeça.

– Escute o que vou dizer, Eva. As coisas estão piorando para os judeus por toda a Europa. Muitos deles, como você sabe, fugiram para cá, pensando que estariam longe desse maníaco e dos seus planos...

– Mas isso não está acontecendo aqui – protestou a mãe. – Ouvimos rumores, é claro, de como andam as coisas na Áustria e na Alemanha, a animosidade contra os judeus, é claro, mas isso não acontecerá aqui.

A maioria dos amigos deles era de não judeus, não havia tal antissemitismo entre seus amigos, colegas ou mesmo no povo de Praga.

Bedrich mostrou um jornal a eles; tratava-se de uma história terrível de judeus sendo vitimizados e atacados nas ruas da Áustria desde o Anschluss, como se alguém tivesse acendido um fósforo, e o murmúrio antissemitas que às vezes ainda era ouvido em bolsões da Europa, tivesse, repentinamente, explodido.

— Eles também disseram isso em relação à Áustria. Ouçam, eu tenho um amigo britânico, estivemos juntos no exército. Ele tem uma casa de verão em Sussex, e disse que poderíamos usá-la se precisássemos recomeçar nossa vida. Acho que vale a pena refletir a respeito.

— Inglaterra? — indagou Anka, com um olhar incrédulo. Era o mesmo que ele tivesse dito a Lua.

— Sim, por que não? São nossos aliados.

— Nossos aliados? — disse Otto, esbaforido. — Depois do que eles fizeram naquele acordo, você acha isso?

— Mas é tão longe — comentou Anka. — E só Eva conhece a língua.

— Não muito — disse Eva.

Bedrich parecia atormentado.

— Você tem ideia melhor, Otto?

— Tenho sim. Nós não fugimos só porque um valentão está no portão da escola ameaçando confiscar nosso lanche. A gente se mantém firme.

Bedrich ficou atônito.

— Eu não subestimaria os nazistas, eles são muito mais do que um valentão da escola.

— Mas são uns brutamontes e logo alguém dará um fim nisso — disse Eva. — Não há motivo para nos preocuparmos. Só estão usando os judeus como uma espécie de bode expiatório para tudo que deu errado para eles depois da guerra. As pessoas perceberão, tio. Além disso, aqui é Praga, uma cidade tão multicultural, ou seja, a maioria dos meus amigos não é judia, e eles estão profundamente horrorizados com as notícias, tanto quanto nós. Michal diz que todo mundo na sinfônica também pensa a mesma coisa.

Anka concordou.

— Além disto, à parte minhas visitas à sinagoga nos dias santos, que faço sozinha porque ninguém aqui é religioso — ela disse com um olhar de censura à sua família — e o excelente pão *challah* de Kaja, não seguimos tudo tão à risca... Até você, às vezes, come porco! — ela provocou. — Deveríamos mesmo ficar tão preocupados?

Bedrich sacudiu a cabeça, exasperado com todos eles.

– Você acha que eles se importam com isso? Com o quanto de religiosidade nos comportamos ou não? Vejo todos os dias, existe uma sensação, algo se atiçando com as palavras dele, as coisas estão piorando até mesmo aqui.

O pai de Eva sacudiu a cabeça.

– Bedrich, sei que você está preocupado, mas não acho que chegará a isso. Aqui não. Não acho que deveríamos simplesmente fugir, por enquanto. Isso não pode continuar por muito mais tempo, é uma situação muito diferente da situação da Áustria; eles ficaram muito afetados depois da guerra, aquele maluco virou a cabeça deles, querendo alguém a quem culpar. Aqui, eu não vejo isso acontecendo, mas se parecer que vamos ser definitivamente ocupados, então você tem a minha palavra, nós sairemos se for preciso, está bem?

Bedrich encarou o irmão com um olhar resignado.

– Tudo bem. Mas tenho medo de que então seja tarde demais.

Otto pegou no ombro do irmão.

– Você se preocupa demais, Bedrich. Seja como for, na pior das hipóteses, confio em você e sem suas conexões para nos tirar daqui.

Bedrich riu, mas a risada não chegou a seus olhos.

– Esperemos que sim, irmão.

❖— VINTE E UM —❖

Eva olhou fixo para Herman, seu coração trovejando nos ouvidos, enquanto esperava que ele respondesse.

Quando ele falou, ela não conseguiu ouvi-lo por causa do bramido.

— O quê?

Ele tocou em seu braço.

— Ele está vivo, Eva.

Eva recomeçou a respirar, mas rápido demais e não conseguiu controlar o ritmo, nem o sorriso que a rasgava por dentro, a descarga de adrenalina que a fazia querer correr ao seu encontro. Estava triunfante.

— Vivo!

Lágrimas jorraram dos seus olhos, tornando difícil enxergar.

— Onde ele está? Posso vê-lo, alguém pode me levar até ele?

Os olhos de Herman ficaram graves.

— Você precisa saber uma coisa.

Ela olhou rapidamente para ele, e um arrepio adentrou seu coração.

— O quê?

— Tem um homem que *poderia* ser o Michal que está vivo. Um dos *Kapos*, um em quem podemos confiar, disse que é possível que seja ele, mas não tem certeza. Eles o estão mantendo em um quarto perto do hospital. Só consegui descobrir isso.

Os olhos de Eva estavam enormes.

– Tenho que achar um jeito de ir até ele.

Herman olhou para ela, depois seus olhos percorreram a distância, verificando se estavam sendo observados, e disse:

– Não posso te ajudar, sinto muito, nem Vincent, meu *Kapo*, pode, mas sua amiga poderia, aquela que trabalha no hospital.

Eva olhou para ele.

– Por que está dizendo isso?

– Porque Vincent disse que a viu com o guarda, o homem que pôs o possível Michal naquela cela.

– Hinterschloss?

– O outro, Meier.

Eva esperou Sofie chegar. Ela estava no turno da noite, e a espera foi interminável. Por fim, às três da manhã, ela chegou e Eva contou-lhe o que havia descoberto.

– E Meier o está mantendo ali? – Sofie parecia chocada.

Eva deu de ombros.

– Foi o que Herman disse. Olhe, dá para você descobrir?

Sofie concordou.

– Sim, e vou me assegurar de que você possa vê-lo... se for ele.

Eva olhou para a amiga.

– Sofie, não posso te pedir para correr esse risco. As pessoas já estão começando a falar sobre Meier. É perigoso.

Sofie sacudiu a cabeça.

– Posso me virar com isso. Confie em mim. Não há nada com que se preocupar.

– Então ele não te forçou, nem nada parecido?

Sofie sacudiu a cabeça. A verdade era que ele estava começando a pressionar mais, estava sempre no hospital, e já não ficava satisfeito com simples beijos. Encontrava desculpas para tirá-la de lá, levá-la a um depósito perto e enfiar as mãos debaixo da sua saia, os dedos duros tocando-a com brutalidade, o que, sem dúvida, ele presumia ser prazer; pegando a mão dela e colocando-a dentro da sua calça, enquanto a beijava. Ela sabia que se conseguisse convencer Meier a ajudar, teria que dormir com ele.

— Ele é um cavalheiro — mentiu. — Vou fazer com que você veja esse homem, Michal ou quem quer que seja, está bem? Mas pode não ser ele, e acredite em mim, não vai ser bom ter muitas esperanças.

Eva fechou os olhos. Era tarde demais para isso.

Levou alguns dias, mas Sofie disse a ela que fosse ao hospital depois do toque de recolher.

— Você terá que se esquivar aos holofotes, mas você consegue. Estarei lá, te esperando. Dê isto a Maria — ela disse, entregando um grande pedaço de salame, que Eva escondeu rapidamente na manga.

Ela concordou. Maria era subornável. Elas tinham comprovado isso algumas vezes, em troca de privilégios no banheiro e outras necessidades.

— Obrigada.

Sofie sacudiu a cabeça.

— Não me agradeça ainda, mas talvez você possa vê-lo, mesmo que seja pela última vez. O homem, Michal — se for ele —, foi espancado. Severamente. Foi levado para uma área de detenção perto do hospital. Ao que parece, ele interveio quando um menino foi pego roubando comida e foi punido em seu lugar.

Ao ouvir isto, lágrimas escaparam dos olhos de Eva. Aquilo parecia algo que ele faria. Sofie tocou em seu braço.

— Meier diz que ele está mal, um dos outros guardas bateu nele. O único motivo de estar vivo é porque um dos seus amigos implorou a Meier, e ele o levou para lá. Não sabe o nome dele, e aquele menino foi transferido, então ele não pôde perguntar. Não conseguiu tirar muita coisa dele para descobrir quem é.

Eva fechou os olhos com horror e esperança.

Eva saiu furtivamente na calada da noite. Fazia um frio de congelar, e estava estranhamente quieto, apesar dos holofotes. À distância, ela pôde discernir sons de passos. A *Kapo*, Maria, esperava por ela e aceitou o salame com um rápido aceno de cabeça.

– Não quero saber por que você precisa ir. É melhor que eu não saiba.

Os passos morreram, e Maria levou um dedo aos lábios.

– Vá – ela disse. – Se alguém perguntar, direi que fui eu quem mandou.

Eva confirmou com um gesto de cabeça.

Enquanto andava, a todo momento temia que alguém a descobrisse fora do seu barracão e a matasse. Não sabia do que tinha mais medo. De ser morta, ou de ser morta antes de tornar a ver Michal. Ou de chegar lá e descobrir que não era ele.

"Só preciso chegar lá para vê-lo", pensou, enquanto corria. A pulsação latejava em seus ouvidos. Apesar da noite gelada, e do uivar do vento pelo campo, sua testa ficou coberta de suor. Podia sentir o cheiro do próprio medo. Era fétido e selvagem. Ao se aproximar dos holofotes, ficou difícil engolir, esperando que alguém gritasse, a mandasse parar, o tempo todo olhando por cima do ombro. Atrás dela, um barulho fez com que se virasse. O que quer que fosse ecoava como algo deslizando sobre o chão. Um rato. Pensou que fosse vomitar de alívio. Continuou avançando, correndo, lutando por ar em seus pulmões, as pernas ardendo. Sentiu uma fisgada na lateral, ela pressionou os dedos no lugar e seguiu em frente. Ao se aproximar do hospital, escutou vozes e o som de passos abafados atrás dela. Virou-se e teve que apertar o peito, porque sua respiração ficou mais entrecortada. Era Meier. Os joelhos dela cederam e ela teve que pôr a cabeça entre eles, vomitando no chão.

Ao se endireitar, havia uma expressão de nojo no rosto dele.

– Me desculpe – ela disse.

Ele não respondeu, mas sua expressão ficou um pouco mais suave.

– Você está atrasada. Venha, não faça eu me arrepender disso.

Ela sacudiu a cabeça.

– Você não se arrependerá.

Ela foi atrás do guarda, em dúvida se poderia confiar nele quando ele entrou em uma passagem escura, logo atrás do hospital, longe das luzes. O coração de Eva subiu à boca.

– Você tem meia hora – ele disse, antes de destrancar um depósito e empurrá-la para dentro. – Não chore, fique em silêncio, ou não vou conseguir te tirar daí, entendeu?

Eva assentiu, e a porta fechou-se atrás dela com uma pancada, fazendo-a dar um pulo. Piscou no escuro, os olhos cegos por causa da luz do lado de fora. Conforme eles foram se ajustando, ela viu formas nas sombras. O cheiro era acre, como vômito e urina rançosa.

Eva avançou, vendo ao longo da parede de madeira uma forma humana deitada no chão. Correu para lá, caindo de joelhos com um baque. Seria ele? Seria Michal?

Suas mãos giraram o ombro dele com delicadeza. Sua garganta apertou-se, ao virar seu rosto para ela, depois pestanejou. Estava profundamente mutilado. Lágrimas correram soltas dos seus olhos. Não poderia dizer se era ele de jeito nenhum. Tinha sido espancado quase até a morte. Seu rosto estava ensanguentado, os olhos inchados, os lábios enormes e estourados. Sob os olhos, havia sombras pretas, e um entrecruzado de talhos. Também notou que ele tinha um braço e uma perna em um ângulo, ambos seriamente quebrados e a pele da mão e do pé inchada e descolorida.

Tocou no braço intacto, e os olhos dele se abriram de leve, depois se fecharam novamente.

– Michal? – ela perguntou, os dedos trêmulos ao tocar em seu cabelo tosado. Não parecia castanho, mas era difícil dizer porque estava coberto de sujeira e sangue. Mal havia uma parte daquela pobre alma que não parecesse quebrada.

Houve um gemido e Eva piscou, tocando novamente em seu braço.

– Você é... Michal? Michal Adami?

Mais uma vez, outro gemido alto.

Mas havia algo ali que ela reconhecia, não? Olhou para as mãos. O formato da cabeça. *Talvez*. Engoliu com dificuldade, olhou para a mão dele. Era familiar? Não saberia. Lágrimas escorreram dos seus olhos, e ela as enxugou com raiva. Não conseguiu evitar o soluço que irrompeu pelo seu corpo.

– Você é Michal? – ela tornou a sussurrar, desesperada.

Ele fez um som estranho.

– O que foi que você disse?

Soava quase como um "Saia daqui".

Ela tocou no braço dele.

– Você quer que eu vá embora?

A mão levantou-se por um momento, depois ficou imóvel.

Ela achou que seu coração poderia se partir ao meio.

Houve uma forte batida na porta, e a voz de Meier sibilou:

– Um minuto!

Ela olhou para o homem no chão, e os olhos dele fecharam-se. Tinha desmaiado. Ela sacudiu seu braço saudável.

A porta abriu-se de um tranco, e os lábios de Eva contraíram-se. Sacudiu o homem à sua frente.

– Por favor, por favor, só me diga quem é você, depois eu te deixo em paz – ela disse, as lágrimas correndo rápido pelo rosto, enquanto ela arquejava.

Mais uma vez um gemido, e as botas de Meier entrando no aposento. Eva fechou os olhos. Não era ele. Ela tinha visto algo que não estava ali. Ele queria que ela saísse.

Ela se levantou para ir embora, as pernas pouco firmes, sentindo-se repentinamente fraca e esgotada, lágrimas caindo com enormes soluços sufocantes, que não conseguia conter. Ao fazer menção de sair, a mão do homem estendeu-se para impedi-la e, de repente, o gemido aumentou de volume e se transformou em uma palavra:

– *E... Eva?*

⟨⟨⟩ VINTE E DOIS ⟨⟨⟩

Praga, inverno de 1938

Eva e Michal casaram-se em uma fria manhã de novembro, no cartório de registros. Eva usou as pérolas da mãe, o vestido creme da avó, reformado por elas, e sua prima Mila foi sua dama de honra. Apesar do medo da ocupação alemã, e do olhar preocupado do tio Bedrich em relação ao futuro, foi um dos dias mais felizes da vida dela.

Eva mudou-se para o estúdio minúsculo de Michal, no centro de Praga, e eles se acomodaram na nova vida. Compraram mobília nova, e ela pintou quadros para as paredes.

Eva ia para a escola de arte, Michal para a orquestra, e à noite, os dois iam para a casa dos pais dela, e de amigos. Frequentavam cinemas, concertos, e estavam tão felizes quanto dois jovens apaixonados poderiam estar.

Mas tudo estava prestes a mudar e rápido. A notícia foi dada às seis e meia da manhã. Os alemães estavam chegando. Disseram para permanecerem calmos. Assistiram do terraço, horrorizados, enquanto os alemães adentravam sua amada cidade com seus tanques e suas botas de tachões. Nevava, era inverno em Praga, e o inverno se prolongaria bem depois de o sol, finalmente, voltar a aparecer.

Depois disso, todos os dias havia novas ordens do Reich alemão. Logo, eles descobririam que tudo que estava ruim no mundo era consequência dos judeus, segundo os alemães.

– Você viu esse lixo? – murmurou Michal, indignado, ao ver o jornal, repentinamente cheio de bobagens antissemitas. – É como se eles só estivessem esperando uma chance para colocar isso para fora.

As ordens para os judeus continuaram. Logo, eles não passavam de cidadãos de segunda classe. Quase que da noite para o dia, a população, agora chamada de protetorado da Boêmia e Morávia, estava sendo avisada que seus amigos e vizinhos, os judeus, não eram confiáveis. No começo, Eva e sua família nem mesmo tinham certeza do que era permitido fazer, tal era a frequência com que as ordens surgiam.

Os judeus não podiam ir a cinemas, teatros, parques, concertos, estavam proibidos de frequentar escolas. Subitamente, Eva viu-se impossibilitada de continuar seus estudos.

Olhou para Michal com lágrimas nos olhos.

– Tirei a melhor nota do ano, foi o que disseram, antes de me avisarem que eu tinha que ir embora.

Ele a segurou nos braços.

– Isso não pode durar, meu amor. Eles não vão conseguir levar adiante por muito tempo. Logo serão expulsos. Os aliados intervirão, não durará para sempre.

Ele tinha razão. Em setembro, a guerra foi declarada.

Na família de Eva, falavam em mudarem-se para outro lugar, aceitarem a oferta de Bedrich e irem para a Inglaterra. Mas eles continuavam acreditando que as coisas melhorariam.

Mas as coisas só pioraram. Logo surgiram indícios: *Juden nicht zugänglich* – Proibido judeus em todos os restaurantes, cafés e bares. Os judeus não podiam mais ser proprietários de negócios.

A mãe de Eva disse:

— Eles foram vencidos na primeira guerra, serão novamente. Só precisamos esperar nossa vez.

Michal teve que sair da orquestra, e seu locatário disse que era mais seguro alugar para não judeus. Eles não tiveram escolha senão se mudar para a casa dos pais de Eva, em seu antigo quarto.

Logo, Michal não era o único homem da família sem trabalho. Fizeram o melhor possível. O pai de Eva aprendeu a cozinhar, e Michal tornou-se o melhor faxineiro. Ambos se vangloriavam de que se tornariam donos de casa.

Conseguiram ir levando com a ajuda de alguns amigos não judeus, que mandavam dinheiro e pacotes de comida.

A indignidade final foi usar o grande "J" amarelo na frente dos casacos, significando "judeu". Tinham que andar nos fundos do trem, terceira classe. Ao contrário dos amigos. Então, em outubro, começaram os rumores, os sussurros sobre transportes, e a decisão de mandar os judeus embora.

Tentaram ao máximo não se preocupar, mas quando chegou a carta para Michal, em novembro, no dia do seu primeiro aniversário de casamento, dizendo-lhe para se apresentar na *Veletrh*, o Pavilhão de Exposições, onde ele seria preparado para ser transportado, Eva desmoronou.

— Vou também. Você não pode ir sem mim.

◆— VINTE E TRÊS —◆

EVA COMEÇOU A CHORAR.

— Michal.

Ele confirmou com a cabeça, e o gesto fez com que voltasse a gemer.

— É você — ela murmurou, com medo e surpresa.

A mão dele estendeu-se para tocar nela, no rosto, cabelo, os dedos dele trêmulos. Vê-la, perceber que era ela, tinha feito com que revivesse.

A voz dele saiu lenta. Eva suspeitou que suas costelas deviam estar quebradas nos lugares onde fora espancado.

— Eu... Não sabia se eu iria...

— Shhh — ela disse. Falar estava deixando-o exausto.

Uma lágrima rolou pelo rosto dela.

— Eu disse que voltaria a te encontrar.

Os lábios inchados dele contraíram-se.

— Você disse.

Meier estava ficando impaciente.

— Vamos, hora de ir.

Ela fechou os olhos. Como poderia deixá-lo agora?

— Só mais um instante — ela implorou.

O guarda resmungou:

— Trinta segundos, despeça-se.

O coração de Eva golpeou, e ela se inclinou para beijar Michal. Apesar de estar muito fraco, ele a pegou com firmeza.

— Não, não, não vá — ele protestou.

— Vamos lá — disse Meier, puxando-a com brutalidade. — Isso já foi longe demais.

Ela se levantou cambaleando, certa de que seu coração se partia ao ser arrancada dele. Depois de todo aquele tempo.

— Eu voltarei — prometeu a Michal.

Sofie esperava por ela logo atrás do bloco do hospital. Meier olhou para ela, e seus olhos cravaram-na no lugar, trocaram um olhar. Ela pagaria por isso, sabia.

— Você pode nos dar um momento? — ela pediu, tocando no braço dele.

Um músculo flexionou-se em seu maxilar, mas ele consentiu.

— Isso já levou muito tempo — advertiu, mas mesmo assim esperou nas sombras. Houve a chama de um fósforo, e elas conseguiram sentir o cheiro de um cigarro sendo aceso.

Sofie olhou o jovem guarda, depois se voltou para sua amiga.

— Era ele?

— Era — disse Eva, e não pôde evitar o sorriso que passou pelo seu rosto, rapidamente substituído por preocupação. Ele estava vivo, mas quem saberia por quanto tempo!

Sofie suspirou.

— Graças a Deus por isso.

Eva concordou.

— Mas ele está péssimo — e seus lábios começaram a tremer.

— Vou pedir para Geneva, a *Blockalteste*, dar uma olhada nele.

Os olhos de Eva arregalaram-se.

— Sofie, podemos confiar nela?

Ela levou um momento para responder.

— Sim, acho que sim.

Nas últimas semanas, Sofie tinha se tornado sua aprendiz, e muitas das tarefas que a ginecologista pedira para ela realizar em segredo envolviam uma tentativa de tratamento e de ajuda a algumas das mulheres torturadas por Mengele. Se ele descobrisse, as duas seriam fuziladas. O lado positivo da médica conhecer seu segredo, o fato de ela não ser uma verdadeira enfermeira, era que ela conhecia o de Geneva. O que seria um risco a mais?

Houve um resmungo vindo de trás, e o som de uma bota batendo no chão.

– Acabou a hora do recreio, meninas – disse Meier, adiantando-se.

Ele olhou para Eva.

– Espere por mim ali – disse, indicando alguns passos adiante. – Vire-se de costas.

Eva obedeceu. Podia ouvir lá atrás o som de passos arrastados, o som da sua amiga sendo empurrada contra uma parede, e depois, resmungos abafados. Eva fechou os olhos, horrorizada, e percebeu o que estava acontecendo. Não podia acreditar que ele estivesse fazendo aquilo ali, a céu aberto, até perceber que talvez ele quisesse que ela soubesse. Sua amiga tinha dito que ele era um cavalheiro. Era óbvio que ele estava cansado disso, ou era o que Sofie queria que Eva pensasse para não se preocupar com ela.

Eva sentiu novas lágrimas ardendo em seus olhos, e teve que fechar os punhos. No que tinha metido sua amiga?

Naquela noite, quando Sofie entrou no beliche ao lado dela, Eva olhou para ela com olhos bem despertos.

– Sofie... eu... – Não sabia o que dizer.

– Não, *Kritzelei*. Você achou o Michal, o que compensa tudo. Estou feliz que ele esteja vivo.

– Mas Meier...

– É um garoto, brincando de jogos de poder.

– Eu pensei... – Eva franziu o cenho. – Pensei que talvez ele fosse diferente. Ele disse que te ama.

Sofie desdenhou.

— Não é amor, se você sente a necessidade de controlá-lo. De qualquer modo, ele só estava tentando provar alguma coisa.

— Para quem? Para você ou para mim?

— Provavelmente para as duas."

— O que seria?

— Que ele pode fazer o que quiser. Que ajudará desde que eu finja que ele é o amor da minha vida. Que fico tomada de desejo por ele todas as vezes que o vejo.

Eva engoliu em seco. Detestava aquilo.

— Vou descobrir algum outro jeito, Sofie. Isso é além da conta, não é justo.

— Não, *Kritzelei*, seja como for, é tarde demais. Pelo menos assim, conseguimos alguma coisa. Ele pode ser um idiota arrogante, mas não é bruto comigo se faço o que ele quer, e mantém a palavra dada. Além disso, pode nos ajudar.

— Mas o que você ganha com isso, Sofie?

— Fico sabendo que fiz tudo o que podia para ajudar a minha amiga. Do mesmo jeito que ela uma vez ficou parada na frente de um homem que iria me condenar à morte e se arriscou. É o que a gente faz, não é?

Eva suspirou.

— Eu preferiria ser atacada por mais dez oficiais a te ver passar por isso.

Sofie dirigiu-lhe o esboço de um sorriso. Sem dúvida, teria sido morta se Eva não intervisse lá em Terezín. Era algo para não esquecer jamais.

— O que aconteceu com Meier ia acabar acontecendo. Pelo menos, conseguimos algo dele, em troca.

Eva aninhou-se em seu ombro, e Sofie continuou:

— Além disso, se eu não tivesse feito isso, não teria conseguido que Geneva o visse.

Eva ergueu os olhos, temerosa.

— Como ele está?

– Tem alguns ossos quebrados, costelas trincadas, mas nenhum dano interno.

Eva pestanejou.

– É uma coisa boa, *Kritzelei*.

– Obrigada – ela disse.

As palavras não pareciam fortes o bastante para tudo o que a amiga havia feito, tudo o que tinha arriscado.

Sofie apertou sua mão de volta.

Foram mais três dias até que Eva soube, por Sofie, que Michal estava melhorando. A espera era um tipo esquisito de limbo; por um lado, ela agora sabia como ele estava, e havia uma chance de que sobrevivesse. Por outro, ele estava muito machucado e precisava dela, e isso a consumia por dentro.

– Agora, ele está mais consciente. O fato de ter te visto teve um efeito visível nele. Está mais lúcido. Acho que vai sobreviver – disse Sofie, com um olhar esperançoso.

Eva soltou um suspiro.

– Meier disse que vai tentar te pôr lá dentro amanhã à noite.

Na noite seguinte, Meier conduziu-a até a cela. Estava escuro, mas o cômodo estava ligeiramente mudado. O cheiro era menos azedo e já não havia fedor de urina.

Michal estava sentado no canto. Os machucados em seu rosto começavam a ficar roxos e verdes. Um dos olhos continuava muito fechado. Ele sorriu ao vê-la, e houve apenas uma mínima sugestão de covinha. Ver aquilo fez com que Eva ficasse com a voz embargada.

– Ah, meu amor – ela disse, atirando-se em seus braços.

Ele arfou de dor.

Ela fez uma careta.

– Sinto muito!

Ele sacudiu a cabeça, recusando-se a soltá-la.

– Não sinta – disse, depois, aninhou o rosto dela em suas mãos, embebendo-se dela.

Eva ficou nervosa quando o olhar dele percorreu seu cabelo curto, seu rosto e seus membros esquálidos. Preocupou-se com o buraco onde faltava um dente, no canto da boca. Sabia que estava um pavor. Levou uma mão trêmula ao cabelo.

– Eu também estou um pouco diferente – ela disse, dirigindo-lhe um leve sorriso.

Ele sacudiu a cabeça, depois comprimiu os lábios machucados contra sua testa.

– Você é a coisa mais maravilhosa que vi nos dois últimos anos, acredite em mim.

Lágrimas percorreram caminhos sujos no rosto de Eva, e ela beijou a mão dele machucada, apertando-a contra ela, enquanto se ajoelhava em frente a ele. Ele tocou em seu cabelo curto, correu os dedos pelo seu crânio, provocando arrepios em sua pele satisfeita.

– Como você me achou? – ele perguntou. – Parece um milagre.

Eva concordou. Era. O nome do milagre era Herman. Ela contou sobre a fotografia, sobre tê-lo encontrado.

– Mas por que você está aqui? Eles te mandaram em um transporte?

Ela abaixou os olhos e sussurrou:

– Me ofereci para vir.

Quando ergueu os olhos, lágrimas escorriam pelo rosto dele, como se aquela ideia lhe causasse mais dor do que seus ferimentos.

– Não fui a única esposa a fazer isso – ela disse, na defensiva.

– Ah, Eva, o que me sustentava nesse inferno era saber que, pelo menos, você não estava aqui, estava em Terezín... a salvo.

Ela tocou no rosto dele, depois beijou com delicadeza seus lábios cortados.

– Nesta guerra, não existe lugar seguro, meu amor, nem em Terezín. Valeu a pena encontrar você para voltarmos a ficar juntos. Pessoas morrem todos os dias só de sede ou doença. Precisamos é ficar um com o outro, saber que estamos vivos. É assim que vamos sobreviver.

Graças ao relacionamento de Sofie com Meier, Eva conseguia ver Michal de tantas em tantas noites e lhe levar mais comida. Sofie arranjou queijo, salame e batatas; era como um pequeno banquete que compartilhavam juntos.

A cada dia ele parecia melhorar um pouquinho, ficar um pouquinho mais forte. Eles não conseguiam muito tempo juntos, apenas meia hora aqui e ali em noites espaçadas. Mas era o suficiente. Um tempo mágico só para eles. Ela vivia por aqueles minutos. Atravessar suas longas jornadas de doze horas pensando nos olhos dele, nos lábios dele. Alguns momentos de prazer no mais desolador dos cenários que a ajudavam a enfrentar os dias tão longos.

A primeira vez em que fizeram amor no chão sujo, Eva precisou ser o mais delicada possível para não machucar suas costelas, seus braços ou seu joelho.

Ela percebeu que era possível ser feliz até na mais sombria das épocas.

Depois de eles terem se encontrado por duas semanas, a unidade de trabalho de Eva foi levada para fora, para trabalhar na construção de estradas. Era uma caminhada de três quilômetros na ida e na volta. O trabalho era puxado, árduo, mas, com o sol infiltrando-se pelas nuvens e incidindo em seus ombros, Eva conseguiu, por um momento, perder-se na lembrança dos braços do marido. Sabia que era um jogo perigoso. Se fossem pegos por algum dos outros guardas, seriam mortos.

Mas, por enquanto, era uma bênção.

Enquanto trabalhavam, ela cantarolava. Alguém começou a cantar uma música, e os outros se juntaram, até que um dos *Kapos* gritou para cantarem baixo.

Os transportes funcionavam dia e noite, levando e buscando pessoas em Auschwitz. Ela mal os notava agora, cansada demais, faminta demais para se preocupar. Até que voltou naquela noite depois do *Appell*, e encontrou Sofie esperando por ela no barracão, com um ar preocupado em seu lindo rosto.

— Eles mudaram seu turno? — perguntou Eva, surpresa por encontrá-la ali.

A amiga sacudiu a cabeça.

— Não, continuo no noturno. Vim rápido até aqui, usei uma desculpa, disse que tinha que pegar a maleta médica de Geneva, mas precisava te contar.

Eva sentiu o medo invadir suas entranhas.

— Contar o quê?

Sua amiga objetiva hesitou:

— Ah, *Kritzelei*...

— O quê? — perguntou Eva, seu coração começando a golpear.

— Michal foi mandado embora. Meier providenciou isso.

Eva fechou os olhos, sentindo-se fraca.

— Mandado para onde?

— Alguma fábrica, em Freiberg. Ele disse que era melhor — disse Sofie, sem olhar nos olhos da amiga, sem mencionar que tinha gritado com Meier quando ele lhe contou o que havia feito, e que ele a havia derrubado com um golpe dado com as costas da mão, dizendo, entre dentes, em seu ouvido:

— Gosto de estar com você, mas não se esqueça de quem manda. — Ele sacudira a cabeça e tinha escarnecido: — Vai ver que Hinterschloss tinha razão, ele disse que eu estava sendo levado pelo que você tem entre as coxas. Mas eu sou o homem dessa relação, está me entendendo?

Ela assentiu e pediu desculpas, odiando-se por isso. Odiando-o também.

— Ótimo — ele disse, e não se inclinou para ajudá-la a se levantar.

Naquele momento, ela percebeu o quanto ele andava sendo envenenado pelo outro guarda. Talvez fosse aquele lugar, também. Seria de se surpreender que o mínimo de humanidade que tivesse já estava se esgotando?

Ela olhou para Eva e tocou em seu braço.

– Ele terá uma chance. Eles dizem que é melhor nas fábricas, muito melhor do que aqui.

Eva concordou. Era verdade. Mantê-lo ali era um perigo, especialmente na condição dele. Ficou grata por isso.

– Obrigada, Sofie. Não posso imaginar que tenha sido fácil. Sinto-me terrível com tudo que você arriscou...

– Não fique, *Kritzelei*, está tudo bem – protestou Sofie. Não queria que a amiga se preocupasse com ela.

Não estava tudo bem, mas Eva deixou passar. Estava claro que Sofie não queria tocar no assunto. Não sabia como poderia recompensá-la um dia.

– Posso me despedir?

Sofie olhou para ela com uma expressão arrasada.

– Ele já foi. Sinto muito.

Era mais seguro assim, Eva sabia. Quanto mais longe seu marido estivesse de Hinterschloss e dali, melhores suas chances de sobrevivência. Ainda assim, pareceu de uma crueldade inacreditável que eles tivessem se encontrado depois de todo aquele tempo e fossem separados. Mas estavam vivos, por enquanto, era tudo que importava.

Pela manhã, no entanto, ela soube que tinha uma nova preocupação, algo para distraí-la da dor de perder o marido mais uma vez. Hinterschloss olhou para ela com seus olhos amarelos, um sorriso cruel nos lábios.

– Nossa tradutora – disse.

Eva olhou fixo.

– Responda quando eu falo com você!

– O senhor não me fez uma pergunta.

Os olhos dele cresceram, e ele foi em frente. Antes que ela se desse conta, ele tinha batido a coronha do rifle em sua cabeça, e ela caiu para trás na lama suja e revirada. Seus ouvidos ressoaram, a cabeça gritava de dor. Enquanto estava caída, ele se ajoelhou a seu lado e sibilou:

— Então você pensa que pode andar furtivamente por aqui, à noite, sem que eu descubra. Sua amiguinha pode ter levado Meier a me convencer a não te *matar*, mas não prometi que vou fazer valer a pena você viver. — Então, ele chutou com força o seu tornozelo, até ela sentir algo estalar. Em meio a sua dor, sua raiva e seu medo, viu-o se levantar e se dirigir a sua *Kapo*, Maria:

— A partir de agora, esta aqui recebe meia ração.

Vanda e as outras moças ajudaram Eva a se levantar. Maria olhou para ela e sacudiu a cabeça.

— Menina boba — exclamou. — Valeu a pena tudo isso?

Eva deu de ombros.

— Provavelmente.

Maria bufou e saiu andando, deixando-a parada em seu sangue, o tornozelo latejando de dor. Eva contemplou sua retirada. Maria a tinha ajudado antes por meio de uma série de subornos, mas, com Hinterschloss à solta querendo sangue, não arriscaria o próprio pescoço. Eva perdera uma importante aliada, e isso dificultaria ainda mais as coisas.

Usando um cachecol sujo como atadura para o tornozelo, Eva conseguiu sair meio mancando para se juntar à unidade de trabalho na caminhada de três quilômetros. Era uma agonia, e seria ainda pior com quase nenhuma comida na barriga. Pensou em Michal, em sua família, visualizando o sorriso tranquilo de sua mãe, os olhos bondosos do pai, o rosto vincado de Bedrich, e respirou fundo, quando alguém a cutucou para continuar andando. De algum modo, ela conseguiu.

⊰⊱ VINTE E QUATRO ⊰⊱

Praga, 1940

— Você não pode ir sem mim — Eva repetiu, encarando Michal com um olhar intenso.

Ele sacudiu a cabeça, os olhos verdes cheios de medo e remorso.

— Você não pode vir comigo, Eva. Eles só estão levando os homens...

— Não! Eles não podem separar a gente assim, é cruel demais — ela arquejou.

Ele a abraçou com força.

— Escute. Eles precisam dos homens para primeiro construir o estúpido campo de concentração, transformá-lo de uma praça-forte em uma prisão para nós, foi isso que seu tio Bedrich contou.

Como o tio descobria todas essas coisas, ninguém sabia.

— A gente não pode simplesmente ir embora, sair de Praga, escapar para as montanhas, para o campo, algum lugar?

— Acho que não, ninguém vai nos receber... E eles têm nossos nomes. Precisaríamos de documentos diferentes, identidades diferentes, é tarde demais.

Os olhos de Eva arregalaram-se.

– Amira conseguiu isso. Podemos perguntar para a mãe dela.

Amira era uma amiga da escola que tinha deixado a cidade pouco depois de começarem as primeiras ordens, quando as pessoas ainda acreditavam que estavam entrando em pânico à toa.

O pai de Eva sacudiu a cabeça.

– Ela conhecia aquele padre, mas ele foi levado para um interrogatório. Eles querem que a gente suma. O senhor Rubenstein também partirá amanhã.

Eva ficou sem fôlego. Era o vizinho mais velho. O que havia lhe ensinado, nos degraus em frente ao seu apartamento, como amarrar os cadarços, quando ela tinha 5 anos. Era como se o mundo tivesse enlouquecido.

– Eva, me escute, o caso é que, embora eu quisesse que eles só estivessem mandando os homens e vocês mulheres pudessem ser poupadas disso, acho que eles vão acabar mandando todos os judeus. Por enquanto, nós sabemos aonde a maioria das pessoas de Praga está indo, o que é uma boa coisa. Assim, quando chegar a hora, o mais provável é que seja em Terezín. Tenho certeza, então de que voltaremos a estar todos juntos.

– Como você pode ter certeza?

– Não tenho. Mas temos que ter fé.

Eva concordou. Mas seria difícil.

Pela manhã, eles levaram Michal para o palácio da Pavilhão de Exposições, onde ele deveria passar por uma triagem, antes da partida. Eles só puderam acompanhá-lo até os portões; Eva foi empurrada para trás, chorando.

Duas semanas depois, chegou uma carta para todos os outros.

Eva ficou horrorizada e aliviada, ao mesmo tempo. Pelo menos, poderia voltar a ver Michal. Começou a arrumar com determinação seus permitidos cinquenta quilos de bagagem.

❧ VINTE E CINCO ❧

O SOL QUENTE INCIDIA nas costas delas enquanto trabalhavam. O olho de Eva estava roxo e ainda inchado, novo presente de Hinterschloss uma semana antes. Seu tornozelo estava quebrado, e doía sempre que ela se apoiava nele.

No final do verão, Eva deixou de trabalhar nas estradas para trabalhar no campo. Com suas rações reduzidas, só recebia sua porção de sopa aguada com não muito mais dentro dela.

A inanição teria sido certa, se não fosse a bondade das mulheres em seu barracão, e favores antigos que agora podiam ser retribuídos

Noemi, uma amiga que Eva fez assim que chegou a Auschwitz, tinha sido designada para as tarefas na cozinha e dava-lhe pão extra, cascas de batata e o que mais pudesse, inclusive um pedaço de queijo.

— Não vou esquecer que consegui esta caneca por sua causa — ela cochichou, pressionando o que conseguisse arrumar nas mãos vermelhas e rachadas de Eva, à noite, ao passar por ela. Eva ficou tão agradecida que quase chorou.

Sofie tinha ajudado a enfaixar seu pé da maneira certa, além de conseguir lhe dar alguns analgésicos, que para ela eram como ouro em pó. Mas conforme os dias longos e quentes de verão avançavam, a sede, companheira constante, era outro sério problema no campo. Quando o céu se abria sobre a cabeça delas, muitas prisioneiras alegravam-se, recolhendo o precioso líquido em suas mãos sujas e sorvendo-o.

À distância, havia um ronco de aviões. Tinham começado ataques aéreos. Seguiram-se murmúrios de que a guerra estava se voltando contra os alemães.

Com a chegada do outono, veio junto a primeira onda de frio e gelo, e Eva sentiu-se doente. Nenhuma comida parava em seu estômago. Deixou furtivamente seu beliche, na calada da noite, e fraca, apoiando-se na parede do lado de fora, vomitou o que restava do pão preto que haviam lhe dado naquela noite.

Houve um barulho atrás dela, e Eva sobressaltou-se. Era Maria fumando um cigarro.

Eva fechou os olhos.

– Pode ser uma espécie de virose – disse. – Há muitos vírus circulando por aí.

Maria balançou a cabeça, depois olhou para ela, avaliando.

– Eu me pergunto se não é outra coisa.

Eva franziu o cenho, confusa.

– O que você quer dizer?

– Enjoo matinal.

Eva ficou aturdida. Grávida? Não era possível, era?

Não com aquelas rações. Fazia meses que não menstruava, seus fluxos tinham parado logo depois de sua chegada a Auschwitz.

Maria deu de ombros.

– Acontece. Uma das minhas meninas aqui engravidou. Geneva, a *Blockalteste*, cuidou disso.

Eva sentiu um arrepio correr pela espinha.

– Cuidou disso? – repetiu.

Maria não explicou mais nada, não era preciso.

Eva fechou os olhos, horrorizada.

– Não estou grávida – afirmou.

– É melhor desejar não estar – Maria disse, sacudindo a cabeça e apagando o cigarro no chão. – Agora, volte para a cama.

Quando ela se deitou de volta no beliche, encaixou o corpo ao lado de Sofie. O cabelo da amiga recomeçava a crescer. Loiro escuro com um ligeiro ondulado. Ela não tinha notado o ondulado antes. Ficou imaginando vagamente, deitada na cama, lutando contra a náusea, se o fato de estar ali é que tinha feito essa mudança. Sofie mexeu-se, abrindo os olhos escuros para ela.

– Você continua sentindo enjoo? – cochichou.

Eva assentiu.

Sofie deu um tapinha no seu braço, depois fechou os olhos.

– Tente dormir um pouco.

– Maria perguntou se eu estava grávida.

Os olhos de Sofie voltaram a se abrir. Ela pestanejou.

– Não posso estar, posso?

Os olhos de Sofie arregalaram-se, cheios de medo.

– Seja o que for que eles põem na comida e nas rações geralmente evita isso, mas tem havido alguns casos, nem todo corpo reage do mesmo jeito.

Seus olhos estavam tomados pelo horror que tinha presenciado no hospital. Não contava à amiga o tipo de coisas que via. As coisas que o médico, Mengele, fazia. Seus experimentos, alguns deles em mulheres grávidas. Houve uma mulher – Geneva contou que ele tinha injetado algo em seu colo do útero. Não sabiam o que havia acontecido com ela depois, de alguma maneira tinha se perdido no sistema. A maioria das outras tinham seus fetos removidos ou morriam na câmara de gás.

– Ah, *Kritzelei* – ela cochichou, apertando sua mão.

Eva fechou os olhos num medo súbito. Esperava que Maria estivesse apenas sendo alarmista. Esperava não ser possível.

Então, algo lhe ocorreu.

– Mas era de noite quando comecei a enjoar, então não pode ser.

Sofie riu baixinho, mas não havia humor no riso.

– Acho que o termo "enjoo matinal" é um equívoco. Algumas pessoas sentem enjoo durante todo o primeiro trimestre ou por mais tempo.

Sofie lembrava-se de ter se sentido mal semanas a fio, cansada também. Tinha se assustado com o que o futuro lhe preparava, assustada de ser uma mãe solteira, apesar de ter falado grosso com sua família, mas, sempre que sentia Tomas se mexendo dentro dela, era como se ele estivesse lhe dando coragem. Agora, ela enxugou uma lágrima furtiva.

– Ah – disse Eva, sentindo o coração golpear. – Eu não sabia.

Sofie apertou sua mão. Pelo bem da amiga, esperava que não fosse verdade.

– Se você estiver grávida, será impossível aqui.

Eva sacudiu a cabeça, sentiu seu estômago.

– Não, se eu estiver grávida, então isso faz toda diferença.

Sofie pareceu chocada.

– Porque, em tudo isso, aconteceu uma coisa boa, e lutarei como louca para garantir que meu bebê viva.

A amiga apertou sua mão. Não disse que ela estava sonhando acordada, como sempre. Não era preciso.

⟨⟨⟨⟩⟩⟩ VINTE E SEIS ⟨⟨⟩⟩⟩

Praga, 1940

Eles levaram três dias para chegar a Terezín. Eva viajou com sua família, cada um deles com cinquenta quilos de bagagem. Tinham esperado no Pavilhão de Exposições, onde ficaram por dois dias em colchões sujos, com toda sua bagagem, antes da chegada dos comboios. Os dias foram longos e intermináveis, enquanto aguardavam com seus números de transporte, e então foram destituídos da maioria dos seus pertences de valor. Na terceira manhã, antes de entrarem no trem, escutaram, chocados, um pronunciamento de um oficial alemão, dizendo que agora eles estavam viajando para uma terra prometida, um gueto onde as pessoas que ali estavam construiriam para si mesmas um lugar livre de perseguição. Disseram que eles deveriam ficar felizes e agradecidos por serem uns dos primeiros a ir, eram verdadeiros pioneiros.

Eva e seus pais trocaram olhares perplexos ao, finalmente, entrarem no trem, a bagagem a seus pés.

Depois de várias paradas, viajaram até um grande campo. Ao chegarem, mais coisas chocantes os aguardavam, uma vez que o pai de Eva foi arrancado do meio delas e levado embora.

– Não! – gritou Anka, enquanto Otto era forçado a seguir os outros homens.

– Vou ficar bem, meus amores – disse Otto. – É só por enquanto.

Eva conteve um soluço ao vê-lo sendo levado com os homens. Depois, deram um puxão no seu braço, e ela e as outras mulheres foram encaminhadas para as seções femininas.

Ela se agarrou à mãe, que parecia um balão furado.

– Vamos ser por papai e Michal. Vamos vê-los logo – prometeu-lhe.

Sua mãe olhou fixo, enxugando os olhos.

– Onde foi que eles nos trouxeram?

Eva e a mãe seguiram as outras mulheres até as dependências femininas, e um oficial disse-lhes para escolherem as camas. Eva sentou-se com a mãe. Nem mesmo estavam com sua bagagem. À volta delas, outras mulheres tinham estabelecido pequenos postos. Havia até panelas e frigideiras, além de roupas secando nas janelas.

Eva estava exausta. Os dias anteriores tinham sido longos. Juntas, as duas subiram na cama, abraçadas, e apesar do novo ambiente, da preocupação de quando voltariam a ver os maridos, e dos cochichos das outras mulheres, logo adormeceram.

Eva acordou com a mãe sacudindo bruscamente seu braço.

– Venha rápido!

– O quê?

A mãe só tampou sua boca com a mão.

– Shh, fique quieta e venha.

Ela a seguiu até o pátio, onde um grupo de homens passava com carrinhos cheios de bagagem. Depois, sentiu-se rodopiar, foi erguida do chão, e abraçada com força.

Michal.

Mergulhou em seus braços fortes, reprimindo um soluço, embebendo-se do seu rosto, dos seus olhos, do seu cabelo, que tinha crescido e encaracolado sobre a gola. Parecia o mesmo, talvez um pouco mais magro.

– Você está bem?

Ele sorriu, mostrando a covinha.

– Agora estou – ele respondeu, apertando-a contra si.

Ela tocou em seu rosto.

– Mas eles estão te tratando bem?

– Estão, não é tão ruim. Estou empregado como empreiteiro, mas eles me pediram para tocar violino também. Dizem que isso acalma os outros homens.

Ela sorriu. Gostava de pensar nele ainda tocando.

– E acalma mesmo?

Ele deu de ombros.

– Um pouco. – Ele se inclinou para um beijo demorado. Um guarda passou e ele a soltou. O oficial, no entanto, pareceu muito interessado em algo no chão. Ela franziu o cenho antes de entender. Ele fingia estar interessado em outra coisa, e ela se sentiu estranhamente tocada.

– Você pode vir de novo?

– Posso, amanhã.

Ela sorriu.

⟨⟩ VINTE E SETE ⟨⟩

COM O PASSAR DAS SEMANAS, Eva soube que estava grávida, era inevitável. Sua vida passou a ser tentar esconder aquilo ao máximo, e proteger a criança por nascer.

À noite, ela se sentou sentindo a barriga encoberta pela escuridão. Estava minúscula, mal passando de uma pequena protuberância. Se estivesse nua, seria difícil dizer com certeza, mas Geneva tinha confirmado depois de um rápido exame nas dependências da *Blockalteste*, a pedido de Sofie.

— Acho que você deveria me deixar abortá-lo — disse a mulher alta, olhando para ela, sem rudeza.

Eva sacudiu a cabeça. Lágrimas escorreram dos seus olhos.

— Você vai contar para eles?

Geneva sacudiu a cabeça.

— Não. Eu deveria. É o que eles esperam que a gente faça, mas não vou. Agora, eles pararam de matar mulheres grávidas.

Eva empalideceu. Sabia que eles tinham feito isso, mas escutar de maneira tão abrupta deixou-a sem fôlego.

— Olhe, deixo por sua conta. Pense no assunto. Eu diria que você deve parir mais ou menos em fevereiro do ano que vem, daqui a cinco meses, não falta muito tempo.

Eva concordou com a cabeça. Estava com quatro meses de gravidez. Saiu prometendo que mandaria avisar. Mas já tinha decidido. Decidira no dia em que suspeitara estar grávida.

Naquela noite, deitada no beliche, cochichou com a criança por nascer, enquanto todas dormiam:

— Não sei como você apareceu no meio disso tudo, meu bem, mas você é um milagre, não tenho a menor dúvida disso.

Eva se deu conta de que estar grávida era estranho. Era como ter uma nova esperança correndo nas veias. Enquanto estivera tão focada em encontrar seu marido, e imaginando que um dia eles poderiam sobreviver àquilo, aquela semente tinha encontrado seu caminho dentro dela, e já criado uma nova vida. Tocou em sua barriga e pensou: "Se for menina, vou te chamar Naděje. Significa esperança".

Também havia outras preocupações, como Sofie que teve infecção na garganta, causada, sem dúvida, pela falta de nutrição adequada.

Meier tinha sido transferido para outro setor, depois de ter sido pego por um oficial superior dando comida extra para Sofie.

Sob vários aspectos, ela ficou aliviada. Meier tinha se tornado mais agressivo, mais exigente, imitando o comportamento de Hinterschloss. Parecia oscilar dia a dia, sendo gentil num momento, cruel no seguinte. Era como se não conseguisse decidir se ela era sua namorada ou sua puta. Ela se sentia um pouco de cada uma. Qualquer que fosse o caso, depois de ter dormido com ele, não tinha volta, nem escapatória. Embora ele tivesse sido bom para ela, no sentido de sempre lhe trazer comida extra, o preço era alto, e com o passar das semanas, aquilo tinha passado a incluir tapas e machucados, bem como um renovado interesse de Hinterschloss por ela, uma vez que o guarda sempre encontrava uma desculpa para testar a mercadoria do amigo, quando eles se cruzavam.

— Meier cresceu muito, pequena Bette Davis — ele disse, com a mão escorregando para a virilha dela. — Isso me leva a pensar sobre esta fazedora de homens – ele disse, depois riu do olhar horrorizado dela.

Com Meier fora do caminho, ela esperava que Hinterschloss também perdesse o interesse. Já tinha começado a temer o que poderia acabar fazendo com Meier; tinha sonhos de matá-lo, quando ele dormia esgotado em seus braços.

Eva ficou apavorada que a amiga pegasse pneumonia, que estava se espalhando pelo campo juntamente com a escarlatina e outras doenças por causa da falta de higiene e da dieta miserável. Dava a ela sua porção de pão a cada noite, e nos dois dias em que Sofie passou de cama, cuidou dela o melhor que pôde.

– Não, não me dê a sua comida, *Kritzelei*, você está trabalhando e gestando. Você precisa dela.

– O que preciso é que minha amiga mandona viva e melhore, está bem? – disse Eva, dando-lhe um pouco de água da sua caneca. Também tinha lhe arrumado alguns analgésicos com Geneva.

Sofie fechou os olhos. Sua garganta estava em fogo, quando ela sussurrou:

– Se eu não sobreviver, vá buscar Tomas e cuide dele, está bem?

Eva virou-se para olhar para Sofie, preocupada.

– Não fale assim, vamos sair disso vivas, juntas, como combinamos, ok?

Sofie fechou os olhos.

– Estou falando sério, *Kritzelei*, por favor. Se eu não sobreviver, você precisa ir até Bregenz, fica na fronteira da Áustria, era onde Lotte vivia. Tive muito tempo para pensar nisso. Ela não teve chance de ir longe para achar um orfanato, se é que foi para um lugar desses que ela o levou, então, só pode ser perto dali. Talvez um convento, uma das igrejas, sabe-se lá. Ou uma amiga não judia, ela tinha algumas, você vai ter que perguntar por lá. A parteira que fez o parto de Tomas chamava-se Liesl, não consigo lembrar o sobrenome, mas você poderia perguntar para ela. Elas devem ter registros, caso ela tenha feito isso oficialmente.

– Sofie...

– Não, Eva. É importante. Me escute. Eu não desisti, e estou fiel ao nosso plano, mas – ela ficou com a voz embargada –, caso eu não sobreviva, preciso que faça isso. Ele até pode estar com o marido de Lotte, Udo, se ele ainda estiver vivo. Depois do que ela fez ao meu pai e a mim, bem como ao Tomas, não quero que meu filho seja criado por alguém assim. Sei que ela estava com medo, nossa, provavelmente não é muito bonito da minha parte, mas mesmo assim não consigo perdoar. Sinto muito. Não posso deixar o marido dela criar meu filho, ou deixar que ele viva para sempre em um orfanato. Não posso deixar isto acontecer. Está bem? Prometa que vai buscá-lo se sobreviver e eu não. Você vai criá-lo como se fosse seu. Por favor.

Eva pegou a mão da amiga com os olhos cheios de lágrimas.

– Eu vou, prometo. Agora coma.

E Sofie comeu.

⟡ VINTE E OITO ⟡

Terezín, dezembro 1940-1942

No começo, as visitas familiares aconteciam apenas uma vez por semana, mas logo, com o passar do tempo e já fazendo semanas que Eva e sua família estavam em Terezín, houve mais liberdade e eles podiam se ver com mais regularidade, embora homens e mulheres ainda ficassem separados à noite.

Eva começou a trabalhar nas hortas e sua vida acomodou-se em uma rotina.

Era suportável porque ela estava com sua família e podia ver Michal.

Com o Ano-Novo chegaram mais pessoas. Todos os dias havia novos transportes e amigos, familiares e pessoas que eles conheciam encheram a velha cidade.

Corria um medo de que logo haveria um excesso. Os transportes começariam a mandá-los para outro lugar. Falava-se apenas em "leste". Aquilo trouxe terror para todos os corações.

Eva e a mãe foram transferidas para outro barracão, mas separadas quando a mãe foi colocada em um serviço de limpeza.

Eva estava no campo havia menos de dois meses quando soube da novidade. Sua mãe veio correndo até ela, de olhos arregalados.

– Mila e Bedrich, eles estão aqui!

As duas correram até a área do Schleuse, mas a espera por eles foi longa, e os guardas mandaram-nas voltar ao trabalho. Eva mal podia esperar para ver a prima.

Quando, por fim, a viu, ficou chocada. Mila tinha emagrecido, parecia doente. Seus olhos estavam grandes e tristes, mas ela abraçou Eva com firmeza.

– Senti tanta saudade!

– Eu também. O que aconteceu?

– Papai tentou nos tirar daqui, uma última tentativa quando mandaram os papéis para nosso apartamento. Arnold... – ela fechou os olhos e lágrimas escorreram por seu lindo rosto – e eu fomos atrás dele, num carro. Conseguimos chegar até a fronteira. Mas acabaram pegando a gente. Arnold foi morto. – Eva fechou os olhos, horrorizada. – Estávamos tão perto, Eva – Mila disse, com os olhos azuis marejados.

– Sinto muito – disse Eva, pegando o corpo magro da prima nos braços. Levou-a até o barracão e sentou-a com sua mãe, que se agitou em torno dela, oferecendo-lhe alguma coisa para comer.

Mila parecia ter perdido o brilho dos olhos, ao subir na cama.

– Só quero dormir – confessou. Eva puxou um cobertor sobre a prima, trocando um olhar preocupado com a mãe. Nunca a tinham visto daquele jeito.

Tio Bedrich estava preocupado com a filha. Otto, pai de Eva, tinha lhe arrumado um trabalho como faz-tudo, mas logo ficou evidente que suas habilidades poderiam ser usadas de outras maneiras – retirando os mortos, por exemplo. Ele não fazia muitas perguntas e não tinha medo de fazer o tipo de trabalho que exigia alguém de estômago forte.

Eva conseguia se esgueirar e ficar com Michal o tanto quanto possível. Para ela parecia cruel tê-lo enquanto sua prima penava por Arnold. O verão chegou e logo o campo estava abarrotado de tanta gente. As instalações estavam superlotadas. Os transportes saíam diariamente. Um grito chamou por ela, e seu pai veio correndo à sua procura, na horta.

— Venha rápido, Eva.

Ela correu para segui-lo, perguntando o que havia de errado, o que estava acontecendo.

— É a mamãe? Michal? Mila? O que está acontecendo?

— Não há tempo, mesmo agora, corra.

Ela correu atrás do pai, seus pulmões ardendo, até eles alcançarem os comboios. Seu coração golpeava no peito. Michal estava parado na plataforma.

— Não! — ela gritou.

Ele se virou, tentando vir até ela, mas o oficial empurrou-o de volta, conduzindo-o junto com os outros para dentro do trem. As portas fecharam-se, e ela caiu de joelhos, olhando aterrorizada enquanto o trem corria para longe dela.

◦❖◦ VINTE E NOVE ◦❖◦

EVA JÁ NÃO PODIA mais fazer trabalhos pesados, não em seu estado, e conseguiu convencer Maria a ajudá-la a ser designada para outro lugar com um suborno de um grande pedaço de salame, obtido em troca da sua caneca.

Valia a pena.

Foi colocada na equipe da cozinha. Nos longos meses de inverno, enquanto descascava batatas, ajudava a fazer a sopa horrorosa e cortar pão, era possível conseguir porções extras de cascas, batata e pedacinhos de outros vegetais. Não era muito, mas o suficiente para seguir em frente. O trabalho era tedioso, mas não era difícil. Estava aquecida e seca, e não precisava ficar em pé o dia todo, que era o mais importante.

Seu tamanho minúsculo, juntamente com as roupas largas esconderam bem seu ventre que crescia, mas ela estava apavorada de ter o bebê ali e eles o tirarem dela antes do final da guerra.

Todos os dias, rumores e sussurros de que a guerra estava começando a se voltar contra os alemães, com os exércitos aliados avançando cada vez mais em direção a Auschwitz, alastravam-se como incêndio.

Os comandantes estavam começando a perceber que o fim estava próximo e que as coisas não se desenrolariam como eles esperavam. Um mês antes, o crematório foi explodido. Foi uma explosão gigantesca. Elas tinham pulado dos beliches para ver uma bola de fogo iluminando a noite. Houve comemorações quando as pessoas perceberam o que tinha acontecido.

— Isto significa que acabou?

— Não vai mais haver morte por gás? Vamos viver!

Uma velha atrás delas desdenhou.

— Não seja tão idiota. Se eles estão tentando encobrir seus rastros antes da chegada dos Vermelhos, não vão nos deixar para trás para contar as histórias.

Eva engoliu em seco. A velha tinha razão.

Os ataques aéreos tinham se intensificado. À noite, o tiroteio era incessante, avermelhando o céu.

— *Kritzelei*, acho que isso vai acabar em alguns meses; dizem que os aliados estão se aproximando do campo. — Depois, ela olhou para a barriga de Eva e disse: — Você só precisa aguentar bem até lá, logo eles chegam.

Conforme o inverno avançava, a ordem e a disciplina começaram a relaxar. Houve uma revolta, e alguns dos trabalhadores do crematório — *Sonderkommandos*, homens forçados a matar com gás seus companheiros presos — revoltaram-se. Talvez eles soubessem que seriam mortos; afinal de contas, foram eles que viram em primeira mão o que a SS havia feito. Lideraram uma revolta, matando vários guardas e conseguindo escapar para povoados vizinhos, mas sua fuga foi inútil porque foram todos capturados e mortos.

O efeito da reviravolta da guerra sobre os guardas foi preocupante, embora, em sua maioria, eles estivessem distraídos e as odiosas *Appells* tinham chegado ao fim, o que foi um alívio. Mesmo assim, os guardas ainda eram uma ameaça perigosa, e ficou claro que eles não queriam deixar nenhuma testemunha para trás. Meier havia deixado seu outro posto e voltado a Birkenau, o que foi, ao mesmo tempo, uma bênção e uma maldição, uma vez que tê-lo por perto proporcionava uma mínima proteção para Sofie e Eva, mas significava que, mais uma vez, Sofie estava sob seu jugo.

O avanço soviético causava pânico diariamente, e um dia, em janeiro, eles bombardearam o depósito de comida. A SS começou a derrubar algumas cercas e se livrar de documentos, destruindo provas do que haviam feito.

Hinterschloss vingou-se naquelas que pôde. Elas marchavam para fora, no ar frio da noite, e voltavam novamente, e sempre que alguma mulher tropeçava ou caía, ele estava lá. Eva olhou horrorizada quando ele puxou uma pistola e atirou na cabeça de Vanda. Seu corpo desabou. Uma poça escura de sangue formou-se do seu ferimento. Foi um sofrimento perder a amiga, e o beliche virou um lugar solitário sem sua boa gargalhada e o seu cabelo ruivo brilhante.

Com o passar das semanas, o trabalho parou completamente, o que foi um alívio, mas também uma preocupação, porque era mais difícil conseguir comida. Aos oito meses de gravidez, a barriga de Eva mal aparecia. O bebê era mínimo, mas seja como fosse, estava vivo. Eva tentava encorajá-lo, mesmo enquanto mendigava restos, tentando se convencer de que não estava morrendo de fome.

Meier conseguia arrumar um pouco de comida para elas, mas vivia distraído. Na maior parte do tempo, andava como se estivesse em transe, seus olhos azuis ansiosos, com sombras sob eles.

— Não acho que ele tenha chegado a perceber que este lugar era diabólico, que o que eles faziam era errado, até lhe dizerem para começar a queimar as provas — disse Sofie.

Eva olhou para a amiga tentando entender; como é que alguém poderia ter visto tudo aquilo, todos os dias, e mesmo assim não perceber que o que eles tinham ajudado a fazer era nada menos do que diabólico?

— Então agora ele se arrepende? — ela perguntou.

— Não, pode ser que ele esteja começando a perder alguns dos seus bloqueios, mas talvez seja tarde demais.

Eva rezou para que seu bebê sobrevivesse.

– Os soviéticos estão chegando, só aguente um pouco mais – disse a ele.

Era tarde da noite quando ela foi acordada por Sofie.

– Venha – ela cochichou. – Tem alguém aqui que quer te ver.

Ela se levantou rápido, calçando os sapatos no frio congelante, o coração disparado. "Seria Michal? Ele teria voltado, de algum modo?" Encheu-se de esperança. Só ele poderia se arriscar a ir até lá. Havia rumores que o trabalho tinha parado nas fábricas, talvez eles tivessem sido mandados de volta. "Ele teria vindo direto para cá?", ela se perguntou. Seria tolice dele, mas ela o censuraria mais tarde, depois de abraçá-lo até ele pedir que parasse.

Foi atrás de Sofie. A *Kapo* ainda dormia no quarto, e Eva saiu, parando num misto de confusão, decepção e felicidade quando a luz brilhou em uma figura mais velha com sobrancelhas grossas. Era Herman. Atrás dele, estava Meier.

Herman recebeu-a com um abraço rápido.

– Eu não sabia se um dia voltaria a te ver – ele disse, com os olhos tristes.

– Eu também não.

Ele se aproximou dela.

– Perguntei a Meier se poderia vir. – Ele olhou rapidamente para o guarda, que desviou o olhar. – Sei que eu gostaria que alguém fizesse o mesmo por mim – ele confessou, com os olhos cheios de remorso. – Trago más notícias, sinto muito.

Eva sentiu seu coração começar a golpear. Não sabia se queria ouvir.

– Skelter voltou de Freiberg na semana passada. Acho que houve um acidente. Uma das alas desmoronou na fábrica de aviões onde ele estava trabalhando. Elas pesam uma tonelada, houve vários feridos. Acho que Michal não sobreviveu.

Eva sentiu os joelhos cederem, um gemido baixo de dor devastou seu corpo, e ficou difícil respirar. Caiu na lama com o coração despedaçado.

❧ TRINTA ❧

Eva conseguiu voltar para dentro do barracão, sem entender como. Suas pernas tremiam descontroladamente, e lágrimas escorriam soltas por suas faces sujas. Dirigiu-se aos tropeços até seu beliche, seus joelhos molhados e feridos por ter caído na neve. Não sentia nada. À toda sua volta, o som de centenas de mulheres tentando dormir era como o zumbido abafado de abelhas, mas ela só conseguia escutar o bramido em seus próprios ouvidos, que chamava o nome de Michal. Sempre que fechava os olhos, via-o. Via aquela covinha que surgia toda vez que ele tocava em seu rosto.

Como ele poderia ter morrido? Como ela poderia seguir em frente sem ele?

Uma dor, como uma faca em sua barriga, rasgou por ela e ela arquejou alto, tropeçando em seus tamancos ensopados, dobrando-se em duas. Segurou o estômago e depois empalideceu num medo súbito, paralisante.

Sentiu umidade pelas suas pernas. O bebê estava vindo. Fechou os olhos, horrorizada.

— Ah, Deus, já não me fez sofrer o bastante? — blasfemou. Seu rosto foi novamente riscado por lágrimas. — Não vou te deixar levar meu filho também — jurou. — *Não vou.*

Sofie correu para ajudá-la.

— Vamos, só mais uns passos, aí você pode se deitar.

Helga desceu para ajudá-la.

Eva lutou por ar, a cabeça entre os joelhos. Por fim, olhou para cima, com uma expressão apavorada, ao cochichar em voz alta:

— Estou parindo.

— Deve ser o choque — disse Sofie, aturdida. Olhou para a velha e disse: — Ela acabou de descobrir, Michal... ele se foi.

O velho rosto de Helga contraiu-se solidário, e ela pegou Eva pela dobra do braço.

— Vamos — disse, ajudando-a, suas mãos tremendo num medo súbito. — Vamos te levar para a parte de cima. Você ficará menos visível ali. As meninas não vão se importar.

Duas das mulheres do beliche vieram ajudá-la a subir. Enquanto Eva contorcia-se com a dor disparando por dentro dela, Helga explicou o que estava acontecendo. Quando Eva colocou-se em posição, uma das mulheres estendeu-lhe um pedaço de pano enrolado. — Coloque isto na boca, morda — sugeriu, com simpatia.

Eva obedeceu, lágrimas escorrendo dos olhos. Ajudaria manter seus gritos num tom baixo, para o caso de Maria vir investigar e chamar um dos guardas.

— O que vamos fazer? — perguntou Helga. — Nunca fiz um parto, vocês já fizeram? — ela perguntou. Todas sacudiram a cabeça. Duas haviam se sentado para observar, ajudar, as outras estavam de costas, recusando-se a se envolver além do fato de manterem a boca fechada. Nos olhos delas, Sofie podia ver o medo que todas sentiam. Tantas coisas poderiam dar errado em um parto!

Sofie tocou no ombro de Eva com as mãos trêmulas.

— Eu... eu vou buscar ajuda.

— Não — murmurou Eva, abrindo os olhos em pânico.

— *Kritzelei*, é preciso. Eu nunca fiz isso, e já vi... — Ela não terminou de falar, os olhos tomados por todos os horrores que tinha visto em mulheres malnutridas parindo no campo. — Geneva saberá o que fazer, como dar a melhor chance para o bebê, ainda que...

Mais uma vez, ela não terminou, interrompendo as palavras. Eva tinha plena consciência de que seu bebê estava adiantado. Recomeçou a chorar, e Sofie tocou no seu cabelo.

– Vai dar certo, *Kritzelei* – mentiu.

Os lábios de Eva tremeram. Não soube quanto tempo esperou, a dor quase cegando enquanto as contrações explodiam, com intervalos cada vez menores. Seu bebezinho estava determinado a nascer naquela noite.

Helga sentou-se atrás dela, emprestando-lhe toda a força que tinha.

Depois do que pareceu uma eternidade, Eva sentiu mãos frias em seu testa e levantou os olhos, encontrando os olhos calmos e negros da *Blockalteste*. Ela começou a despi-la, examinando seu corpo.

– Vai vir logo – disse.

Tinham trazido da sala de Geneva tudo que podiam: tesoura esterilizada, uma chaleira cheia de água e alguns panos limpos.

Com Sofie agindo como enfermeira, enquanto a neve começava a cair em grossas rajadas do lado de fora, o vento uivando pelas planícies ermas, todas elas se ajoelharam ao lado de Eva, enquanto seu bebê vinha ao mundo em um dos lugares mais indesejáveis da terra.

Ela tentou se sentar para ver seu bebê, e Helga segurou-a, preocupada, enquanto todas olhavam para a criança minúscula entre suas pernas. Todas aguardavam o choro.

Que não veio.

Eva fechou os olhos, sua respiração acelerada.

– O bebê está...?

– Estou examinando – disse Geneva, colocando o ouvido no peito da criança, dando-lhe leves tapinhas, mas ela não fez um som. Logo, elas descobririam que ela *não conseguia*, não mesmo.

O bebê coube facilmente nas mãos de Sofie. Devia pesar um pouco mais de um quilo.

– Respirando – disse Geneva, por fim. – Ela está viva.

Eva respirou fundo.

– É uma menina – arquejou, com um sorriso perpassando em seu rosto aliviado, e uma alegria inesperada.

Geneva confirmou, cortando o cordão e embrulhando a bebê em um pano, estendendo-o para Eva com muita delicadeza. A nova mãe sentou-se com dificuldade para acolher a criança.

– Ela é incrivelmente pequena. Seus pulmões são muito fracos. Não acho que consiga chorar – disse Geneva, com os olhos cheios de empatia. – Não tenho certeza de que vá sobreviver. Mas se conseguir, poderão haver outros problemas, seus ossos parecem muito fracos. Sinto muito.

Os lábios de Eva tremeram ao segurar seu bebê com cuidado, e contemplar seu rosto minúsculo e perfeito, os traços de Michal estampados em miniatura, e pareceu que seu coração fosse arrebentar.

– Naděje – ela sussurrou. – Você viverá, vou lutar por isso.

Sofie tocou no braço da amiga, com lágrimas escorrendo pelas faces.

– Eu também.

Algumas horas mais tarde, o leite de Eva desceu. Era um milagre. Outras mulheres haviam tido bebês em Auschwitz, mas sem leite não havia como alimentá-los, e eles logo morriam.

Depois de amamentá-la, as duas adormeceram, exaustas pela longa noite.

Eva acordou com o som pesado de botas marchando lá fora, e gritos num alemão alto e irritado.

– *Schnell!* Rápido. Enfileirem-se!

Os guardas gritavam para que elas fossem para fora. Seu peito apertou-se de medo. De repente, lá estavam eles.

– Todas que puderem levantar-se, movam-se, fora, depressa!

Agindo rápido, Helga e Sofie ajudaram a embrulhar a bebê no casaco de Eva, e ele foi deixado no alto do beliche.

– Ela vai ficar mais segura aqui – disse Sofie.

Eva não tinha certeza. Deixá-la para trás pareceu a coisa mais difícil que teve que fazer até então. Mas levá-la poderia significar morte, se a vissem ou a ouvissem.

Em pé lá fora, no tempo gelado, a neve densa no chão, foram as duas horas mais longas da sua vida. Não era um *Appell*. Era algo mais, algo que tinha a ver com os aviões que voavam logo acima. Por fim, quando soou um ataque aéreo, o guarda mandou voltarem para seus barracões, depressa. Elas foram aos tropeços. Eva estava congelando em seu vestido fino, mas só conseguia se concentrar em voltar para Naděje. Será que ela tinha ficado bem?

Correu de volta para o barracão, com os membros gelados e se arremessou para o alto do beliche, as mãos trêmulas encontrando a minúscula trouxinha imperturbável. Uma mãozinha perfeita na boca, as faces levemente rosadas. Eva suspirou de alívio, lutando contra um súbito ataque de náusea causado pelo medo.

Agarrou a pequena recém-nascida junto ao peito, embalando-a e amamentando-a momentos depois, imensamente grata por pelo menos poder oferecer aquilo à criança.

Mas foi um alívio de curta duração. Ao longo daquele dia gelado e infindável, os guardas ficaram voltando, gritando para elas saírem e se enfileirarem, e exatamente com a mesma rapidez o ataque aéreo recomeçava, e elas tinham que voltar para seus beliches, geladas e trêmulas. Depois da terceira vez, os guardas pararam de entrar para chamá-las para fora, e Eva decidiu arriscar e permanecer no beliche, com a bebê. Muitas das mulheres doentes, idosas e frágeis também tinham decidido esperar lá dentro.

Com o passar dos dias, Eva fez o possível para esconder a bebê das outras. Agora que as unidades de trabalho tinham parado, era mais fácil, e como estava muito frio, ninguém se aventurava muito além dos seus beliches, a não ser para ir até a latrina, ou comer as exíguas porções de ração que lhes coubessem. A fome tinha se tornado um problema real; agora, era mais difícil do que nunca conseguir o necessário.

Numa manhã soturna de janeiro, com a neve deixando tudo branco lá fora, Eva arrastava-se de volta da latrina para seu beliche, as pernas fracas, os olhos exaustos de cansaço e preocupação. Tinha deixado Naděje no beliche quentinho, e subiu para a parte de cima, cansada e esgotada, só querendo deitar, levar sua filha ao peito e dormir; tentar bloquear as dores da fome que a dilacerava. Mas ficou sem fôlego em um medo súbito e paralisante.

O beliche estava vazio.

⟡ TRINTA E UM ⟡

Eva precipitou-se para fora do beliche, o sangue pulsando em seus ouvidos, os olhos percorrendo o barracão que havia sido esvaziado com as incursões incessantes dos soldados. Muitas das mulheres que tinham obedecido às ordens para sair, nunca haviam voltado. Será que ela tinha perdido uma marcha?

– Você viu Sofie? – ela perguntou a uma das mulheres no beliche de baixo. – Ou a Helga? É importante...

A mulher olhou para cima e apontou para o fundo do barracão, em direção ao quarto de Maria.

– A *Kapo* andou farejando por aqui, levou alguma coisa do seu beliche. Eu vi.

Eva viu manchas na frente dos olhos ao correr para o quartinho no fundo do barracão, reservado apenas para uso da *Kapo*. Encontrou a polonesa de costas para ela.

– O que você fez? Cadê minha filha? – gritou Eva.

Os olhos de Maria estavam frios, quando ela se virou. Naděje dormia em seus braços, e o corpo de Eva amoleceu de alívio.

A *Kapo* analisou Eva, depois fungou.

– Você é mesmo uma tonta.

– Devolve minha filha! – Eva exigiu, avançando para arrancá-la dos braços da mulher, caso fosse preciso.

Para sua surpresa, Maria entregou-lhe a bebê. Tinha uma expressão irritada.

Conforme Eva apertou Naděje contra o peito, a expressão de Maria tornou-se resignada, olhando o bebezinho nos braços da mãe.

– Se eu fosse você, me despediria agora, ela é pequena, fraca, de qualquer maneira, é provável que morra logo. Se você quiser, eu faço isso, levo-a lá fora, deixo-a com os outros...

– Os outros? – repetiu Eva. Um formigamento de medo fez seus olhos voltarem-se para os da polonesa.

Maria cruzou os braços, enquanto explicava:

– Os mortos.

– Não! – gritou Eva, aninhando Naděje no peito, com o rosto em lágrimas.

Maria fez um som de incredulidade.

– Olhe para ela, sua tonta, ela vai morrer de qualquer jeito. Não vou arriscar minha vida por isto. – Travou o maxilar e sua expressão suavizou-se ligeiramente. – Você também não deveria. Se os guardas voltarem e acharem-na, e descobrirem que eu não contei a eles a respeito, matarão nós três: eu, você e a criança.

Eva sacudiu a cabeça, enlouquecida, tentado se livrar das palavras da *Kapo*.

– Não, *por favor*, Maria, eu te imploro, não faça isso.

Maria sacudiu a cabeça.

– Sinto muito, mas eu preciso.

– Não, não precisa, Maria! Você é mãe, foi o que eu soube. Por favor, não vou suportar perder minha criança.

A boca de Maria transformou-se em uma careta.

– Eles mataram *minha* filha. Não sou mais uma mãe.

Os olhos de Eva suplicaram aos dela.

– Você continua mãe... – Uma lágrima caiu pesada dos seus cílios, e ela não se deu ao trabalho de enxugá-la, enquanto Naděje se remexia em seus braços, acordando. Deu uns tapinhas nas costas da criança. – Você passou por isso, por que iria querer fazer alguém passar pela mesma coisa? Por favor, Maria. Não posso salvar sua filha, mas você pode salvar a minha.

Maria olhou para Naděje. Seu olhar ficou frio.

– Não vou chamá-los, mas se eles vierem aqui, não vou mentir por você, vou contar sobre ela. Ninguém tentou me ajudar, portanto, isso é o melhor que pode esperar de mim.

Eva ficou atônita com as palavras da *Kapo*, depois recuou para fora do quarto, com uma expressão desoladora. Mataria Maria antes de permitir que ela traísse Naděje para os guardas.

Caminhou devagar com pés de chumbo até seu beliche. Era como se estivesse no corredor da morte, como um prisioneiro esperando a chegada do carrasco ao cair da noite. Apertou a bebê contra o peito e subiu de volta no beliche. Não contou a Sofie o que havia acontecido. Não podia. Sua amiga já tinha arriscado demais com Meier, com Geneva. Não a colocaria de novo nessa situação.

Lá fora, os ataques aéreos continuavam, e o som de armas e bombardeios soava ainda mais perto. A guerra estava se voltando contra os alemães, mas não tão rápido.

Dois dias depois, elas escutaram o som de botas com tachões do lado de fora de sua quadra. Eva ficou com o coração na boca. Eles estavam de volta! Pegou Naděje e escondeu-a debaixo das suas roupas, junto ao seu peito. A bebê contorceu-se, mas ficou parada, em silêncio.

Um segundo depois, eles estavam lá dentro. Mulheres deixaram seus beliches com medo, apressadas. O medo percorreu o cômodo, deixando atrás um fedor acre.

– *Schnell*, rápido, sigam-nos! – gritou Hinterschloss na entrada.

Eva atropelou-se com as outras, caindo no chão desajeitada com sua trouxinha encurvada em seu seio, jogando o peso todo nos joelhos, encolhendo-se de dor.

Os olhos dele percorreram rapidamente o ambiente, parando para olhar para ela por um segundo, antes de continuar marchando, batendo nas mulheres com seu rifle e fazendo-as se apressarem.

Sem demora, Eva entrou na fila com as outras, o mais longe possível dele, olhando freneticamente para Maria. Seria traída pela *Kapo*? Com certeza seria mais seguro ficar quieta. Tinha que acreditar naquilo, e acreditar que, de algum modo, poderia convencê-la. Não conseguiu ver sinal dela, ao serem levadas para fora, com a neve caindo.

As que eram frágeis ou não conseguiam ficar em pé foram deixadas para trás. As outras marcharam na noite gélida e não pararam nem quando seus joelhos afundaram na neve densa. O coração de Eva golpeava no peito. Nos outros ataques aéreos em que ela e Sofie não tinham acompanhado, muitas das pessoas que deixaram os barracões não tinham voltado.

Não pôde conter o medo ao serem conduzidas para um túnel, seguindo atrás de Sofie. A bebê contorcia-se sob o casaco, e ela a acalmou com um tapinha leve.

– Parem – gritou Hinterschloss, dirigindo a luz de uma lanterna para o rosto delas, ao caminhar de volta pela fila.

As pernas de Eva encheram-se de medo. Ele ficou olhando para todas elas por um tempo, seus olhos frios e cinzentos parando nos dela por um instante, depois continuando a seguir ao longo da fila.

– Continuem, andem! – ordenou, empurrando uma das mulheres, fazendo-a tropeçar. A lanterna foi apagada e Eva soltou um suspiro de alívio e seguiu, deslocando levemente a trouxa em seus braços.

De repente, sentiu um aperto forte de uma mão em seu ombro, e sentiu seu hálito fedorento antes de vê-lo. Ergueu os olhos no túnel escuro e viu o rosto de Hinterschloss a centímetros do dela, a boca retorcendo-se num esgar diabólico. Atrás dele, viu um lampejo do rosto apavorado de Maria. Eva sentiu-se como se tivesse sido mergulhada em água gelada. Zangada e aterrorizada como estivera, parte dela acreditava que Maria não a trairia, apesar do que havia dito. A *Kapo* não encarou seus olhos chocados.

– Vejamos o que temos aqui – ele disse, fazendo uma louca tentativa de agarrar a bebê dos braços dela. Eva desvencilhou-se de suas mãos, e ele pegou uma pistola, olhando por sobre o ombro para a *Kapo*. – Esta daqui andou pedindo isso por um bom tempo – disse com um olhar malicioso. – Nossa pequena tradutora. Sempre se colocando em situações que não deveria, inclusive abrindo as pernas. – Ele cuspiu no chão, depois a olhou com desprezo. – Sua puta imunda!

Ele ergueu a pistola. O som ecoou alto no túnel escuro, e houve breves ingestões de ar. Os olhos dele reluziram perigosamente.

– Eu devia ter feito isso no dia em que te conheci.

– Não! – gritou Sofie atrás dela.

Maria desviou o olhar, não conseguindo encarar Eva.

– Sinto muito – sussurrou, tão baixinho que Eva não teve certeza se teria imaginado isso.

– O que está acontecendo? – gritou Meier, no fim da fila sinuosa das mulheres no túnel.

Quando Hinterschloss virou-se para responder, Eva jogou-se, subitamente, para pegar a arma. Sofie lutou para ajudá-la e foi empurrada para trás. A pistola caiu no chão, e tanto Eva quanto Hinterschloss abaixaram-se para pegá-la. Os dedos de Eva estavam a centímetros dela, mas foi impedida pela bebê em seus braços, ao contrário do guarda, mais forte, em melhor forma, que a chutou para o lado, fechando a mão sobre a pistola. De repente, houve um forte estalo e Hinterschloss desmoronou, caindo de joelhos, sangue jorrando da sua têmpora. Eva ergueu os olhos, surpresa, e viu Sofie parada atrás dele, com uma pedra nas mãos.

Houve gritos de comemoração quando o grupo maltrapilho de prisioneiras viu o guarda caído com o rosto na terra. Mas as comemorações logo se transformaram em gritos, quando o som de um rifle explodiu na noite fria e escura, deixando uma trilha enfumaçada.

Eva assistiu a um horror lento, quando sua amiga caiu, um lampejo de choque e traição passando pelo seu rosto, enquanto ela escorregava de joelhos, o sangue avolumando-se para fora do seu peito.

– Não! – gritou Eva, correndo em frente para agarrar a amiga. Maria acompanhou e foi empurrada para trás com raiva, por Helga, que berrou:

– Não chegue perto dela!

Para surpresa de todas, ela parou com um ar de arrependimento no rosto.

Eva olhou com agonia quando Sofie caiu para a frente, a vida esvaindo-se dela.

Helga adiantou-se.

– Me dê Naděje – cochichou. Eva não respondeu, e a velha tirou a criança dos seus braços. Afundou a cabeça para escutar os pulmões da criança.

– A bebê está bem – disse, tocando de leve no ombro de Eva, enquanto ela se ajoelhava em frente à amiga, tentando, de algum modo, conter o fluxo de sangue com as mãos. Não conseguia enxergar por causa das lágrimas.

– Ajudem-na, por favor! – gritou Eva, os soluços devastando seu corpo magro. Não podia perder Sofie.

Meier ficou paralisado a alguns metros de distância de onde tinha atirado na mulher que afirmava amar, com um ar de incredulidade no rosto. O rifle continuava apontado na direção delas.

Eva aninhou a amiga junto ao peito. O rosto de Sofie estava pálido como a neve, e um filete de sangue serpenteou dos seus lábios quando ela tentou falar. Eva limpou-o. – Você vai ficar bem, Sofie, vai sobreviver a isso – mentiu. Era o que esperava.

A respiração de Sofie estava fraca e entrecortada.

– Vou sentir sua falta, *Kritzelei* – ela disse. – Encontre Tomas para mim.

– Vamos encontrá-lo juntas, como dissemos – gritou Eva, segurando-a com força, mas o corpo de Sofie já estava largado em seus braços, seus olhos escuros não enxergando mais. Eva gemeu, apertando-a ainda mais.

– Vo... Volte para seu barracão – ordenou Meier. – Eu lido com o corpo.

Eva atirou-se contra Meier, pronta para estraçalhá-lo. Maria agarrou-a. A *Kapo* era forte e resistiu, mesmo quando Eva tentou atacá-la. – Pare – disse entre dentes. – Você vai ser morta!

– É o que você queria! – gritou Eva, mas Maria apenas a segurou com firmeza, não deixando que se soltasse. Eva estava fraca, seu corpo pequeno e malnutrido não era páreo para a bem alimentada *Kapo*.

Depois de algum tempo, Meier apenas sacudiu a cabeça. Seus olhos pararam no corpo de Sofie. Estavam cheios de arrependimento. Ele se ajoelhou ao lado dela, depois pegou sua mão, e a levou até seu rosto, sua própria mão tremendo. Fechou os olhos e sacudiu a cabeça.

– Eu não queria fazer isto – murmurou. Parecia ter envelhecido dez anos em questão de segundos. Levantou os olhos úmidos, enquanto dava uma ordem a Maria.

– Leve Eva embora. A bebê pode ficar com ela. Seja como for, vai morrer logo. – Depois, bem baixinho, ao se virar para tocar no rosto de Sofie, fechando seus olhos, elas o ouviram dizer: – É o que Sofie teria desejado.

A *Kapo* assentiu. Ao empurrar Eva de volta para o barracão, segurando suas mãos às costas, sussurrou:

– É seu dia de sorte.

Eva conseguiu soltar uma das mãos o bastante para estapear o rosto de Maria. Ela retribuiu com um soco, e Eva só viu estrelas pretas depois disso, ao desmaiar.

Algumas mulheres carregaram-na de volta para o barracão. Estavam doentes e frágeis, e levaram muito mais tempo do que o normal. Helga levou sua carga minúscula a salvo nos braços, aninhando-a no peito. Naděje tinha adormecido, alheia a todo o horror que a cercava. Helga tocou no seu rostinho com um dedo retorcido. Tinha sido melhor assim. Uma das mulheres olhou para a bebê nos braços da velha e sacudiu a cabeça.

– Pobre moça, tudo isso por uma boneca.

Ela não acreditaria que a trouxinha era uma bebê de verdade.

Quando Eva se recobrou, estava novamente no alto do beliche, com as outras mulheres, Naděje em um cobertor ao seu lado. Sua cabeça arrebentava de dor no lugar onde Maria havia lhe dado o soco, mas ela só conseguia arquejar com a dor que sentia ao se lembrar do que havia acontecido.

Helga passou-lhe um pedaço de pão preto, e ela o comeu sem enxergar, pelo bem da filha, agradecendo à velha pela sua bondade. Helga deu-lhe tapinhas nas costas. Não lhe ofereceu condolências vazias, não fingiu que as coisas melhorariam com o tempo, e Eva ficou agradecida por isso.

Conforme os dias foram se passando num mar de dor, havia gritos para saírem do barracão. Mais uma vez, diziam para as que conseguiam andar saírem.

– *Schnell*. Rápido.

Centenas de prisioneiras iam aos tropeços para o frio intenso, dar início ao que, mais tarde, seria conhecido como as marchas da morte.

As doentes e idosas ficavam para trás. Mais uma vez, Eva viu que nenhum guarda entrava para arrastá-la para fora. Segurou Naděje junto ao peito, fechou os olhos e tomou a difícil decisão.

A seu lado, Helga perguntou:

– Você não vai?

Eva sacudiu a cabeça. Na última vez em que ela saiu, elas quase morreram.

Helga concordou. Os olhos da velha estavam arregalados de medo. Ela era magra, frágil e também estava cansada.

Ninguém entrou para verificar. Talvez os guardas imaginassem que elas morreriam logo em suas camas, sem comida. Era provável. Tinha acabado o que restava de pão.

Elas viram as outras saírem. Acabou sendo uma decisão fundamental.

⊰⧓ TRINTA E DOIS ⧓⊱

ELAS ACORDARAM EM MEIO AO SILÊNCIO. Nenhum cachorro latiu. Nenhuma bota marchou do lado de fora. O murmúrio ao fundo de milhares de seres humanos agarrando-se à vida sumira.

Estava apenas quieto. Uma calmaria estranha que Eva não tinha sentido durante meses, senão anos. O barracão estava quase vazio. As únicas que restavam eram formas esqueléticas, próximas da morte.

Helga voltou lá de fora, arrastando os pés até o beliche, espantada.

— Eles foram embora — disse baixinho.

— Embora? — cochichou Eva, descendo do beliche com Nadĕje junto ao seio; precisava verificar por si mesma. Colocou uma jaqueta fina sobre elas e saiu para ver.

Não havia ninguém ali.

Nenhum holofote iluminava o campo. Não havia pés com botas marchando. As torres dos guardas estavam vazias. Elas haviam sido abandonadas à própria sorte.

Saber que os alemães tinham ido embora pareceu o primeiro raio de sol no inverno sem fim. Eva olhou para sua bebê minúscula, ainda milagrosamente viva, apesar do tamanho, os pulmões fracos ainda incapazes de emitir mais do que leves gorgolejos, e beijou sua bochecha. Uma lágrima, dessa vez de surpresa e alegria misturadas com pesar, rolou pelo seu rosto.

Sentiu falta da amiga, agora mais do que nunca.

– Ah, Sofie, só mais alguns dias e estaríamos livres, juntas!

Olhou depois da cerca, e pela primeira vez viu além dela e prometeu:

– Vou achar o seu Tomas, como jurei para você. Vou criá-lo. Criarei nossos filhos juntos.

As que tinham sido abandonadas estavam próximas da morte. Ainda que seus algozes finalmente tivessem ido embora, a sobrevivência seria mais difícil do que nunca. Aviões soviéticos haviam bombardeado a usina próxima, e não havia eletricidade nem água. As que conseguiam andar, como Eva, teriam que recorrer a suas últimas reservas para continuar vivendo, continuar lutando. Parecia incrivelmente cruel que tantas pessoas que tinham se agarrado à vida, agora começassem a morrer.

Eva ficou surpresa ao ver que Maria era uma das que tinham ficado para trás. Havia empalidecido e enfraquecido num curto espaço de tempo, e a mudança era chocante. Eva desconfiou que estivesse sofrendo de tifo. A *Kapo* permaneceu em seu quarto, e elas a deixaram ali.

Eva olhou para Helga e disse:

– Ainda não acabou. Teremos que ser fortes. Achar comida. Roupas. Água.

Helga concordou.

– E levar os mortos para fora.

Aquela era a pior parte, ter que carregar os corpos das pessoas mortas à noite. Eram muitas.

Juntas, elas invadiram o Kanada e encontraram pilhas de roupas limpas, sapatos decentes, meias e cobertores. Pela primeira vez em anos, Eva teve botas adequadas que mantinham seus pés quentes. A sensação era deliciosa.

Pegaram cobertores e roupas e dividiram com quem puderam.

No início, para saciar a sede, derreteram neve, mais logo cortaram gelo de um lago congelado que ficava próximo, perto dos portões. Era um trabalho duro e teve seu preço.

Maria estava doente, perto da morte, ainda em seu quarto particular. Tinha protestado quando as outras começaram a pegar suas coisas, usando o que restava dos seus mantimentos, mas estava fraca demais para impedi-las.

Olhando para ela deitada, fraca e pálida na cama, febril, Eva não pôde deixar de sentir que, talvez, estivesse pagando por sua traição.

Ao entrar no quarto para pegar um balde, o fraco apelo de Maria fez com ela se virasse.

— Eva, por favor, preciso de remédio. É tifo, acho. Por favor, Eva. Por favor, lembre-se de que te ajudei.

Eva olhou para ela com uma ruga entre os olhos.

— Você me ajudou?

— Ajudei. Foi assim que você teve sua criança, porque dei as costas para que você pudesse ver seu marido. Pode me odiar, se quiser, mas se não fosse por mim... — Ela parou e começou a tossir, chiando ao cair de volta no colchão fino.

— É, você fez isso mesmo, mas só porque foi bem paga. — A *Kapo* tinha recebido porções de comida que Sofie e Eva conseguiram surrupiar, e mesmo então, depois de aceitar a comida, ela não havia prometido protegê-la, só manter a boca fechada. No final, nem mesmo manteve essa promessa. E isso tinha levado à morte da sua melhor amiga.

— Por favor, Eva. Vou morrer se ninguém me ajudar.

Eva travou o maxilar.

— Vai. — E virou-se para sair, dizendo por sobre o ombro: — Estamos todas nesta mesma situação.

Com duas das outras mulheres mais fortes, elas arrombaram um depósito na cozinha e se surpreenderam ao encontrar fileiras e fileiras de pão preto, além de queijo e geleia. Colocando tudo aquilo em sacos de estopa, levaram os mantimentos de volta para o barracão e, as que puderam, banquetearam-se com mais comida do que tiveram em anos.

O estômago de Eva estava tão pequeno que se encheu com apenas duas fatias, mas ela se entupiu com um grosso pedaço de queijo por garantia, pensando, ironicamente, que o laticínio poderia assegurar a continuidade do seu leite, enquanto Naděje sugava seu pequeno seio, sua mãozinha perto do coração da mãe.

— É isto aí, bebê — ela disse. — Vamos nos fortalecer juntas.

— Aonde está indo? — perguntou Helga, quando Eva sentou-se na beirada do beliche, balançando as pernas. Ela tomou sua decisão, depois entregou Naděje para a velha e ficou em pé.

— Volto logo.

Suas mãos afundaram-se nos bolsos do casaco com gola de pele, grosso e aconchegante, encontrado no Kanada. Endireitou as costas, enquanto ia até o final, em direção ao quarto da *Kapo*.

— Tome — disse, entregando-lhe duas fatias de pão e um frasco de antibióticos que elas haviam encontrado no ataque ao armazém.

Maria tentou sentar-se, e Eva, relutante, foi ajudá-la.

— Obrigada — respondeu Maria, abrindo o frasco de comprimidos e engolindo um. Pareceu levar muito tempo, porque estava muito fraca.

— Sinto muito por sua amiga — ela disse, por fim. — Eu gostava dela. Nunca quis que acontecesse aquilo.

Eva assentiu, limpando uma lágrima. Levantou-se para sair, e Maria disse:

— Ela ficaria contente por você ter me ajudado.

Eva virou-se para olhar para ela e bufou, com um indício de humor nos lábios:

— Não, não ficaria. Ela teria dito: "*Kritzelei*, você é uma tonta, ela quase fez você ser morta".

— Então por quê? — perguntou Maria.

— Porque nunca vou conseguir perdoar você por causar a morte da Sofie, mas, pelo menos, agora não vou ter a sua morte na minha consciência.

⬦◆⬦ TRINTA E TRÊS ⬦◆⬦

Eva acordou com o som de carros blindados e tanques, depois gritos e tiros.

– Acorde – chamou Helga entre dentes. – Temos que nos esconder.

Seis dias depois de irem embora, os alemães voltaram.

Helga olhou para ela, assustada. Seu cabelo fino e sem vida pareceu estalar de medo.

– Eles voltaram para acabar com a gente!

– Talvez – disse Eva. – Não vou deixar que isso aconteça.

Elas foram de mansinho para fora, mas voltaram ao ver, à distância, guardas marchando. Na neve, havia novos corpos, e elas viram Maria passar cambaleando por elas, devagar, indo para fora.

– Volte, não seja boba! – chamou Eva. Mas a antiga *Kapo* caminhou descalça pelos densos montes de neve. Sua roupa pendia nela como um saco; tinha perdido muito peso nas últimas semanas, uma combinação de sua doença e da perda de sua posição preferencial com os guardas. Vacilou, possivelmente delirante, tentando chamar os guardas que estavam a alguma distância. Seus lábios finos e rachados gritaram:

– Me ajudem.

Um deles virou-se. Um tiro ecoou e Maria desmoronou para trás numa poça de sangue que foi se tornando rosa na neve fresca.

Eva e Helga sufocaram um arquejo. Os guardas continuaram andando, sem se preocupar em olhar para trás, atirando impunemente nos prisioneiros desnorteados. Eva e Helga ficaram encolhidas logo depois da entrada, fora da vista deles.

À distância, ouviu-se o som de uma explosão.

– Eles estão explodindo o outro crematório – imaginou Helga.

Chocadas, elas viram os alemães voltarem para seus carros blindados e partirem.

– Você acha que eles vão voltar? – Helga perguntou.

Eva olhou para ela, apertando sua bebê junto ao peito. Seu olhar parou no corpo de Maria, esfriando na neve.

– Não sei.

Elas tinham escapado por sorte, mas estavam presas ali. Os alemães podiam ter deixado Auschwitz, mas ainda estavam combatendo os soviéticos ali perto. A guerra ainda não tinha acabado, e até isso acontecer não ousavam se arriscar a ir embora.

Dois dias depois, quando Eva e outras duas mulheres estavam indo buscar mais gelo no lago, com baldes pesados nos braços, viram o que parecia um urso nos portões.

Eva piscou quando mais e mais deles começaram a aparecer. Por fim, percebeu que eram homens com sobretudos grandes.

– São os russos! – gritou uma das mulheres com alegria. – Vieram nos libertar!

Eva olhou enquanto eles entravam no campo, cumprimentando as mulheres que caíam em cima deles, chorando e abraçando-os em sua felicidade. Eles foram educados e gentis, o que, após anos de brutalidade, pareceu bondade.

Um dos homens, com uma longa cicatriz fina descendo pelo rosto, logo abaixo do olho esquerdo, e impressionantes olhos azuis, olhou para Eva e disse num alemão truncado:

– Quando entramos aqui, pensei que vocês todas fossem fantasmas.

Logo havia fogueiras acesas, e os homens convidaram-nas a se aquecer junto às chamas. Também prontamente dividiram sua comida, sem perceber que essa generosidade seria a desgraça de algumas daquelas pobres mulheres. Seus corpos estavam tão famintos e malnutridos que não souberam lidar com o excesso de gordura; muitas acabaram morrendo de diarreia por não conseguirem processar a nova dieta.

Eva observou com horror quando mais e mais mulheres em seu barracão adoeceram, reclamando de cólicas estomacais, seus corpos enfraquecidos desistindo delas, logo agora que estavam tão perto da liberdade.

– Não coma a comida deles – disse a Helga. – Por mais que você queira. Acho que ela está deixando a gente doente. Fique só no pão e queijo.

– *Kritzelei* – reclamou Helga. – Você não pode achar que eles estão envenenando a gente. Estamos comendo a mesma comida que eles.

Para Eva, continuar sendo chamada pelo apelido dado por Sofie era tanto um conforto quanto um tormento.

– Não é veneno, talvez seja muito gordurosa.

Helga concordou. Elas tinham visto muitas morrerem. Tomaria cuidado.

O homem com a cicatriz continuou voltando para dentro do barracão, querendo conversar com as mulheres. Estava curioso em relação às sobreviventes. Era difícil para todas explicarem o que havia acontecido, contar o que os alemães tinham feito. Ele parecia mais interessado na bebê:

– Ela é... de um deles? – perguntou, sem grosseria.

Eva sacudiu a cabeça.

– Não, é do meu marido. A gente se achou aqui.

Ele olhou para ela com um olhar sério.

– Bom, esta é a primeira coisa boa que escutei neste lugar. Fico feliz.

Ela concordou.

– Me chamo Stanislav – ele disse, apresentando-se.

Ela olhou para ele receosa e depois estendeu a mão:

– Eva.

Stanislav e seus libertadores eram soldados do 60º Exército do 1º Fronte Ucraniano. Tinha crescido em Odessa, uma linda cidade no Mar Negro, segundo ele. Era casado, com dois meninos pequenos, e em sua cidade costumava ser professor de literatura.

– Não é de muita utilidade aqui, mas às vezes eu recito poesia para os homens.

– Ajuda?

Ele inclinou a cabeça.

– Às vezes.

Ela olhou para ele e disse:

– Tennyson, "A carga da brigada ligeira". Um poema inglês que aprendi na escola. Meu pai queria que eu aprendesse a língua – explicou, sentindo uma pontada de dor ao pensar nele e em sua família, em sua antiga vida, quando tais coisas pareciam ter importância. – Isto é tudo que eu sei sobre a Ucrânia.

Ele franziu o cenho.

– Não conheço esse – disse.

Ela recitou o poema sobre a matança desnecessária de seiscentos homens enviados para a batalha, ainda que fossem enfrentar morte certa, por um comandante idiota no Batalhão de Balaclava, na guerra da Crimeia, em 1854.

– *"...alguém cometeu um deslize. Não lhes cabia contestar, não lhes cabia questionar. Só cumprir e morrer, para o vale da Morte cavalgaram os seiscentos"...*

Eva não pôde deixar de pensar que, da mesma maneira, os alemães tinham seguido um louco.

Até aquela guerra acabar, elas eram como os seiscentos, aguardando e esperando que seus novos guardiões as levassem à vitória, à liberdade, enfim.

TRINTA E QUATRO

HELGA E EVA CONSEGUIRAM arrumar um quarto longe do barracão, e passaram sua primeira noite, em anos, em camas de verdade.

Ao recuperarem um pouco das forças, começaram a olhar em frente, a pensar em como reconstruiriam a vida. Eva só tinha um pensamento: voltar para Praga, descobrir o que havia acontecido com sua família. Depois disso, manteria sua promessa a Sofie, arrumaria um jeito de encontrar Tomas.

Para Helga, a liberdade vinha com um alto preço. Não restava ninguém em sua família.

– Estão todos mortos – disse, com lágrimas nos olhos. – Meus pais morreram quando eu era pequena. Fui filha única. Meu marido e meus dois filhos eram minha vida, e vi todos serem fuzilados no dia em que cheguei aqui. Foi por isso que quase desisti. Não restou ninguém.

Eva pegou na sua mão.

– Você tem a mim.

Helga olhou para ela.

– Não posso morar com você.

– Por que não?

– Porque... sua família...?

– Helga, dormimos lado a lado durante dois anos. Agora você é minha família.

A velha enxugou uma lágrima, tocou na mãozinha de Naděje e assentiu.

Algumas mulheres quiseram ir a Auschwitz para ver se os homens estavam vivos. Muitos dos soldados soviéticos também estavam indo para lá, e acreditava-se que seria mais seguro do que Birkenau, caso os alemães voltassem. Foi uma longa e interminável caminhada pela neve, e Eva teve que ajudar Helga no percurso. Agora, ela estava mais forte, mas todas elas ainda estavam incrivelmente magras e fracas, mesmo com mais comida na barriga. Muitas delas levariam anos até se recuperar plenamente, se é que isso chegaria a acontecer. Talvez o corpo conseguisse, mas a vida delas tinha mudado para sempre. Não eram mais as mesmas pessoas de quando chegaram ali. Aos 26 anos, Eva sentia-se uma velha.

Ao chegarem a Auschwitz, os homens que restavam ficaram eufóricos ao vê-las. Receberam-nas calorosamente. Na multidão, Eva encontrou Herman, e eles se deram um longo abraço.

– Ah, estou tão feliz por te ver viva! – ele exclamou.

– Não apenas eu – ela disse, e mostrou-lhe a bebê para cuja vinda ao mundo ele havia dado uma pequena contribuição.

Herman ficou de boca aberta.

– É de Michal?

Ela confirmou e o velho contemplou a bebê, enquanto os homens à volta falavam com as outras mulheres, perguntando por suas esposas. Alguns choravam, muitos compartilhavam sorrisos emocionados.

Eva e Helga dormiram no quarto de um antigo *Kapo*, no barracão masculino.

Herman vinha visitá-las com frequência, trazendo toda comida que pudesse.

– Você sempre foi muito generoso, obrigada – ela disse, ao comer o salame que ele oferecia.

– É dos russos – ele disse.

Eles observavam os soviéticos com cautela. A verdade era que a vida de todos estava nas mãos daqueles homens. Sentiam que podiam confiar neles, mas depois de tudo que tinham sofrido, não tinham certeza de em quem, ou no quê, poderiam voltar a confiar.

Em sua terceira noite no novo campo, Eva passou por Stanislav, sentado junto ao fogo. Ele tinha as mãos estendidas para as chamas.

– Eva – chamou, e ela parou. – Aceita um café?

Eva aninhou Naděje junto ao peito. Sua bebê continuava pequena demais, mas havia se desenvolvido um pouquinho, e parecia mais forte. Contudo, ainda teria que chorar direito, além daqueles arquejos gorgolejantes. Seus pulmões minúsculos eram fracos demais.

– Seria ótimo, obrigada.

Ela o observou colocar uma chaleira de estanho nos carvões, depois despejar uma colher de café recém-moído na panela. Suspirou de prazer quando o rico aroma permeou o ar enfumaçado.

– Faz vários anos que não tomo café de verdade – disse.

– Posso imaginar. Você esteve longe do mundo exterior por muito tempo. – A luz do fogo incidiu nas cicatrizes do seu rosto, e ele voltou os olhos azuis para ela. – Na verdade, eu estava pensando nisso quando você passou. Você vai precisar de uma certidão de nascimento para sua filha. Posso te levar para a cidade, amanhã.

Eva pestanejou. Uma certidão de nascimento.

– Daqui?

– Você vai precisar.

Eva olhou para Naděje.

– Nascida em Auschwitz. É um legado e tanto...

Stanislav cumpriu o prometido, e pela manhã foi com Eva e Helga até a cidade.

– Temos que tomar cuidado. Os alemães deixaram o campo, mas ainda estão pela cidade. Fiquem perto de mim – ele disse, batendo em seu rifle.

Eles entraram no pequeno cartório, a visão do soldado ucraniano causando mais do que um pequeno desconforto; um grupo de escriturários deixou cair as pastas assim que eles entraram.

– O que está havendo? Não temos nada para vocês! – gritou um dos homens.

– Não queremos confusão – disse Helga.

O homem bufou e Stanislav fechou a cara.

– Precisamos de uma certidão de nascimento.

– Não podemos fazer isso. Não sem...

Stanislav deu um passo à frente.

– Esta criança nasceu naquele campo, que vocês permitiram continuar por anos. Reconhecer isso é o mínimo que podem fazer.

Ele olhou do homem alto e barbudo para os corpos esqueléticos de Helga e Elza, e para a bebê minúsculo a seus braços e concordou.

– Não queremos problema. Venham comigo.

Eva saiu com uma certidão de nascimento assinada, o nascimento de Naděje registrado como 6 de janeiro de 1945. Oficialmente, ela era Naděje Sofie Adami, e seu local de nascimento, Oświęcim. Olhou para ele e franziu o cenho:

– Deveria constar Auschwitz – disse – mas o escrivão disse que não era um lugar oficial. O inferno também não, mas todos nós sabemos como ele é.

◈ TRINTA E CINCO ◈

Durante a noite toda, eles escutaram, com medo, o estalar de tiros e o estrondo pesado da artilharia. Nas primeiras horas da manhã, Stanislav entrou no barracão delas. Vestia seu casaco pesado, os lábios severos.

— Achamos que será mais seguro levar vocês para trás das linhas soviéticas. Os alemães estão voltando a se aproximar de nós. Acreditamos que eles tentarão explodir este lugar. Partimos hoje.

Eva e Helga trocaram olhares assustados. Nenhuma delas queria morrer agora, não quando finalmente estavam tão perto de escapar dali.

Juntaram seus poucos pertences e, com os outros sobreviventes, saíram na fria madrugada de fevereiro. Muitos caminharam, enquanto alguns foram levados até a estação em caminhões soviéticos. Mais tarde, descobririam que, em Birkenau, mais de um milhão de judeus havia morrido, e apenas seis mil sobreviveram. Naděje abriu os olhos quando o frio ganhou terreno, enquanto elas caminhavam na longa e sinuosa fila de sobreviventes. Depois, voltou a fechá-los, enfiando o rosto no peito de Eva, não vendo quando a névoa rodopiou, e Auschwitz foi engolida pela neblina atrás deles.

Eva agarrou a mão de Helga, e as duas tiraram força uma da outra, com uma última olhada por sobre os ombros. Não conseguia acreditar que finalmente havia chegado o dia. Enfim, estavam indo embora.

O que deveria ter sido uma simples viagem de algumas horas na verdade levou semanas. Grande parte da ferrovia tinha sido bombardeada, e Eva e Helga embarcaram no mesmo trem de gado que as havia levado para Auschwitz. Só que, dessa vez, receberam comida e as paradas eram frequentes. Ao adentrarem mais a Polônia, viram aldeias inteiras devastadas, pessoas morando em abrigos improvisados. A guerra também não as havia poupado.

Sobreviveram graças à benevolência dos soldados russos, e tiveram que tomar o cuidado de permanecer juntas. Quando finalmente chegaram à cidade de Katowice, no interior da Polônia, Eva não conseguiu evitar a agonia de estar no lado oposto de onde pretendiam ir; estavam indo mais a leste, quando seu coração queria que fossem para casa. Receberam alojamentos, e pela primeira vez passaram a noite em quartos dignos.

Helga virou-se para Eva e sorriu, seu cabelo solto e limpo, roupas novas, e disse:

— Sinto-me quase normal.

Em sua primeira manhã na cidade, Eva teve novas preocupações, com Naděje aninhada no peito. As bochechas da bebê estavam vermelhas e o rosto muito contraído.

— Acho que ela está com febre — disse Helga, sentindo sua testa.

As duas se entreolharam, preocupadas. Eva levantou-se para buscar seu casaco.

— Temos que ir ao hospital.

Passaram por ruas e lojas elegantes no caminho, mas Eva não notou nada disso. A cada inspiração, preocupava-se com o destino da filha.

Em um misto de alemão e tcheco, conseguiu explicar a uma das enfermeiras o que havia de errado, e logo depois, uma pediatra ucraniana chamada Anna Zagorsky, com um lindo rosto e cabelo preto curto, chamou-as para seu consultório, vendo-as se aproximar com um olhar preocupado.

Nos anos por vir, Eva fez o possível para explicar o que permaneceria inexplicável. Logicamente, notícias sobre Auschwitz tinham se espalhado, mas levariam anos para que as pessoas entendessem completamente o que havia acontecido lá. Para a maioria, a escala da crueldade nazista e sua ideologia vil eram tão distantes da vida normal que ficava difícil imaginá-las. Mesmo ali, então, com um país em guerra. Mas foram as enfermeiras e os médicos, esforçando-se ao máximo para cuidar dos sobreviventes, os primeiros a se deparar com aquilo.

Anna Zagorsky olhou para Naděje com compaixão.

— Ela é muito pequena — disse, examinando-a. — Fraca, principalmente os ossos, o que provavelmente se deve à desnutrição — e olhou para a estrutura minúscula de Eva.

— Ela vai ficar bem?

A médica auscultou o peito da menina e examinou-a um pouco mais.

— Acho que ela está lutando contra uma infecção. Preciso fazer alguns exames para ver qual é. Os pulmões dela me preocupam. Ela ainda não chorou?

Eva sacudiu a cabeça.

— Uns barulhinhos, mas não um choro de verdade.

Anna assentiu.

— Acho que seria melhor se vocês três — seus olhos foram de Eva para Helga, que estava parada, em silêncio, como um velho corvo junto à porta, vigiando sua ninhada — ficassem aqui por um tempo. Preciso deixá-la sob observação. — Depois, seus olhos encontraram os de Eva, e ela respondeu à sua pergunta, deixando-a de coração apertado. — Só nos resta ter esperança. Ela chegou até aqui, parece valente, como a mãe — Anna disse, pondo a mão sobre a de Eva por um momento.

Eva não pôde deixar de pensar que se era valente, isso se devia apenas a Sofie, por causa do que sua amiga havia feito por ela. Fechou os olhos com pesar. A saudade era uma dor constante.

Eva, Helga e Naděje ficaram no hospital por mais de dois meses. Assim que haviam parado de se mexer, de viajar, foi como se seus corpos famintos e desnutridos desabassem, e elas passaram os próximos meses na cama, com pneumonia. Para Eva, foi uma agonia ficar separada da filha, pior ainda porque, como consequência de sua doença, seu leite secou. Felizmente, as enfermeiras tinham fórmula em pó recebida dos Estados Unidos, via Cruz Vermelha. Eva teve sorte de ter ido parar ali. Não era fácil encontrar fórmula para bebês naqueles tempos.

No entanto, Anna tranquilizava-a, sentava-se na beirada da sua cama e atualizava-a sobre as condições da filha.

— Se alguma vez vi uma guerreira, é ela. Está reagindo bem aos antibióticos, e assim que você melhorar, poderemos trazê-la para ficar com você. Não tenho certeza de que ela vá conseguir andar, pelo menos não por muitos anos. Seus ossos são muito fracos.

Eva olhou para a gentil médica e disse:

— Mas agora ela terá esses anos pela frente, obrigada.

O caminho para a recuperação foi longo, uma vez que os corpos fracos de Eva e Helga lutaram contra a pneumonia recorrendo às poucas reservas que lhes restavam. Só lhes cabia dormir, o que era um luxo a que elas se permitiram. Apesar da idade, Helga pareceu se recuperar mais rápido.

— Você exigiu muito de si, tentando se manter viva por todas nós, invadindo depósitos, cortando gelo, acho que isso teve um preço maior — foi o raciocínio de Helga.

Qualquer que fosse o caso, Eva sentia-se agradecida por Helga ter sobrevivido. Não sabia se poderia enfrentar a solidão, a perda de mais um ente querido.

Seus sonhos eram um alívio e um tormento. Seu cérebro colocava-a de volta em Auschwitz, por mais que estivessem longe de um dia ter que voltar a colocar os pés lá. Em algumas noites, sonhava que tinha reencontrado Michal no depósito onde eles fizeram amor. O rosto dele estava todo machucado, mas ela ainda podia ver seus olhos verdes, aquela covinha suave, sentir o calor dos seus braços ao se encaixar em seu peito. Acordava em lágrimas, desejando só mais um dia, mais um momento com ele.

Em outras vezes, contorcia-se de medo, sentindo o hálito fétido de Hinterschloss recendendo a uísque antes de vê-lo. Aqueles olhos cinza, o branco transformado em amarelo, estreitando enquanto ele apontava a pistola para ela e disparava no túnel escuro. De certo modo, era sempre ele que atirava em sua amiga. Durante o dia, acordava deixando a escuridão e seu terror para trás, na alegria das faces macias de sua bebê, seu corpo quente ao seu lado. Quando sonhava com Michal ou Sofie, não podia deixar de se sentir feliz por vê-los novamente, mesmo que para isso tivesse que voltar ao inferno.

Quando seu corpo começou a se recuperar, e Naděje ficou mais forte pela combinação da força de vontade de Eva, do leite em pó e dos cuidados da pediatra, Eva sonhou que sua amiga a sacudia para que acordasse. Ela se virou e viu-a sentada na beirada da sua cama de hospital, o cabelo loiro escuro longo, leve e limpo chegando até os ombros, os olhos meigos, um sorriso de surpresa nos lábios ao cochichar seu segredo no ouvido de Eva:

— *Kritzelei*, os alemães se renderam!

Ao acordar com um sobressalto, seus olhos deram com o bercinho que haviam colocado perto da sua cama, como Anna prometera. Eva olhou para a filha, que formou um punho com a mão, e dos seus lábios saiu o menor e mais minguado choro. Eva segurou as lágrimas, Era o primeiro choro dela desde o nascimento.

Nos corredores do hospital, a notícia espalhou-se, tamborilando pelas paredes, e Eva e Helga viraram-se uma para a outra quando alguém gritou:

— Acabou, finalmente acabou, eles se renderam!

⊰⊱ TRINTA E SEIS ⊰⊱

O VERÃO INSINUAVA-SE QUANDO, por fim, elas entraram em Praga, depois de semanas viajando. Os soviéticos ajudaram-nas, deram-lhes roupas e comida e providenciaram seu transporte.

Eva só conseguia pensar na sua terra. Sua mente enchera-se de pensamentos sobre sua amada cidade, sua família, seu pequeno apartamento. Algum deles ainda estaria vivo?

Mesmo contra a vontade de Anna e do hospital, Eva e Helga decidiram partir. Agora, Naděje estava mais forte, mais forte do que nunca, e Helga também.

— Ainda acho que vocês deveriam ficar, descansar. Você está um pouco melhor, Eva, mas corre um grande risco de recaída, se for embora agora. Seu corpo passou por muita coisa. Dê tempo a ele.

Eva tocou na mão de Anna.

— Não posso te agradecer o bastante pelo seu cuidado, sinceramente, mas preciso ir para casa, preciso descobrir o que aconteceu com o resto da minha família, encontrar o filho da minha amiga. Depois, eu posso descansar.

A médica abraçou-a.

– Só prometa que vai se cuidar.

– Eu vou. Mais uma vez, obrigada.

Eva jamais esqueceria aquela visão imediata de sua cidade ao desembarcarem do trem. O sol estava quente em seus ombros, e pela primeira vez em anos, elas estavam por conta própria. Era, ao mesmo tempo, maravilhoso e opressivo. Depois de ter por tanto tempo cada momento controlado pelos outros, a liberdade absoluta que se estendia à frente delas era apavorante. Eva ficou muito agradecida por Helga estar a seu lado ao terem o primeiro vislumbre de Praga, e sentir sua terra natal sob seus pés. Depois de ter rezado e desejado revê-la, a cidade parecia estranha. Estava relativamente ilesa, comparada às inúmeras cidades e aldeias pelas quais haviam passado, muitas delas reduzidas a ruínas, mas tinha sido bombardeada, e o pior bombardeio tinha ocorrido em fevereiro daquele ano, quando 152 toneladas de bombas foram jogadas em áreas povoadas, matando mais de mil pessoas. No entanto, em comparação com outras cidades, os danos não haviam sido tão severos, apesar de muitos terem perdido suas casas. Ao desembarcarem, Eva não pôde deixar de notar a mudança, e para todo canto que olhava era como se estivesse cercada por fantasmas.

Foram recebidas afetuosamente por muitos dos moradores, muitos dos quais lhes ofereceram comida, embora alguns tivessem suas próprias preocupações. Também tinham sofrido enormemente sob os alemães, sendo expulsos à força depois de uma revolta em massa, semanas antes da liberação. Enquanto alguns lhes ofereciam o pouco que tinham, outros lhes davam as costas; já tinham tido sua quota de sofrimento.

Eva não se deu muito conta da reação da população da cidade, tinha pressa de ir ao apartamento dos pais, para ver se havia alguém lá. Na praça, autoridades haviam erguido enormes quadros de avisos para os sobreviventes, para que eles pudessem procurar seus entes queridos. Eva e Helga percorreram-nos, os olhos marejando ao não reconhecer ninguém que conheciam.

– Pode ser que eles só estejam no apartamento, me esperando – disse Eva, ainda esperançosa depois de todo aquele tempo.

Helga não disse que era improvável. Não era preciso. O rosto das pessoas por quem elas passavam dizia o suficiente.

Quando Eva chegou ao apartamento dos pais, seus joelhos fraquejaram, e Helga teve que segurá-la antes que ela caísse no chão. Não havia mais prédio, estava reduzido a uma pilha de escombros. Soluçando, enquanto Helga segurava Naděje, Eva vasculhou os detritos, procurando alguma coisa que pudesse recuperar. Encontrou sapatos, documentos espalhados, e uma velha pasta de couro chamou sua atenção, enterrada sob poeira cinza. Limpou-a com a palma das mãos e abriu-a. Seu coração foi parar na boca. Era uma partitura, de Michal.

Helga teve que ajudá-la a se levantar e depois elas vagaram pela noite, perguntando às cegas, sem saber aonde ir e a quem recorrer. Eva passou por seu antigo apartamento, sua primeira casa com Michal antes de lhes pedirem para sair, e viu um jovem casal com uma criança subindo a escada. Seus olhos foram atraídos para a janela, onde ela uma vez pusera um pêssego para Michal, como uma oferenda pela linda música que havia capturado seu coração nas ruas abaixo. Pela janela iluminada, o coração de Eva apertou-se ao ver que o mesmo tapete verde e azul enfeitava o chão que havia ficado gasto pelos velhos sapatos de Michal, enquanto ele tocava.

Será que o casal que agora morava ali escutava o sussurro da música nas paredes, o eco de sua antiga vida? Será que pensavam nas pessoas que tinham feito daquele apartamento seu lar, enquanto seguravam seu filho?

Eva deu as costas para o casal feliz com seu filhinho, vendo três pares de pés ao cruzarem pela janela, tentando afastar o pensamento de que eles não apenas tinham tomado sua casa, mas também seu futuro.

✦— TRINTA E SETE —✦

Eva sonhara por muito tempo em voltar para sua cidade, mas sem sua família e o apartamento já não parecia mais seu lugar. Praga estava cheia de pessoas destruídas, tentando voltar para algo que não podiam.

Caminhou pela velha cidade com Naděje nos braços, extraindo energia dela. Tinha sua filha, lembrava a si mesma, e isso era razão suficiente para seguir em frente, continuar caminhando. Ao amanhecer, Eva virou-se para sua amiga.

— Podemos tentar outro lugar. A casa de campo da minha família. Não tenho certeza de que eles iriam para lá. A essa altura, não tenho mais certeza de nada, na verdade.

Helga concordou, seus olhos escuros exaustos.

— Vale a pena tentar. O que mais podemos fazer? Aqui não dá para ficarmos.

Eva olhou para além do rio que sonhava ver havia tanto tempo, o castelo tremeluzindo à luz abricó, e reconheceu o fato:

— Não, agora não há mais nada aqui para nós.

Antes de partir, elas tinham uma coisa a fazer.

Voltaram para a praça, para o quadro de avisos, e colocaram seus nomes, com uma observação de onde estariam. Haviam se passado semanas da liberação, Eva e Helga tinham levado muito tempo para chegar até ali e, àquela altura, os outros com certeza já teriam voltado para cidade, caso tivessem sobrevivido.

Mesmo assim, ela colocou seu nome.

– Ah, *Kritzelei* – disse Helga, mas não era uma advertência, não mesmo.

Com o pouco dinheiro que haviam recebido das autoridades ao chegar, embarcaram num trem e se dirigiram para Jívka, na região de Hradec Králové. Eva adoeceu na viagem e não conseguia parar de tossir. Helga sentiu sua testa com um olhar preocupado, e pegou Naděje, dando mamadeira à bebê, preparada nas primeiras horas da manhã, na estação.

– Estou preocupada com você. Você ouviu o que a médica disse – cochichou Helga.

Eva sacudiu a cabeça que estava enevoada, seu cérebro confuso. Sentia-se fraca e cansada.

– Vou ficar bem. Só precisamos seguir em frente. Quando chegarmos lá, eu descanso.

– É a tensão, deve ser – disse Helga, referindo-se ao apartamento bombardeado, às ruas vazias da cidade.

Eva não negou. Apenas repetiu as palavras, como um mantra:

– Vou ficar bem.

Conseguiram chegar à casa de verão, e Eva avistou a construção de telhado vermelho, ao longo da encosta. Foi até a estradinha que levava à casa e precisou se sentar.

– Vou só descansar aqui um pouquinho – disse a Helga, começando a fechar os olhos.

– Vamos lá – disse Helga –, não está tão longe – mentiu.

Os cílios de Eva tremularam, e uma tosse forte esforçou seu corpo. Os olhos de Naděje apertaram-se e ela começou a fazer um gorgolejo, seu jeito de chorar.

Eva levantou os olhos; à distância, pôde ver alguém correndo em direção a elas, mas, antes que conseguisse erguer a cabeça para ver, desmaiou.

Ao acordar, viu o rosto da antiga empregada.

— Ah, *dítě* — ela exclamou, vendo-a acordada. — Não posso acreditar que esteja viva!

Eva começou a chorar. Kaja era o que havia de mais próximo de família que ela via em anos. A velha mulher levou-a junto ao peito.

Os olhos de Eva percorreram a sala.

— A bebê está com sua amiga, Helga — disse Kaja, tocando em seu braço com delicadeza.

Eva assentiu, seus olhos buscando.

— Somos apenas nós, ninguém voltou.

Os lábios de Eva tremeram, e ela encobriu a boca com a mão.

— Sinto muito — disse Kaja, não sabendo mais o que dizer.

Conforme os dias se passaram, Helga e Kaja tornaram-se amigas, e aos poucos Eva recuperou-se da sua recaída. A velha caseira contou-lhe sua própria história, de ter se escondido dos alemães depois de sua casa ter sido tomada.

— Como você sabe, eu normalmente só venho aqui no verão, mas não havia nenhum outro lugar para ir.

Eva estendeu a mão.

— Estou feliz que tenha vindo. Esta casa também é sua.

Os médicos em Katowice haviam-nas prevenido para não comer muita comida gordurosa, manter a dieta simples, e foi difícil convencer Kaja e a si mesmas de não cozinharem tudo de que sentiam falta: batatas assadas, fartos cozidos de verão e sopas, mas Eva manteve a comida simples, segundo a orientação. Mesmo assim, apesar das porções exíguas de um país ainda se recuperando da guerra, elas começaram a se recuperar lentamente, e Eva pôs-se a fazer planos para ir à Áustria encontrar Tomas, poucas semanas após seu retorno a Jívka.

Kaja e Helga foram contra.

— Você ainda está fraca — disse Kaja —, isso pode esperar um pouco. Fique, nade no lago, recupere-se, sinta o sol em seus ombros. Deus sabe que você merece isso depois de tudo que passou.

Eva sacudiu a cabeça.

— Já faz meses que deixamos Auschwitz, tempo demais. Preciso encontrá-lo. Sabe-se lá onde aonde eles poderiam mandá-lo agora, sem notícia da volta dela! Prometi para minha amiga.

— Ela entenderia se você levasse algum tempo para se recuperar, reunir forças.

Eva sacudiu a cabeça, negando.

— Não entenderia. Ela arriscou a vida pela minha filha. Que tipo de amiga eu seria se não fizer a mesma coisa?

— Ela queria que você criasse o filho dela, você não poderá fazer isso se estiver morta — observou Helga, suspirando à porta, Naděje em seu colo.

Sua pele começava a ficar bronzeada, e havia um pouco mais de carne em seus ossos. O cabelo estava quase que completamente branco, mas ela parecia mais saudável do que estivera em anos.

— Ficarei bem — disse Eva.

Helga revirou os olhos, dando palmadinhas nas costas da bebê, enquanto sacudiu a cabeça para Eva.

— Você sempre diz isso, *Kritzelei*, e depois não fica — disse, zangada.

Os braços da criança estenderam-se para a mãe que a aninhou junto ao peito, respirando seu cheiro quente e limpo, maravilhando-se mais uma vez com a alegria que ela podia trazer a seu coração despedaçado.

Eva olhou por cima da cabeça escura da criança; seu cabelo começava a crescer e a encaracolar, como ela suspeitou que aconteceria, como o do pai. Não poderia negar isso.

— Mas desta vez, acho que é verdade.

No início, Eva resistiu, mas acabou cedendo ao argumento de Helga e Kaja de que, se insistisse em ir para a Áustria naquele momento, seria prudente deixar Naděje com elas.

— Ela ficará melhor aqui, com a gente. Sabe-se lá quanto tempo levará para encontrá-lo! Pode levar semanas, se não meses. Com um bebê com quem se preocupar, você corre o risco de voltar a ficar doente – disse Helga, com uma expressão firme. – Por mais que você insista, não está completamente recuperada.

Com lábios trêmulos, ela deu um beijo de despedida em Naděje.

— Vou buscar seu irmão – prometeu-lhe. – Depois disso, podemos começar a ser uma família de fato. – Olhou para as duas mulheres mais velhas, suas mães por adoção, e sorriu. – Vamos precisar de um menino pela casa.

Kaja sorriu.

— Seria bom. Espero que você o encontre, *dítě*.

Tudo o que Eva tinha como referência era o nome da cidade, no ponto mais a oeste da Áustria, Bregenz. Uma bela cidade, aninhada entre o lago Constance e o sopé dos Alpes. Mesmo ali, tão longe, naquele lugar maravilhoso, era claro que as devastações da guerra haviam deixado sua marca, já que muitas casas tinham sido destruídas pelas bombas.

Foram necessárias várias semanas para chegar àquele local. Com milhares de pessoas deixando suas casas e emigrando para o que imaginavam ser bolsões mais acolhedores do mundo, viajar era mais difícil do que nunca, e conseguir a documentação necessária revelara-se de uma demora irritante. Mas por fim, Eva agora estava ali. Todas as vezes em que via uma mulher com cabelo longo, loiro escuro, sentia-se como se visse o fantasma do sorriso da amiga, seu passo decidido, para depois a imagem sumir em um instante, e ter uma estranha olhando para ela, como se fosse maluca. Supunha que, alguns meses fora de Auschwitz, isso ainda transparecesse.

Conseguiu hospedar-se em um hotelzinho, e saiu tentando localizar a casa de Lotte. Descobriu que ali, como em muitas outras cidades, todos os judeus haviam sido removidos à força, e nenhum vizinho podia dar algum conselho ou ajuda. Uma velha, que caminhava junto às ruínas de sua garagem bombardeada, disse a ela:

– Não tenho nada para você, tenho meus próprios problemas – antes de entrar em casa e bater a porta, pensando, equivocadamente, que Eva pedia um auxílio.

Tinha tentado a igreja católica local, mas mandaram-na embora, não havia crianças ali, e nunca houvera, foi o que disseram. Teria que pesquisar em orfanatos próximos. Mas vários deles tinham se mudado durante a guerra.

Eva teve a sorte de passar por um carteiro local, que fazia suas rondas, reconheceu o nome da mulher que ajudara no parto de Tomas, Liesl, acrescentando-lhe, também, um sobrenome.

– Devem ser os Streimer, ela é a parteira mais próxima – ele havia dito quando ela perguntou.

A esperança cresceu em seu peito. Por fim, parecia ser uma pista concreta. Sofie sugerira que era possível que Liesl soubesse algo sobre o local para onde Lotte levara seu filho.

Eva achou a casa em uma viela de terra que dava vista para o lago. Estava um tanto decrépita, mas era bonita, e várias crianças corriam pelo quintal, uma confusão de membros, enquanto elas competiam com um cachorro velho, cor de caramelo.

Eva parou ao ver uma das crianças, um garotinho, com cabelo loiro sujo, olhar de volta para ela. De onde ela estava, não conseguiu ver claramente seu rosto, mas havia algo na maneira com que inclinava o pescoço, seus membros compridos, que parecia familiar. Não corria com os outros, nem brincava, ficou para trás, depois deu meia-volta e foi na direção oposta, sozinho.

Eva olhou fixo. Não poderia ser ele, poderia? Depois daquela longa viagem, tinha certeza de estar vendo o rosto de Sofie em todo mundo.

Houve um som atrás dela e Eva virou-se, encontrando uma mulher roliça, de cabelos pretos encaracolados, parada na porta da frente. Usava um avental e tinha uma expressão desconfiada.

– Pois não? – disse, sem agressividade. – Não tenho muita coisa, mas posso te oferecer um pouco de pão fresco e queijo.

Eva sacudiu a cabeça.

– Não, obrigada, muita gentileza sua. Estou aqui procurando uma pessoa, Liesl?

– Sou eu – confirmou a mulher, estreitando os olhos. Um olhar entendido parou no corpo de Eva, como que procurando um sinal de gravidez.

– Você fez o parto do filho da minha amiga, Sofie.

– Ajudei muitas crianças a nascer.

Eva assentiu. Ao que parecia, ela não facilitaria as coisas.

– Seu nome era Sofie Weis.

Os olhos de Liesl anuviaram-se, e ela os fechou por um momento, notando o verbo no passado.

– A mãe de Tomas.

Eva confirmou com a cabeça.

– Preciso encontrá-lo.

Liesl olhou fixo para ela por um bom tempo e disse:

– É melhor você entrar.

Liesl ofereceu-lhe uma xícara de chá, mas ela estava ansiosa demais para qualquer coisa que não fosse água. Esperou, enquanto a mulher preparava uma caneca para si mesma, as mãos agitadas, ao pôr uma chaleira no fogão. As duas menininhas e o cachorro que ela tinha visto lá fora correram para dentro, querendo saber quem era a mulher magrela, e Liesl colocou-as para fora, pondo biscoitos em suas mãos, advertindo-as por sua grosseria.

– Sinto muito por isso – disse, sentando-se em frente a ela à mesa gasta da cozinha, coberta com farinha de trigo. – Quanto a mais cedo, pensei que você fosse uma das outras, entende...

– Outras?

– Estão sendo chamadas de pessoas deslocadas, refugiadas, aquelas que perderam suas casas. O governo separou uma pequena área para elas, por enquanto, elas não têm nenhum outro lugar para ir. Às vezes, encontramos algumas delas, magras e quase esfomeadas, procurando comida.

Eva entendeu. Não se sentia muito diferente delas mesmo. Apenas poucas semanas antes, achava-se exatamente na mesma situação.

Estava impaciente por notícia. Se Liesl não soubesse nada, teria que continuar procurando, começar a longa tarefa de bater à porta de cada orfanato ou convento da área, em sua busca.

– Como eu disse, estou procurando o filho da minha amiga, Tomas. Sua prima, Lotte, abandonou-o ao ser mandada para Westerbork.

– É, eu sei. Ela o levou ao orfanato na saída da província de Vorarlberg, dirigido por freiras. Disse para ficarem com ele até que ela pudesse voltar, quando a guerra acabasse.

Eva fez menção de levantar-se.

– Obrigada.

Liesl estendeu a mão.

– Mas houve um problema. Os nazistas estavam em pé de guerra com qualquer criança judia e percorreram as cidades para arrebanhar todas.

Eva ficou de boca aberta. Sabia de crianças que haviam sido mandadas para Auschwitz, tinha visto algumas delas no campo, não muitas sobreviveram.

– Ele foi levado? – ela perguntou, não querendo escutar, mas precisando saber de qualquer jeito.

Os olhos de Liesl escureceram.

– As freiras ficaram com medo. Fazia três anos que Tomas estava com elas, e não queriam arriscar a vida dele, caso fosse encontrado pelos nazistas. Lotte tinha me contado o que havia feito, caso eu precisasse intervir. Não sabia o que aconteceria com ela, depois de tudo que havia se passado na fronteira. Sabia que eu era confiável e levaria a criança a uma casa onde ele pudesse se passar por não judeu. Eram muitas as famílias dispostas a olhar para o outro lado, famílias que queriam uma criança.

– Você o mandou embora?

Liesl sacudiu a cabeça.

– Fui buscá-lo no ano passado, quando elas me chamaram.

Eva olhou para ela. Houve um barulho, quando a outra criança que ela tinha visto entrou na casa. Seus olhos eram escuros e solenes, desconfiados. Vestia uma calça fina e folgada e camisa puída. Olhou para elas por um tempo, com uma expressão cautelosa, virou-se e saiu com a mesma rapidez com que chegara.

Eva começou a sentir as batidas do seu coração. Era como olhar para um fantasma. Sofie estava presente em cada traço, nos olhos escuros, no formato dos lábios.

– Ele é a cara dela – disse baixinho. Lágrimas arderam em seus olhos, e suas mãos começaram a tremer.

Olhou para Liesl e respirou fundo.

– Obrigada por cuidar dele. Não posso dizer o quanto sou grata por ter ido buscá-lo. Sei que não parece, pelo estado em que me encontro, mas vou dar a ele um bom lar, o amor que ele merece.

Liesl olhou para ela, chocada. Depois, sacudiu a cabeça, o rosto uma mistura de compaixão e incredulidade.

– Sinto muito. Não posso, simplesmente, deixar você levá-lo. Nem sei quem você é!

Eva analisou a mulher à sua frente.

– Não, não sabe, mas não vou deixar a Áustria sem ele.

Liesl levantou-se.

– Acho que você deveria ir embora.

Eva encarou a mulher à sua frente e não fez um gesto para se levantar. Disse a si mesma para se manter calma. Uma cena, agora, não a ajudaria. Já tinha passado por coisas piores e sobrevivido. Não deixaria a cidade sem o filho de Sofie.

– Por favor, sente-se. Não estou dizendo neste exato minuto. Sou uma desconhecida. Entendo como você se sente a meu respeito, por que não o entregaria a alguém que apareceu do nada.

A luz que faiscava nos olhos de Liesl pareceu dissipar-se brevemente. Ela concordou.

– É.

Analisou Eva por um bom tempo, depois se sentou, com relutância. Talvez confiasse que a desconhecida em sua cozinha não agarraria Tomas e iria embora, não ainda, pelo menos.

– Obrigada – disse Eva. – Veja, sou a guardiã do menino. O último desejo da mãe dele foi que eu o criasse.

Liesl sacudiu a cabeça com veemência. Soltou um bufo de descrença.

– Não sei quem você é. Não posso, simplesmente, entregá-lo a você.

Eva passou a mão por seu cabelo curto, e suspirou.

– Vou aceitar aquele chá, se você ainda me oferecer.

Quando Liesl franziu o cenho, ela acrescentou:

– E vou te contar quem eu sou, e quem era Sofie, e no final você saberá o que fazer.

⬥ TRINTA E OITO ⬥

Liesl encarou-a por um longo momento, como se quisesse insistir para que fosse embora. Depois de algum tempo, suspirou e levantou-se para fazer o chá. Poderia ao menos escutar. No entanto, a firme contração dos seus lábios e a posição rígida dos ombros diziam o suficiente; não faria promessas de que mudaria de ideia.

Eva falou por quase duas horas. Descreveu os horrores de Auschwitz, a alegria de ter uma amiga como Sofie, que havia salvado sua vida. Guardou algumas coisas para si, mas contou tudo que pudesse ajudar. Se iria lutar pelo direito de adotar o filho de sua melhor amiga, exporia sua alma, e assim o fez. No final, a tarde tinha passado de pêssego para magenta, e elas haviam tomado várias xícaras de chá, indo depois para uma garrafa de *schnapps*, única bebida alcoólica que Liesl tinha em casa. Era o primeiro drinque que Eva tomava em anos, e bebericou com parcimônia, mesmo quando Liesl serviu-se de mais uma dose, com lágrimas escorrendo pelo rosto.

— Aquela pobre criança — ela disse, referindo-se a Sofie, deslizando a mão pelo nariz. — Eu não fazia ideia de como era aquilo.

Eva balançou a cabeça. Ninguém fazia. O que tinha acontecido era inimaginável.

— O fato é que, mesmo que eu concordasse, trata-se de Tomas — disse Liesl. — Ele é frágil, passou por muita coisa. As freiras demoraram demais para me chamar, e ele passou metade da vida aprendendo a se esconder dos nazistas. Dá para imaginar? Ele só tem 5 anos, mas se ouve som de botas, corre e se esconde. Não havia brincadeiras, nem risadas. Nos últimos meses, ele saiu um pouco da concha, vem até o jardim e senta-se perto das minhas meninas, o que não fazia no começo. Não sei o que mais uma mudança provocaria nele. Não consegui me conectar de fato com ele como gostaria — ela admitiu.

Eva olhou para ela.

— Deixe-me tentar. Posso passar a conhecê-lo. Ir devagar. Posso encontrar um lugar aqui perto.

— Você faria isso? — perguntou Liesl.

— É claro.

Liesl olhou para o chão e depois para o teto. Seus olhos estavam marejados.

— Eu o criei como se fosse meu. Sei que não foi por muito tempo, mas na minha mente ele agora é meu, com o fim da guerra e não aparecendo ninguém. Não posso prometer que consiga deixá-lo ir.

Eva olhou para ela.

— Mas você vai tentar?

— Posso fazer isso — ela concordou. — Se eu sentir que será melhor para ele — enfatizou.

Eva concordou. Não tinha direito legal sobre Tomas, não havia documentação formal entregando o filho de Sofie a seus cuidados. Ela teria que convencer uma criança assustada pela guerra que deveria tirá-lo do único lar que havia conhecido. Parecia, talvez, uma missão impossível.

Eva negociou uma taxa com o hotelzinho local, em troca de alguns serviços leves de limpeza, ajudando a arrumar as camas e a limpar os quartos todas as manhãs. Desconfiava que, acima de tudo, o proprietário havia se compadecido dela. Com seu cabelo curto e a estrutura minúscula, levaria algum tempo até não parecer uma refugiada. Sentia tanta falta da filha que era como se tivesse um buraco no peito a cada vez que visualizava seu rostinho, tão parecido com o de Michal.

Ficou grata pela hospitalidade do hotel e feliz por realizar o trabalho, que mantinha sua mente ocupada, livre de todos os medos e preocupações sobre como chegar até Tomas. Sentia-se dividida: por um lado, desesperada para conhecer melhor Tomas, por outro, morrendo de vontade de voltar para sua filha. Não adormecia com facilidade, e quando dormia, os sonhos a atormentavam ainda mais.

Liesl tinha minimizado a resistência do menino. A primeira vez em que conversaram, não tinha corrido nada bem.

— Tomas? — Liesl chamou, e a criança tinha vindo depressa de seu quartinho logo ao lado da cozinha, onde estava sentado com o cachorrinho cor de caramelo.

— Esta é uma amiga de sua mãe — ela disse. — Ela gostaria muito de conhecer você.

Eva levantou-se para cumprimentá-lo, e ele tinha dado um passo atrás, suas mãos enfiadas no pelo duro do cachorro.

— Oi, Tomas — disse Eva.

Ele olhou para ela com cautela, e ela se agachou na sua altura, com um sorriso amável.

— Você gosta de animais, é?

Ele balançou a cabeça afirmativamente e deu um passo em direção a ela.

— Sua mãe também gostava deles. Quando ela era pequena, costumava ter uma porção. Sabia disso?

Ele sacudiu a cabeça, arregalando os olhos. Olhou para o chão, depois franziu a testa. Abriu e fechou a boca, e então se atreveu a perguntar, bem baixinho:

— Ela... vem me buscar?

Eva pestanejou e trocou um olhar com Liesl.

– Não, querido, sinto muito – disse Eva.

Ele olhou para ela, depois para o chão.

– Ela morreu, não é?

Eva engoliu em seco.

– Sim.

Ele soltou um longo suspiro, e Eva percebeu que todo aquele tempo ele andara esperando a volta dela. Talvez em seu próprio coração ele se agarrasse à esperança de que, algum dia, ela viesse buscá-lo, ainda que fosse duvidoso que chegasse a se lembrar dela.

– Eu sabia – ele disse, seu rosto tornando-se sombrio e triste.

Seu pé chutou o rodapé, e ele saiu com a mesma rapidez com que tinha vindo, o cachorro grudado a seus calcanhares. Quando elas chamaram, ele não respondeu e ficou sumido por horas.

Quando Eva estava se preparando para sair, Liesl disse:

– Eu te disse que ele se esconde. Acho que ele pensava que um dia ela viria buscá-lo.

Eva concordou, fechando os olhos com tristeza. Endireitou-se e depois olhou para Liesl, que começou a falar ao mesmo tempo que ela.

– Bom, como você pode...

– Volto amanhã.

Liesl ficou aturdida e Eva sacudiu a cabeça:

– Não desisto facilmente.

A outra mulher aquiesceu. Aquilo era visível, e ela respeitou.

Com o passar dos dias, Eva visitou Tomas em toda oportunidade que teve. Ele era quieto, tímido e reservado. A única hora em que se aproximava dele era quando levavam o cachorro para passear junto ao lago. Ele gostava da água e ficava tentando quicar pedras na superfície.

– Vou te mostrar – disse Eva, pegando uma pedra chata e balançando-a na mão, até ela sair pulando contra o lago, fazendo vários mergulhos até, finalmente, afundar a alguma distância.

– Como você fez isso? – ele perguntou, surpreso, e por um instante ela conseguiu ver a criança debaixo da máscara solene.

– Tem a ver com o pulso – ela disse, ensinando-lhe como atirar.

– Foi a minha mãe quem te ensinou? – ele perguntou. Foi uma das primeiras vezes em que ele lhe fez uma pergunta sobre ela.

Eva sacudiu a cabeça.

– Foi meu tio Bedrich – respondeu. Ao dizer o nome dele em voz alta, seu amado rosto vincado surgiu em sua mente, tirando o chapéu cinza para ela antes de ir embora com uma piscada. Sentiu lágrimas ardendo nos olhos; o que teria acontecido com ele? Estaria vivo? E seus pais? Teve que respirar fundo enquanto Tomas olhava para ela, esperando, espantando o impulso sombrio dos pensamentos de Eva.

– Nós temos uma casa de verão, também fica perto de um lago, é bem menor do que esta, mas é retirada, entre as montanhas. Tem lontras – ela disse, sorrindo. – Aprendi a quicar pedras lá.

O coração dela explodiu quando ele tentou sorrir-lhe de volta.

Quando eles se dirigiam para a casa, depois da caminhada, ele tornava a ficar quieto, sem falar muito.

– Te vejo amanhã, Tomas – ela dizia, antes de ele sumir.

Ele se virava para olhar para ela, assentia uma vez, e saía.

Com o passar das semanas, Tomas começou a se abrir mais com Eva. Queria saber sobre Sofie, e ela ficou feliz em lhe contar. Também gostava de escutar sobre Nadĕje.

– Ela está quebrada? – perguntou, quando ela tentou lhe explicar sobre a fraqueza da filha.

– Ela é frágil – disse Eva. – Passou por muita coisa. Se você a conhecer, terá que ser cuidadoso.

– Posso fazer isso – ele disse, com ar solene. Depois, admitiu: – Às vezes, eu também me sinto quebrado.

Eva precisou respirar fundo para não chorar.

– Eu também.

No dia em que ele a deixou segurar na sua mão, ela soube que ele estava pronto.

— Tomas, gostaria que viesse viver comigo. Era o que sua mãe queria — Ela engoliu em seco. — Eu gostaria muito disso, mas se você quiser ficar aqui, vou entender.

Se ele não quisesse ir, seria a coisa mais difícil que ela teria que aceitar, mas aceitaria. Por mais que tivesse prometido a Sofie, por mais que tivesse se apaixonado por aquele garotinho de olhos sérios e sorriso silencioso, não poderia dificultar ainda mais a vida dele. Agora, conseguia entender o que Liesl quis dizer; que por mais que todas elas achassem, quisessem, as necessidades dele precisavam vir em primeiro lugar.

Para sua surpresa, ele tocou na sua mão.

— Tia Liesl me perguntou se era disso que eu gostaria, e eu disse sim. Eu gostaria de ficar com você. Gostaria de conhecer Naděje, e viver perto daquele lago, escutar mais histórias sobre a minha mãe.

Ela o abraçou com força, e chorou em seu cabelo loiro escuro.

— Contarei para você todas as histórias que você quiser saber, seremos uma família, todos nós — ela prometeu.

Ele olhou para ela com seus olhos escuros e sorriu. O coração de Eva pareceu explodir quando seus bracinhos apertaram-se em volta dela, como resposta.

EVA VOLTOU PARA JÍVKA no outono, e junto com Tomas, Naděje, Kaja e Helga, começou uma nova vida no campo. Era maravilhoso ter sua bebezinho de volta nos braços, e seu coração despedaçou-se ao ver o quanto ela havia crescido no curto espaço em que estivera fora. Não que fosse tanto, continuava uma coisinha minúscula e provavelmente continuaria assim a maior parte da sua vida, mas doía saber que havia perdido aquilo. No entanto, valia a pena ter Tomas em sua vida. Conforme as semanas passaram, ele tinha começado a se abrir mais, lentamente, e estava claro que, no momento em que viu Naděje, ficou encantado por ela.

Tomas era uma criança linda, com os olhos da mãe, mais à vontade ao ar livre, preferindo a vida silvestre mais do que nunca, tendo passado tanto tempo enjaulado em um convento. Liesl permitira que o menino levasse com ele o cachorrinho cor de caramelo, chamado Espanador, pelo que Eva ficou agradecida, já que, pelo menos, ele teria alguma normalidade ao começar sua nova vida com ela. Ela lhe ensinou a desenhar, e os três passavam horas explorando o lago, Naděje dormindo em seu carrinho, enquanto ela e Tomas procuravam as tocas das lontras e convenciam um gato de rua a preferir a casa deles.

Eva ficava com o coração partido ao pensar nos cinco anos que Sofie havia perdido, mas todas as vezes em que o menino olhava para ela, alguma coisa, como um sorriso irônico, a fazia ver o rosto da amiga.

Enquanto seus dias eram cheios de uma leveza que ela mal podia imaginar, à noite seus sonhos levavam-na de volta para a escuridão, e ela acordava tremendo e cheia de medos, lágrimas escorrendo pelas faces.

Em uma noite, quando Helga escutou-a, veio se deitar ao seu lado, encaixando o corpo a seu lado, da maneira que todas dormiam em seus beliches.

— Está tudo bem, agora você está segura — ela disse.

Eva olhou para a velha e apertou sua mão.

— Você se lembra de quando nos conhecemos?

Helga suspirou.

— Eu não fui simpática, me desculpe.

Em sua primeira noite em Auschwitz, Helga havia lhe dito que todas elas morreriam; acusou-a de ser uma idiota, porque jurava que iria viver, que um dia voltaria a ver Michal. Eva não pôde deixar de se encantar vendo como a mulher que estava prestes a desistir da vida, ao se conhecerem, era uma pessoa totalmente diferente.

— Você me disse que eu era uma boba por ter esperança.

— Eu estava errada.

Eva afastou as lágrimas.

— Talvez sim, talvez não. Eu de fato acreditava que sairíamos daquilo juntas, eu e Sofie. Que eu encontraria Michal.

— Mas você encontrou. Provou que eu estava errada, *dítě*.

Às vezes, Eva não tinha tanta certeza. Sem notícia dos pais, nem do tio, estava começando a encarar o fato de que talvez só restasse ela.

– Acho que você deveria conversar com alguém sobre esses pesadelos – Helga disse. – É bom se livrar disso.

– Não sei se eu poderia contar para alguém sobre o que vivi. Eu contei um pouco a Liesl e foi uma das coisas mais difíceis de fazer, e mal toquei no assunto. A única pessoa a quem quero contar é Michal, e não posso.

– Você poderia escrever para ele. Eu faço isso no meu caderno, escrevo para meu marido, meus filhos. Conto a eles como me sinto, o que estou passando, isso ajuda. Especialmente com os pesadelos.

Eva pensou a respeito e concordou. Já tinha perturbado Tomas com seus pesadelos, não queria que ele temesse por ela, não queria que crescesse com nenhum peso a mais do que já havia enfrentado.

Na manhã seguinte, enquanto Tomas brincava ao ar livre com o gato, ao sol do final do verão, e Naděje dormia em seu berço, Eva escreveu cartas. Para Michal, para a mãe e o pai, Sofie, Mila, e seu tio Bedrich. Tudo que ela precisava contar a eles, todas as últimas palavras que desejava ter falado. Chorou quando as palavras começaram a jorrar, precisando ser ditas. Contou a Sofie o quanto sentia, como queria que as coisas tivessem tido um final diferente. Contou ao tio o quanto estava agradecida pelas aulas que ele havia lhe dado. Mas, acima de tudo, falou com Michal.

Meu querido,

Minha maior tristeza é que você nunca vá conhecer sua filha. Ela é um milagre que nos aconteceu naquele lugar pavoroso. Tão pequena, tão cheia de ânimo, tão cheia de vida. Olho para ela e tiro forças, lembro-me de que preciso seguir em frente.

Olho para ela e vejo você. Ela se parece muito com você, Michal, e fico com o coração partido de tão enternecido. Juro que, no outro dia, vi uma covinha no rosto dela, exatamente igual à sua. Tive que sair para caminhar e tentar estancar as lágrimas, não deixar que o pobre Tomas me visse. Ele não precisa de lágrimas, agora, apenas abraços e risadas, e é isso que estou tentando oferecer àquela querida criança. Você também o amaria muito, se o conhecesse.

Meu querido, eu disse a Helga que a esperança me manteve viva, mas foi o amor, meu amor por você, e isso me ajudou muito mais do que qualquer outra coisa, trouxe nossa criança ao mundo e me ajudou a encontrar Tomas. Quando todos me acharam tola, eu só conseguia pensar em voltar a te ver.

Agradeço a você por isso, pelo lindo amor que compartilhamos. Ele salvou a minha vida.

Com o passar dos dias, ela escreveu duas dúzias de cartas, e na última, contou-lhe como tentaria viver.

Fiz uma promessa a minha amiga e vou honrá-la. Ela morreu por nossa filha, para que pudéssemos viver. Devo isso a ela. Sempre te amarei.

Colocou as cartas em sua gaveta, e um dia as daria a Naděje, para que ela pudesse conhecer a história dos pais. Por enquanto, daria a Tomas o que pudesse, amor e risadas, e um lar livre das trevas.

Quando o outono teve sua explosão final, e as folhas ao redor do lago ficaram cobre e castanho-avermelhadas, Eva olhava Tomas correndo, levantando poeira. Com os últimos raios de sol outonais deixando o lago de um dourado cintilante, ele subitamente parou e franziu o cenho, apontando à frente e dizendo:

– Um homem?

Eva parou e olhou. Protegendo os olhos contra o sol da tarde, viu a cor dourada e depois um homem à distância. Andava devagar, com esforço.

Ela piscou e ficou totalmente imóvel, sem conseguir se mexer.

Algo nele parecia familiar, mas ela não podia, não confiaria em seu cérebro.

– Não é – disse baixinho.

Quando ele se aproximou, ele levantou a cabeça e também parou.

Ouviu-se um grito da casa, e Kaja chamou:

– Michal?

Eva colocou as mãos na boca, e começou a andar, devagar, depois muito rápido, em direção à figura no final da estradinha. Ele começou a andar para ela com a rapidez que suas pernas permitiam.

Ela não parou para ver seu rosto. De repente, o braço dele estava à volta dela, e ela se largou no abraço familiar. Não conseguiu conter as lágrimas, nem mesmo quando ele beijou seu rosto, o cabelo, as mãos. Nem mesmo quando Tomas correu para se encontrar com aquele desconhecido.

– Mas... como? – gaguejou Eva, sem conseguir soltá-lo, sem ter certeza se seu coração despedaçado havia feito com que ele aparecesse, se não havia delirado em algum tipo de ilusão. Em parte, ela nem mesmo se importava se fosse isso.

O rosto dele estava abatido, e ele parecia muito mais velho do que era. Seu cabelo estava raiado de cinza, havia olheiras sob os olhos muito enrugados, estava magro e sua mão esquerda pendia solta ao lado do corpo. Ela pôde ver um denso nó de cicatrizes, e dois dedos faltando. Segurou-a com cuidado.

– Escrevi cartas pra você, mas não acho que tenha recebido – ele disse, tocando em seu rosto, em seu cabelo curto que tinha começado a crescer ao redor das orelhas. – Descobri depois, quando vi o que tinha sobrado do apartamento. Levei muito tempo para atravessar a fronteira. Minha certidão de nascimento é alemã, ainda que minha família tenha vivido aqui a maior parte da minha vida; eles não queriam me deixar entrar. Os americanos e a Cruz Vermelha me ajudaram, convenci-os a me deixar voltar para casa.

Os lábios de Eva tremiam enquanto ela escutava a voz dele, olhava seu rosto com os olhos marejados.

– Mas disseram que você tinha morrido... Um acidente na fábrica.

Ele sacudiu a cabeça.

– Fiquei com estes machucados – ele disse, levantando a mão, seu rosto um pouco triste. – Não sei se conseguirei voltar a tocar. – Depois, ele deu de ombros. – Outra pessoa morreu com um número tatuado quase igual ao meu, menos o nove. Éramos amigos. – Ele suspirou, agora, ao se dar conta. – Todo esse tempo, nunca pensei que eles o registrariam como se fosse eu quem tivesse morrido.

Eva arfou. Ele estava vivo esse tempo todo?

Ele a segurou com firmeza.

– Nossa, Eva! Sonhei tanto com esse momento! – ele disse, beijando-a, abraçando-a.

– Eu também – ela disse baixinho, e recomeçou a chorar. Tocou no rosto dele. Podia ver, ao fundo, Tomas olhando para eles, esperando para se aproximar, em uma curiosidade desenfreada. Ela sorriu e fez sinal para ele vir, enquanto Helga também chegava com a filhinha deles nos braços. Ela conduziu o marido até eles.

– Tem alguém que acho que você gostaria de conhecer.

Praga, hoje

Naděje sentou-se à sua escrivaninha, que dava para a cidade de Praga, a luz do amanhecer banhando de dourado – a cor do amor, de champanhe, e da risada da sua mãe. Pensava na sua vida, nos seus pais, no amor duradouro que eles tinham compartilhado.

Sua neta, Kamila, tinha vindo dar uma olhada nela, e ela interrompeu a história por um momento, a caneta pousada sobre a folha de papel, convidando-a a se sentar.

– Eu me mudei de volta para cá logo depois do final do regime comunista – ela disse. – Queria saber de onde eu vim. Mas, na verdade – ela disse, olhando para as pilhas de papel rabiscadas com sua letra confusa, da história que tinha adiado todos esses anos, que finalmente havia sido registrada, transcrita das cartas da mãe, seu legado para ela –, eu nasci em Auschwitz.

Kamila balançou a cabeça. Conhecia um pouco da história, mas não tudo.

– Minha mãe foi uma mulher notável, e me ensinou sobre o amor. Era paciente e bondosa. Como você sabe, levei anos para conseguir andar. Ela tentou ao máximo desfazer o que os maus tratos que sofreu haviam provocado em mim, mas é um legado com que convivi toda a minha vida. Quebrei inúmeros ossos e sempre tive um pulmão fraco. Com um metro e cinquenta e dois, fui, com frequência, a menor pessoa da sala.

— Não, não é — disse Kamila sacudindo a cabeça, e sua avó olhou para ela com ar intrigado.

— Você é a pessoa mais persuasiva, às vezes a mais irritante, porque está sempre certa; você sempre sabe o que dizer para vencer uma discussão, aqui e nas suas aulas na universidade. O que te falta em tamanho é, com frequência, ignorado pela força da sua personalidade.

— Você está querendo dizer que sou teimosa? Ou um pé no saco? — perguntou Naděje com um torcer dos lábios.

Kamila riu com o termo usado.

— Os dois. É a outra característica que você herdou deles, talvez.

Naděje sorriu.

— É, amor teimoso, é como minha mãe chamava.

Amor teimoso, esse foi o legado da sua vida ao crescer. Depois que os comunistas assumiram o poder, seu pai recebeu uma oferta de trabalho na Inglaterra, e eles resolveram se mudar, adotando a nova vida com a mesma determinação corajosa que os levou de volta um para o outro.

Em sua casa no campo, seus pais criaram-na e a seu irmão Tomas, que permaneceu o melhor amigo de Naděje por toda vida. Até onde os dois sabiam, sua avó era uma mulher de olhar severo, chamada Helga. Levaria anos até Naděje descobrir que elas não eram, de fato, parentes. Não fez diferença.

— Às vezes, você precisa escolher sua família — era outra coisa que sua mãe gostava de dizer.

Descobrir o que acontecera com os pais e o amado tio Bedrich, através de um encontro casual com uma de suas antigas vizinhas, tinha sido devastador para sua mãe. O pai de Eva havia morrido de tifo, em trânsito para Auschwitz, e a mãe e o tio morreram na câmara de gás no campo familiar de Terezín, em Auschwitz. Haviam ficado ali por poucas semanas, ao mesmo tempo que Eva, e nenhum deles jamais soube disso. Esse fato a assombraria durante anos, assim como os pesadelos que, na verdade, nunca a deixaram. Eram cicatrizes indeléveis.

"Apesar de tudo isso, meus pais tinham uma irreprimível paixão pela vida, e juntos eles lutaram valentemente contra as trevas", ela escreveu, continuando sua história quando Kamila levantou-se para abrir as cortinas.

"No começo, minha mãe achou difícil desenhar, mas com o tempo recomeçou a pintar e vendeu algumas obras. Meu pai lecionou música em uma escola local, e sempre compôs novas peças que lhe lembravam sua eterna namorada e seus filhos. Todas as sextas-feiras, sem falta, minha mãe fazia pão challah e acendia uma vela para a mulher que as havia salvado, sua melhor amiga, Sofie."

Depois, ela escreveu as palavras finais da sua história: *"Não era para eu ter sobrevivido, mas sobrevivi graças a ela. Por causa deles, e apesar de todo horror deste mundo, de toda a escuridão que tentou tão desesperadamente nos destruir, minha vida foi cheia de alegria, luz e amor porque, por mais que alguém tente acabar com o dia, o que aprendi em todos esses meus anos de vida é que o amanhecer irrompe até na mais longa das noites".*

✥ UMA CARTA DE LILY ✥

Vera Bein deu à luz sua filha, Angela Orosz, na parte superior de um beliche no campo C em Auschwitz-Birkenau, em dezembro de 1944. Ela pesava apenas um quilo e estava fraca demais para chorar. Foi o que a salvou.

O resultado da desnutrição, e as difíceis condições do campo, bem como um experimento em sua mãe grávida pelo famoso médico nazista dr. Josef Mengele, garantiram que os efeitos do campo perdurassem nela por toda vida. Ela não andou em seus primeiros anos, e sofreu muitos efeitos adversos em sua saúde, tais como ossos frágeis e pulmões fracos. Sua mãe chegou ao campo aos três meses de gravidez, e foi forçada a se submeter a experimentos de Mengele, mas conseguiu escapar das suas garras e sobreviveu. Foi designada para um trabalho na cozinha, e ao dar a luz, a *Blockalteste* fez com que subisse à parte superior do beliche e ajudou-a no parto.

Sua extraordinária história e a de outros inspiraram este romance.

Também recorri a histórias reais de sobreviventes, como Eva Schloss, a meia-irmã de Anne Frank, que sobreviveu a Auschwitz juntamente com sua mãe, ficando para trás com os doentes e os idosos, quando receberam ordens para se juntar às marchas da morte, decisão que acabou salvando sua vida.

Tive uma noção da vida em Praga e no gueto de Terezín com Helga Weiss, que manteve um diário bem como fez desenhos tocantes de seu tempo no campo de concentração. Assim como as outras, Helga também sobreviveu a Auschwitz. Fui extremamente inspirada pela história incrivelmente comovente de Anka Bergman, que também chegou grávida a Auschwitz e teve seu bebê no trem, a caminho do campo de extermínio de Mauthausen. O único motivo de ela ter sobrevivido foi porque um dia antes os nazistas haviam explodido o crematório.

Foi uma honra e um privilégio compartilhar algumas experiências dessas mulheres extraordinárias em meu romance. Depois de meses tomando conhecimento delas, por meio de seus testemunhos por escrito e de suas biografias, notei uma coisa que tinham em comum: uma inextinguível esperança de que sobreviveriam. De fato, ao longo da história de cada mulher, elas fizeram questão de dizer que era provável que estivessem sendo tolas. Achei que, de certo modo, isso fosse significativo. Embora, logicamente, elas não tivessem real controle sobre seu destino dentro do campo, é incrível que houvessem se agarrado a essa sensação de esperança apesar do mal que encontraram, e sinto que, talvez, em algum aspecto menor, isso tenha acabado fazendo diferença para sua sobrevivência, talvez as ajudando a encontrar uma saída. É difícil dizer. Grande parte da sobrevivência dependeu de sorte e de *timing*.

No primeiro período de existência do campo feminino, os bebês ali nascidos eram mortos, independentemente de sua etnicidade, sem que tivessem entrado nos registros do campo.

Os bebês de mães judias em Auschwitz foram mortos até novembro de 1944, quando a exterminação em massa dos judeus foi interrompida.

Registros mostram que, pelo menos, setecentas crianças nasceram em Auschwitz-Birkenau. Até hoje se sabe que apenas um punhado delas sobreviveu.

⊸⊱ AGRADECIMENTOS ⊰⊸

EU NÃO PODERIA TER ESCRITO este romance sem a orientação da minha incrível editora, Lydia Vassar-Smith. Muito obrigada por tudo que você fez para dar vida a esta história, indicando-me a direção certa, e sempre com muita generosidade. Tenho muita sorte de trabalhar com você.

Nunca pretendi escrever uma história sobre Auschwitz. Tentava, desesperadamente, avançar com outro romance que *deveria* escrever, e pela primeira vez estava com um bloqueio, quando dei com a história de uma mulher cuja mãe recebera a notícia de que jamais engravidaria, depois de passar por um campo de concentração. Fui possuída pela ideia de uma criança nascida em meio a tal maldade, sem conseguir me desvencilhar, e cada vez que tentava escrever aquele outro livro, as palavras recusavam-se a vir. Pesquisei a história de outras sobreviventes, depois li biografias, e antes que me desse conta, percebi que era essa a história que eu precisava escrever. Sendo assim, tive que escrever uma carta a minha editora a respeito disso. Por incrível que pareça, ela concordou. O único problema, agora, era que eu tinha que escrever uma história que me pusesse à prova além de qualquer coisa que eu já tivesse feito. Ela segurou na minha mão, mesmo quando eu duvidava de mim mesma, e com paciência me orientou, passo a passo, até o fim. Meu marido fez o mesmo.

Nunca pretendi escrever esta história, mas me sinto imensamente honrada de tê-lo feito de modo a que outras pessoas, como eu, possam saber mais sobre as mulheres notáveis que passaram por um dos mais terríveis períodos históricos e sobreviveram. Só espero que vocês perdoem quaisquer imprecisões que possam ter ocorrido no processo.

Meu mais profundo e sincero agradecimento à equipe da Bookouture, por seu enorme apoio ao longo dos anos. Para que um livro venha ao mundo, é necessário muita gente, mas apenas o nome de uma delas aparece na capa. Muito obrigada à equipe incrível que me ajudou e me apoiou, corrigiu minha gramática, desenhou as lindas capas e em geral me deixou muito orgulhosa do nosso trabalho conjunto.

Agradeço a meus amigos e à minha família por sempre estarem disponíveis com um ouvido solidário e uma palavra generosa.

Por último, mas não menos importante, agradeço a vocês, leitores e blogueiros, que dispensaram seu apoio e sua generosidade para a minha escrita em todos esses anos; eu não poderia ter feito isso sem vocês. Agradeço a todos meus leitores maravilhosos, que me enviaram *tweets* e perguntaram por mim para ter certeza de que eu continuava viva, enquanto eu estava sumida das redes sociais, escrevendo este romance, tal como a maravilhosa Kathy Schaffer. Sou abençoada por ter seu apoio.

Leia também

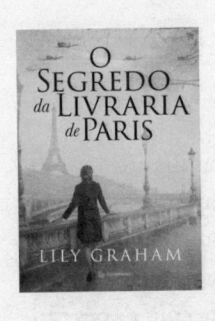

O segredo da livraria de Paris

Lily Graham (autoria)

Elisa Nazarian (tradução)

Valerie tinha três anos de idade quando foi levada de Paris para Londres, durante a Segunda Guerra Mundial. Agora, aos vinte anos e sozinha no mundo, ela se candidata, com nome falso, a uma vaga de emprego na livraria do avô, Vincent Dupont. Ele é seu único parente vivo e a única pessoa que sabe o que realmente aconteceu com seus pais biológicos. À medida que passa a conhecer melhor o ranzinza e reservado Dupont, Valerie vai puxando o fio da própria história.

Mas essa história não se completa: qual seria o segredo devastador que Vincent estava disposto a tudo para esconder?

Esta é uma comovente história de amor, medo e coragem em tempos de guerra. *O segredo da livraria de Paris* vai levar você para essa icônica cidade dos anos 1940 e 1960. Você vai chorar de emoção, vai rir, se admirar e perder o fôlego em diversos momentos dessa leitura impossível de ser interrompida.

O último restaurante de Paris

Lily Graham (autoria)
Elisa Nazarian (tradução)

Na Paris ocupada por Hitler, enquanto os moradores locais vão para a cama famintos e derrotados pela guerra, a música e o riso ecoam pela porta de um pequeno restaurante, lotado de soldados alemães. Marianne, a proprietária, se movimenta com os pés cansados entre as mesas cheias, carregando pratos quentes e saborosos para os oficiais inimigos. Seu sorriso é reluzente, todos são bem-vindos. Ninguém desconfia do ódio que Marianne esconde em seu coração.

Em uma noite, o restaurante fecha as portas pela última vez. Na manhã seguinte, as janelas amanhecem riscadas com as palavras traidora e assassina . E Marianne desaparece sem deixar vestígios.

Este livro foi composto com tipografia Adobe Garamond Pro
e impresso em papel Off-White 70 g/m² na Formato Artes Gráficas.